无论我们的故事、文化、创造、情感

在宇宙面前多么渺小

我们依然觉得

一个生命看待另一个生命

满眼都是奇迹的光芒

06

智慧卷

青年文摘图书中心 编

李钊平 主编

我们曾如此渴望命运的波澜

到 最 后 才 发 现

人 生 最 曼 妙 的 风 景

竟是内心的淡定与从容

中国青年出版社

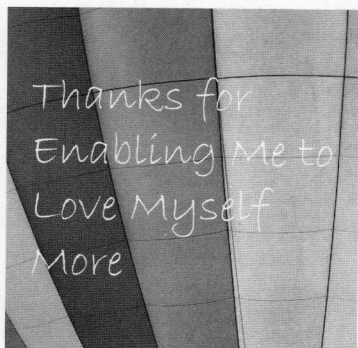

Thanks for
Enabling Me to
Love Myself
More

谢谢你，让我更爱我自己

目　录

XI

去体验一个更大的世界

I

养 一 畦 露 水

养一畦露水，在露水里养一个清凉的自己。

生命短暂渺小，唯求澄澈晶莹，无尘无染。

让美好持续，一如少年时。

鱼的华衣

文/乔叶

我十分喜欢欣赏色彩缤纷的热带鱼，每当看到那些艳丽绝伦的鱼时，我都会觉得鱼体上那些飘逸的绸带和灿烂的织锦正如人的华衣一样，也许会有一些避寒掩肤的作用，但更大的功能似乎就是为了装饰。

后来才知道，远非如此。

来自印度的矮斗鱼有着虹一般长长的飘带，但这些飘带实际上是它的腹鳍。它们进化成这个样子，是为了帮助矮斗鱼在漆黑的河水中感受河底道路的情况。章鱼具有高超的变换色彩的能力，甚至在它游泳时，你都可以看见它的色彩在不断地发生变化。但它并非是为了炫耀自己的美丽，而是为了伪装自己和保护自己。每当它找到新的住处，它就会变得与环境颜色完全一致。而晶莹剔透的玻璃鲇鱼则与它完全相反，它徐徐地穿行在水中，内脏器官清晰可见，你甚至可以透过它的身体看到另一边的水蚤和藻草。它安静淡远，恍若无物。可是你知道吗，它的这种特征同样可以让敌人们"熟视难睹"，能起到极佳的防御作用呢。

由此我忽然想到了人类的时装，什么昆虫衣、孔雀裙、猛兽装、水晶衫之类，似乎都是借用自然之美来创造时尚，显示别致和突出性感。鱼仅仅是为了具备最基本的生存条件才不得已衍生了华衣，而人为华衣绞尽脑汁似乎只是为了试图印证和享受所谓更高层次的生活。二者外表越来越相似而内境似乎越来越迥然，是鱼类太愚蠢还是人类太虚伪呢？

我不知道。

善用特点的金蝶兰

文/赵盛基

有一种兰花，多姿多彩，鲜艳斑斓，美丽的花朵很像飞翔的金色蝴蝶，故被命名为金蝶兰。

别看金蝶兰美丽漂亮，却徒有其表，它既无芳香的气味，也无甜蜜的花粉。所以昆虫并不待见它，它也就无法传授花粉。

然而，这难不住金蝶兰。为了生存，它利用自身极像蝴蝶的特点，找到了一个绝好的办法，那就是选择生长在螯蜂的领地里。

螯蜂非常霸道，绝不允许别的昆虫进入自己的领地，一旦发现进入者，就会发起猛烈的攻击。

微风拂动，金蝶兰像蝴蝶般翩翩起舞，这可惹恼了螯蜂，它误认为是蝴蝶侵入了自己的领地，便横冲直撞地进行驱赶。于是，金蝶兰的花粉被碰撞得四处飞扬。无形中，螯蜂替金蝶兰传授了花粉，使之一代代繁衍生长。

特点人人都有，哪怕是一点点，只要发挥好自身特点并利用得恰到好处，就会像金蝶兰一样，绚丽多彩，生生不息。

舍弃人生的"小鱼"

文/张前

前几天，我随团到青岛旅游。晚上，入住崂山脚下的渔村。在渔民家里，墙壁上挂着的一张张大大小小的渔网引起了我们的兴趣。

"快看呢，这网不一样，有的网格小，有的网格大！"突然，一个七八岁的小姑娘像发现了新大陆一样兴奋地嚷了起来。

我仔细一看，果然，墙上挂着的那些网，有的密，有的疏。

"那你知道是网格大的网捕的大鱼多还是网格小的网捕的大鱼多？"恰在此时，渔家的主人，一位60多岁的老渔民走过来，并微笑着问身边的小女孩。

"那一定是网格密的网能捕到更多大鱼！"小女孩不假思索地说。

"为什么呢？"老渔民继续问道。

"你想呀，这网的空隙这么小，小鱼跑不掉，大鱼更跑不掉了！"小女孩忽闪着大眼睛说。

"孩子，你错了，密的那张网，只能用来在浅海边拖小鱼小虾。"老渔民抚摸着小女孩的头说。

"为什么呢？"听到老渔民这样说，小女孩�’着小嘴问。

"用密网捕鱼，在捕捉大鱼前，网内早被小鱼小虾占满，大鱼在此已无'容身之地'，而拖大鱼的网，网眼很宽，不仅会漏掉虾蟹，那些不够分量的鱼也将被逐一放弃，最后，留下来的才是货真价实的大家伙！"

老渔民的话反复在耳边回荡，我们在生活中又何尝不是如此呢？在生活的海洋里，我们总捕不到自己梦寐以求的那条大鱼，也许就是因为自己使用的网网眼太小，舍弃不了那些本该放弃的小鱼小虾啊！

草莓的自知之明

编译／班 超

一天，一位国王去花园散心。令他惊异的是，所有树木、灌木和花竟全倒伏在地上，气息奄奄。

国王连忙向植物们询问原因。橡树告诉他："我无法长得像松树一样高，不想活了。"

松树说："我不能像葡萄一样结出果实，还活个什么劲儿！"

葡萄说："我不能像玫瑰一样开花！"

玫瑰哀哀哭道："我怎么都没办法长得如橡树高！"

这时，国王发现一株草莓，它的叶子鲜亮、翠绿，白色的花朵繁密、茂盛，似乎比以往长得更好。

国王问它："在这样一个死气沉沉、忧郁气氛笼罩的花园，你怎么长得如此健康？"

"哦，我也不知道为什么。但我总是想，您之所以种植我，是因为您想要草莓。倘若您想要一棵橡树或者玫瑰，自然会种植它们。"草莓回答。

你无法成为别人，但你有自己的芬芳。别在对自己的宣判中慢慢枯萎，要像草莓一样，爱你的一切，尽全力让生命夏花般绚烂绽放。

缺陷世界

文／黄永武

古人细细地观察宇宙之间，鸟有了两个翅膀，在四肢中就只剩两只脚，不再给它手了。牛有了两只锐角，在嘴里就不给它犀利的牙齿，只能嚼嚼草了。造物者对每一样生物，赋予的功能都不全备，力量与才干，总让它有所不足。

像桂花一样，凝聚了天地的清香，就招来虫害；像白璧一样，琢磨出如虹的光气，就不免有瑕；像珍珠一样，蕴含着耀眼的晶光，竟残害了蚌胎！凡属"尤物"，反而因为它特出的美，戕害了自身，变成了牵累，总是美中不足，留下遗憾。

又有人观察：有了白天，就必须有黑夜；有了嘉禾，就必须有莠稗；有了凤凰，就少不了鸱枭。这是一种势，也是一种理，所以君子永远不能灭绝小人，世界的道理本来就是这样的不完美。

明代的王祖嫡，在《师竹堂集》中，有一篇《缺陷说》，确认"缺陷"是世界的本质，因此天地间与人世间，一切不能圆满，乃是势之必然，人只有随着缺陷而顺受，才能清心省事，才能惜福保身。如果必求人生的圆满，是逆势和造物者相争了！

到清代的龚定庵，更有"缺陷好"的说法，他在诗中写道："未济终焉心缥缈，百事翻从缺陷好，吟到夕阳山外山，古今谁免余情绕！"认为《易经》的最后一卦是"未济"，象征着一切以"未完成"为收结。夕阳西下，虽美而留下无限的余情，这也就是缺陷的美。

不过，依我看，缺陷之所以美，并不是圆满之不美，而是圆满不可得。在无可奈何中，人的生命力不甘雌伏，积极进取以求超越，明知其不可而为之。所谓缺陷美应该就是悲壮美，它是建立在积极的、反宿命的、尽其在我以求超越的人的价值之上，而不全是消极认命的清心省事，更不是非分贪婪的独占满足，它是以缺陷遗憾当作砥砺道行的方策，"转祸为福，因败立功"，在烦恼中证菩提。缺陷之所以美，该在这里吧！

琥　珀

文／汪曾祺

我在祖母的首饰盒子里找到一个琥珀扇坠，一滴琥珀里有一只小黄蜂。琥珀是透明的，从外面可以清清楚楚地看到黄蜂，触须、翅膀、腿脚，清清楚楚，形态如生，好像它还活着。祖母说，黄蜂正在飞动，一滴松脂滴下来，恰巧把它裹住。松脂埋在地下好多年，就成了琥珀。祖母告诉我，这样的琥珀并非罕见，值不了多少钱。

后来我在一个宾馆的小卖部看到好些人造琥珀的首饰，各种形状的都有，都琢治得很规整，里面也都压着一个昆虫。有一个项链上的淡黄色的琥珀片里竟压着一只蜻蜓。这些昆虫都很完整，不缺腿脚，不缺翅膀，但都是僵直的，缺少生气。显然这些昆虫是被弄死了以后，精心地、端端正正地压在里面的。

我不喜欢这种里面压着昆虫的人造琥珀。

我祖母的那个琥珀扇坠之所以美，是因为它是偶然形成的。

美，多少要包含一点偶然。

知　止

文／草白

生活在乡村的人小时候总会得到许多教训：不能对着月亮指指点点，做豆腐的时候不许聒噪，新年第一天的水存着不能倒掉，上颌牙掉了扔瓦楞上，下颌牙掉了扔床底下，钻人家裤裆会长不高，晚上不能照镜子，老梳头会记性不好，纽扣扣错了是要打架的，屋里打雨伞会成矮子，玩火者要夜溺，如此等等。没来由的禁忌，甚至带点迷信色彩，大都是正值兴高采烈之时，给人当头棒喝，让人立时醒转，不可忤逆放肆。

以致时至今日，当兴高采烈地行着某事，做着某梦，执着某念，便不时地有声音旁白般响起，心底妄念尽消。弘一大师有幅字，就是"知止"两字。知止比知足的境界更高一层，知足是不贪，知止是不随，不要，够了。对烦恼和痛苦说够了，对财富和名望说够了，对安逸和欣悦也说够了。

四时节气也在说止，说够了。夏天热够了，秋天来了。花开够了，便谢了。冬天冻够了，春风暖了大地。

老子也说，知止不殆，可以长久。"止"字的甲骨文是一只鸟歇在树枝上，是羽飞乃止的"止"。而，心之所安即为止。

秉烛

文/沐斋

中国人对万物投注了情感，小小灯烛也不例外。欢欣则张灯结彩，幽独则青灯黄卷，喜乐则花烛高照，悲伤则风烛残年。同样一盏灯，同样一支烛，色彩都会变化，况味自是不同。

东风袅袅泛崇光，香雾空蒙月转廊。只恐夜深花睡去，故烧高烛照红妆。（《海棠》苏轼）

秉烛却是为了陪伴海棠花，这是东坡的自珍自爱，也是东坡的淳厚宽容。苏轼秉烛，不为享乐，也无心享乐；不是悲伤，也不愿悲伤。他只是点亮一盏希望，照给人格化了的海棠，只因他内心深处回响起孔夫子的一句话："德不孤，必有邻。"这"照红妆"的烛火，便是先贤的信念之光。

烛的光辉，不仅为儒者所崇所比，也为沙门所喻所持。禅林盛传"灯录"，又曰"传灯录"，实际上就是禅宗历代传法机缘的记载。以法传人，譬如灯火相传，辗转不灭。

古代成亲，时在黄昏，唯有黄昏后，才能点起光明的烛。不似现代，一切陈列于光天化日之下，多了喧腾的热情，却少了含蓄的韵致；多了通透的交流，却少了细微的深沉。洞房花烛夜，何尝不是另一味禅？

余 味

文 / 流 火

那一天，17 岁的她发现对面公寓那户人家搬空时，若有所失："怎么搬走了？"平日她书读闷了读累了，就会走到露台，去看那户人家的小狗，她最爱看它追着自己的尾巴玩的样子。对于她的所谓伤感，我一点都不想回应。

每个小孩都应该有吃不到糖果的经验，每个大人也都应该有寄不出去的心愿。人生有一门很重要的功课，一定要知道，也一定要学会，那就是随时准备和所爱的东西道别，越是爱的越是应该这样。

"我们躺在路上看星星。"她说。真是让人妒忌的年龄，17 岁的路，是只管往前走的；17 岁的梦，是不需要停下来的。谁没有过这样的青春，只是，这场盛放的烟花，谁也留不住。

"人生和电影，都是以余味定输赢。"小津安二郎说。

我没有看过他的电影，但是，单凭这句话，就已经可以知道他的电影意境。

"什么是余味？"她问。

有些事是急不来的，因为有些事是要留给岁月去说的。

面具人间

文／[美] 王鼎钧

所有的面具都是照着自然表情复制的，所以，微笑也可以是一张面具。

魔鬼给每个人一套面具，上帝则给每个人一根绣花针。在世上，两人见了面，照例先用那个小得几乎看不见的尖针去轻轻地刺对方的脸皮，看他到底是不是戴着面具。

上帝规定：如果你发现对方戴着面具，你也要赶快把自己的面具戴好；反之（如果对方脸上并无面具），你要马上把自己的面具摘下来。

有时候，看他一下子把面具拿来，一会儿又急忙戴上，说不定片刻之后又匆匆换一个，双方互动，很有趣，也很有学问。

一个人，直到他上天堂的时候，上帝才把那套面具和那根针"没收"。他在地上的日子，有时候也能够暂时把那攻防的装备搁置不用，那时候地上即是天国。

你看见的瞬间都将成为历史

文／何潇颖

都说滴水可以穿石，更何况是整个太平洋，所以在海水日夜的冲刷下，澳大利亚十二门徒石逐渐发生着变化。它们不断地消瘦，再消瘦，最后终于撑不住了，倒塌为一堆沙石。

再次前来观看的游客，不再为大自然的鬼斧神工赞叹不已，而是多了份遗憾。遗憾自己大老远赶来，却只看到一堆沙石。谁也没有心情去欣赏它们，也没有了拍照的兴趣。

殊不知，再过几年，连这堆沙石也将成为历史。

2005 年，一对悉尼夫妇听说了正在消失的十二门徒石，为了不错过更多的风景，他们带着 15 岁的儿子远赴墨尔本去观看。却不料，就在他们连续拍下的两张照片里，出现了截然不同的画面——快门间隔的 1 分钟里，一座门徒石瞬间倒塌。

和他们之前所想的一样，门徒石正在消失，可惊喜的是他们抓住了这最后 1 分钟，想来真是惊险，若是晚来，怕也只剩下看沙石的命运了。

科学研究者说，十二门徒石总有一天会全部消失，你所看到的瞬间，其实便是历史。

其实，人生又何尝不是如此。我们唯一能做的，也就是如那对悉尼夫妇一样，在这些瞬间来临之前，抓住最关键的机会。

欢乐与忧愁

文 / [黎巴嫩] 纪伯伦

揭开面具，你们的欢乐就是你们的忧愁。从你泪水注满的同一眼井中，你的欢乐泉涌。

哀愁刻画在你们身上的伤痕愈深，你们就能容纳愈多的欢乐。难道不是曾经锻炼于陶工炉火中的杯盏，如今斟满你们的葡萄美酒？难道不是曾经被利刃镂空的树木，如今成为抚慰你们心灵的鲁特琴？

当你们欣喜时，深究自己的心灵，你们会发现，如今带给你们欢乐的，正是当初带给你们忧愁的。

当你们悲哀时，再审视自己的心灵，你们会发现，如今带给你们忧愁的，正是当初带给你们欢乐的。

你们当中一些人说："欢乐甚于忧愁。"而另一些人说："否，忧愁甚于欢乐。"

但我对你们说，它们是不可分的。它们一同降临，当其中一个独自与你同席时，要记住另一个正在你的床上安眠呢。

苦难的价值

文 / 周国平

无人能完全支配自己在世间的遭遇，其中充满着偶然性，因为偶然性的不同，运气会分出好坏。有的人运气特别好，有的人运气特别坏，大多数人则介于其间，不太好也不太坏。谁都不愿意运气特别坏，但是，运气特别好，太容易地得到了想要的一切，是否就一定好？恐怕未必。他们得到的东西是看得见的，但也许因此失去了虽然看不见却更宝贵的东西。天下幸运儿大抵浅薄，便是证明。我所说的幸运儿与成功者是两回事，真正的成功者必定经历过苦难、挫折和逆境，绝不是只靠运气好。

运气好与幸福也是两回事。一个人唯有经历过磨难，对人生有了深刻的体验，灵魂才会变得丰富，而这正是幸福的最重要源泉。如此看来，我们一生中既有运气好的时候，也有运气坏的时候，恰恰是最利于幸福的情形。现实中的幸福，应是幸运与不幸按适当比例的结合。

在设计一个完美的人生方案时，人们不妨海阔天空地遐想。可是，倘若你是一个智者，你就会知道，最美妙的好运也不该排除苦难，最耀眼的绚烂也会归于平淡。原来，完美是以不完美为材料的，圆满是必须包含缺憾的。最后你发现，老天爷为每个人设计的方案无须更改，重要的是能够体悟其中的意蕴。

不需要太多

文／李 止

你不需要太多东西，就可以活得精彩。

一架照相机，一张白纸，一支签字笔，一把琴，就可以描绘一个世界，分享这个世界的节奏与喜悦。我们有多少东西是完全不必要的，让你忙得没时间听内心的呻吟。

偶然风吹来一粒种子，在河畔发芽，长成一棵树，日渐挺拔，春来生叶发枝，冬来褪去裙衫。它不需要什么，也不奉献什么，只是努力地生长呼吸，成为世界的一部分。有人来树下纳凉，有鸟儿来树上筑巢，这一切优美的存在，成为我窗外的世界。

我的记忆

文／戴望舒

我的记忆是忠实于我的，忠实甚于我最好的友人。它生存在燃着的烟卷上，它生存在绘着百合花的笔杆上，它生存在颓垣的木莓上，它生存在喝了一半的酒瓶上。在撕碎的往日的诗稿上，在压干的花片上，在凄暗的灯上，在平静的水上，在一切有灵魂没有灵魂的东西上，它在到处生存着，像我在这个世界一样。

它是胆小的，它怕着人们的喧嚣，但在寂寥时，它便对我来做密切的拜访。

它的声音是低微的，但它的话却很长，很琐碎，而且永远不肯休；它的话是古旧的，老讲着同样的故事；它的音调是和谐的，老唱着同样的曲子，有时它还模仿着爱娇的少女的声音；它的声音是没有气力的，而且还挟着眼泪，挟着叹息。

它的拜访是没有一定的，在任何时间，在任何地点，时常当我已经上床，蒙眬地想睡了；或是选一个大清早，人们会说它没有礼貌，但我们是老朋友。

它是琐琐地永远不肯休止的，除非我凄凄地哭了，或者沉沉地睡了，但是我永远不讨厌它，因为它是忠实于我的。

我只是前行

文 / 刘再复

我在天与地的焊接处前行，我的足音惊动了正在思索中的雁群。路，永远不会清晰地展示在大雁的面前，也永远不会清晰地展示在我的面前。天堂的光环只是远山的迷蒙，你和我，只是寻找中的大雁。

白牛与黑猫为了莫名的烦恼相互解着永远解不开的莫名的网结，掺杂着莫名的哭泣，我没时间欣赏这些争执与哭泣。

我只顾在空白的不知是大地还是天空的帷幕上撒下我的脚印，我不会为它的瞬息的整齐或歪斜而伤感，我顾不得足迹背后的欢乐与怨艾，赞叹与诅咒。

我只是前行，在天与地的焊接处，在地与天的茫茫中，我只是前行。

回　答

文 / 舒　婷

我相信我们在另一个世界见过面。是一对同在屋檐下躲避风雨的小鸟？是两朵在车辙中幸存的蒲公英？我记起我是古老的大地，簪着黎明的珠花；你是年轻的天空俯身就我，垂下意义无限的眼睛。

一戴上假面，我们都不敢相认。

我相信我们还有其他未泄露的姓名。你是梦，我是睡眠；你是巍峨的冰峰，我是苍莽的草原；你是受辱土地上不屈的弗拉基米尔路，我是路旁覆着绿苔的一汪清泉。

在我们以颜色划分的时候，我们彼此不信任。

我相信我们都通晓一种语言，花钟暗哑的铃声，陨星没有写完的诗，日光和水波交换的眼色，以及录音带所无法窃听的——霞光嫣红的远方给予你我的暗示。

如果一定要说话，我无言以答。

融化到此为止

文 / 梁小斌

我如同一块冰在大海上，像是一块白色的光斑。阳光对付冰，根本用不着暴晒，周围的空气，还有暖暖的海水就可以使这块冰逐渐缩小，最后消失在水天一色中。

阳光靠近一点看，这块冰在消失之前，可能会像一条鱼那样翻动，时而露出鱼肚白，但这块冰只能变黑，变得坚硬。

原来这冰块的内核是一块黑色石头，上面刻着几个字：融化到此为止。

大师的高度

文 / 张 雨

豫剧大师马金凤老师在 80 年的演艺生涯中，每次演唱完后，为保护嗓子，都要喝上一碗面汤，这是当年她唱戏把嗓子唱哑后一个老中医告诉她的保养方子，这个习惯马金凤一天都没有中断过。

为了保护嗓子，她不吃辛辣刺激的食物，80 年没有喝过一滴酒，以至于有一年在马老的祝寿宴上，马金凤笑着说："我很想知道葡萄酒是什么味，可是我还是不能喝。"在 85 岁高龄参加中央电视台春节晚会演唱《穆桂英挂帅》时，马金凤依然字正腔圆，声音清亮，如果不是亲眼所见，谁也不会想到这是一个 85 岁老人所唱。

人们往往只看到大师所取得的成就，却很少知道他们是如何努力的，看起来微不足道的细节，就能让我们看到大师的高度。

檐　沟（外一则）

文／[日] 德富芦花

雨后，庭院里樱花零落，其状如雪，片片点点，漂浮在檐沟里。

莫道檐沟清浅，却把整个碧空抱在怀里。

莫道檐沟窄小，蓝天映照其中，落花点点漂浮。从这里可以窥见樱树的倒影，可以看到水底泥土的颜色。三只白鸡走来，红冠飘荡，俯啄仰饮，它们的影子也映在水里，嘻嘻相欢，怡然共栖。

相形之下，人类赤子的世界又是多么褊狭。

夜来香

夜来香不是讨人喜欢的花，尤其在白天，夜间开过的花朵红红地萎缩在一起，依依不舍地眷恋着枝头，那副颓然垂挂的样子，实在没有什么看头。然而，这花开在墨染的夕暮里，如女尼般冷艳、明净，那清澄的黄色，那幽然的香气，带着一股清凉，很适合夏天的夜晚。那花朵一瓣瓣"啪"地绽开，那微音听起来也十分有趣。在这黄昏，当你独自怀着幽思、浑然而行的当儿，同这默默开放的花儿不期而遇，你会不心跳吗？夜来香也不是薄情的花啊！

静

文／郭翠华

眼睛可以够得到的是楼顶和楼顶之上的天空，楼顶是不会说话的，那一抹抹的红砖是它表达生命的方式吧；天空也是不会说话的，那一朵朵云是它表达生命的方式吧；手边有一杯柠檬茶，水杯是不会说话的，那清清的水和那片薄薄的柠檬是会说话的吧。沉默的我是不会说话的，但从我心底轻轻流淌的感觉却是会说话的。

静是另一种生命的状态，就像山就像石头就像土地和庄稼湖泊和海流，它们用沉默的姿态在证明，它们用比人类更长久的生命在证明，它不事张扬的个性和自我坚守的生存方式就是最好的证明——内敛是更长久更有力量的。

草木人生

文／吕钦文

桃花没有因灿烂的花朵坠落而悲痛欲绝，它在等待叶子，它知道自己长久生命的岁月，是平常的绿色和饱满的果实，而非粉红色的一时惊艳。

白玉兰浓郁的芬芳，让人陶醉地闭上了眼睛，忽略了对它美丽的花形的欣赏。某种特征的过分张扬，对其他优长是无情的遮蔽：一俊遮百丑，一美掩千娇。

芭蕉拼命地扩张自我，叶子变得阔大肥硕，成为雨水的河床、蚂蚁的滑梯，还有人生中风的扇面——自大的结果常为人所利用。

含羞草的害羞，源于人注视下的触摸，否则无羞可言。世上许多事应该检讨的是人的目光与手段。

准备好自己的心

文/（台湾）杨 照

往往不是取决于我们去了哪里、看了什么，而在于去到看到时，我们的内在感官与记忆有多少准备。生命的丰富与否，与外在环境的关系，还不如跟自己内在准备来得密切。

很多人没有准备好自己的眼睛，就算去罗浮宫，也无法将任何东西装进自己的生命里。很多人没有准备好自己的耳朵，在音乐厅一样听音乐会，他就不会有感动，不会有愉悦，不会有音乐冲击出来的体验。很多人没有准备好自己的心，他就无法感染别人的痛苦、别人的兴奋、别人的快乐。活在这个世界里，不同的人会和世界发生不同的关系。

写给哈佛天文台台长的一封信

文／徐立新

他 6 岁大时，有一天，一块陨石突然从天而降，落在他所居住的小镇上，这让他和镇上其他十多个要好的小伙伴们兴奋好奇不已。

小伙伴们有的去问镇上一些满头白发的老者，有的去问学校里知识渊博的老师，有的去问见多识广的剃头匠、邮递员……

然而，他却没有这样做，而是回到家中问父亲："美国最好的天文学家在哪里？"

"当然是在哈佛大学天文台里。"父亲毫不犹豫地回答道。

他点了点头，然后继续问道："那么哈佛大学天文台里最好的天文学家又是谁呢？"

"应该是天文台的台长吧。"父亲有些迟疑地回应道。

"请帮我查到他的住址和姓名，我有事要找他。"

很快，父亲便查出台长叫爱德华·皮克林，是当时美国最负盛名的天文学专家。

一周后，皮克林收到了一封他写来的信，在信中，他用稚嫩的笔迹询问了许多关于陨石的知识和疑问，有些还相当有深度。

大感意外的皮克林很快便给他回了信，详细解答了他在信中所提出的疑问，整整写了 21 页纸，这封回信也让他比其他小伙伴们更明白陨石是怎么一回事了。

凡事尽可能地去求教最专业的人，这是他从小就养成的习惯。多年后，他当上了美国总统，对社会、经济、法律等各行各业的见证和施政方针都显得相当专业。

他的名字叫赫伯特·克拉克·胡佛。向最懂行的人求教，往往能掌握到别人所掌握不到的真正知识，而不是一知半解甚至是错解。

小与大

文／[捷克] 卡雷尔·恰佩克

人之所以喜欢小东西，绝不是因为人比它们大、比它们更有智慧，而是因为人与这些小东西在一起时，自己也变得小了。一个在与小猫玩耍的人绝不会觉得自己大如山峦，而感到自己和小猫一样贪玩和可亲。人向一朵小花俯首弯腰时，心底里也努力让自己变得同它一样小，好尽量与它靠近。假如我们有时想逃离喧嚣的世界，扮演小孩的角色常常会使我们感觉不坏，所以我们又去关注一些小东西，借此休息消闲——小东西能让我们开心。我们不可能说，太平洋让我们感到开心，可也许小鱼缸会让我们开心。一钻到什么小东西里面，生活就会变得轻松和有情趣些，顿时消除了不少悲剧与负荷。小东西慢慢释放出来的美实际上在于它那难以抑制的诙谐可笑。

爱你在春夏秋冬

文／[波兰] 雅努什·莱昂　编译／钱兆宁

今天，我想起奶奶对我说过的一句话：什么是爱情，爱情就是你愿意和自己所爱的人四季长久，直到永远。

春天，你会和她在散落着淡紫色的丁香花的原野冒雨漫步；夏天，你们一起采集浆果，一起在小溪游水；秋天，在家中腌越冬的菜，一起糊窗户缝隙；冬天，添柴加炭，相偎一起度过寒冷漫长的夜晚。

奶奶说，爱情真的非常简单。

日 子

文/碧 波

日子一页一页地被撕去，散乱地布满房间，像秋天里的落叶。生命是一棵扎根在大地上的植物，难道从一开始，迎接的就是义无反顾的凋零？日子，把乳白的芽儿拱出土层，把嫩绿的叶子一片一片地张开，把花朵一枝一枝地释放出香味，把果实酝酿成希望的彩色、甜柔的收成。即使岁月把日子砍伐成一株轰隆倒塌的大树，但也会有泥土下斩不断、挖不绝的根系，会重新繁殖出新的苗圃来。还会有顽强的种子，用它们独特的旅行方式，走遍世界，去繁衍成理想的部落、美的风景。

错 过

文/[印度] 泰戈尔　译/吴 岩

我知道，即使恋爱错过了成熟的时机，这一生也不是已经毁了完了。

我知道，即使花朵在黎明时凋谢，流水迷失在沙漠里，它们也不是已经毁了完了。

我知道，凡是背着迟缓的包袱，在这一生里落在后面的，也不是已经毁了完了。

我知道，我的梦想依旧没有实现，我的乐曲正依附在你那诗琴的琴弦上，依旧没有弹奏，它们也不是已经毁了完了。

朋　友

文／（台湾）席慕蓉

朋友就是：一个不为任何理由而前来看望你的人。

一个把自己所做的不光彩的事说给你听的人。

一个你很乐意买礼物送给他的人，而这些礼物你自己也蛮喜欢的。

一个你喜欢他，乃是因为有他陪伴时，你也很喜欢你自己的人。

一个随时就想把心里的话，打电话告诉你，因而吵了你午觉的人。

一个可以和你一起吃，一起在树底下睡，一起变胖，却不能一起减肥的人。

一个反反复复、晴晴雨雨的人，你这边还在分担着他的忧愁，他那边却已写完了日记，把位子腾空了的人。

一个写了信不寄，却在好几天之后翻出来，又夹上一首歪诗寄了给你的人。

一个急着忙着搜集朋友间的记忆，记录、整理、再归档了以后，才能安心地再过日子的人。

一个和你们同游一日，茶水不带，却能吃得最香、最饱，而面无愧色的人。

黑暗与光

文/天 鸿

河流在最黑暗的夜晚，仍然泛着粼粼的波光，那光虽然微弱，却是黑夜里唯一的并且不断奔流着的光。那光来自河水，它只在最黑暗的时候呈现。你如果想看见它，你就得身处最深的黑暗。——黑暗，是所有的光出现的方法。

时间煮雨

文/曹南才

时间就像被蒸发的雨水一样，不可返回，残酷流逝。但时间又是个魔术师，最大的本领就是变，把白云变成苍狗，让物是而人非；令勤者获得成功，使懒汉终身遗恨。时间还是个胸怀宽广的容器，原谅了不可原谅的，过去了曾经过不去的。时间更是个严密的筛子，最终会淘去一切沉渣。它还是精明的考官，孰优孰劣，在时间面前泾渭分明，谁也瞒不过谁。

因此，我们每个人都应该在时间面前交一份令自己和世人都满意的答卷。

枯枝与鲜花

文／雷抒雁

那是一棵什么树呢？在这深秋，黄叶已纷纷坠落的时候，它却是繁花满枝，显出一种青春和欢乐来。这是什么样的一棵充满了奇迹的树呢？

当我一步步走近那树，才看清，那不过是一株秋叶落尽的枯枝，缠绕着刚刚绽开的牵牛花。枯树，把它的身躯借给了柔弱的牵牛花的长藤，而牵牛花，也便把鲜艳的花簪上了枯树的头顶。于是它们便复活了，和谐地美丽地生活在一起，使你猛然间感到它们原本就是浑然一体的。

枯树哟，你不厌弃新生者的柔弱，以你的坚硬支持了它，所以你也得到了美。

柔藤哟，你不厌弃那长者的衰老，以你的活力装点着它，所以你的美得到了发挥。

我看过一些枯枝傲然地挺立着，身上落满了肮脏的鸟粪，脚下卷过萧条的风。我也看过一些牵牛花，找不到支撑，委弃在地上，被荒草吞没。

望着这一棵树，我微笑着。

离花近一些（外一则）

文／安妮宝贝

我远方的朋友说，你要离花近一些。当花开放，它付出生命里此刻全部的能量，是竭尽全力，毫不保留的。这本是接近终结的时刻，但它却这般宁静。全然的相信之后，才会有全然的接纳。而当我们处于修复的过程之中，有时会发现自身存在着一种无须修复的完美。

他又说，爱不是把自己当作救世主，要求对方改变。爱是牺牲，把自己化作空气，与对方融为一体。最困难的不是给予，是接纳。接纳即是允许发生，如此便可以熄灭我们的期待和忧虑。很多事情只是我们的方式，并非目标，不能把方式当作目标。

所以我们不应有追求空性的执着，但也没有丝毫的消极。可以全心全意做完一件事情，也可以什么都不做。可以用全部身心爱一个人，也可以消失。没有黏滞和妄求的内在，这是一种训练。每个人都需要掌握一些可通过训练得到的基本的技巧，知道如何不伤害自己。只有懂得不伤害自己，才可能做到不去伤害别人，不去伤害身边的事物。

所以，真实的生活即是，认真做好每一天分内的事情。不索取无关的远景，不纠缠于多余情绪和评断。不妄想，不在其中自我沉醉。不伤害，不与自己和他人为敌。不表演，也不相信他人的表演。

真正的爱

即便我并不觉得自己触碰过那种爱，但我依然相信，真正的爱是有的。真正的爱是，我们给予彼此每一刻当下的专注和喜悦，我给你一切选择的自由。我对你静谧和深切的祝福，从未曾中断，不管你在哪里，你跟谁在一起，你成为谁。

让对方去做他想做的事情，成为他想成为的那种人。让他兜转长路后去思考自己做的一切是否正确，让他以此检验自己对你的感情到底属于哪一个归类。所有的控制和操纵，其根基是软弱和恐惧，并且越需索越匮乏。你要做到的自信是，别人，由他走到哪里都可以，你要与自己的心平和而丰盛地相处在一起。

爱情的忧伤

文／任林举

薰衣草的花语是等待爱情，一个"等待"便把爱情的本质和美学价值说穿。真正的爱情，往往并不是四处寻找找到的。它要你耐心等待，等待那个机缘的来临；真正的爱情，需要卿卿我我，但却不能在卿卿我我中得到长久的延续。没有等待、没有思念的爱情会如没有阳光照耀的花朵一样日渐枯萎和凋谢，真正的爱情，往往就是在无望的等待中得以永恒。我们所熟知并深受感染的爱情故事，哪一个不是因为恒久的等待，才得以升华和感人至深的！真正的爱情，原来是如此的忧伤。

砍掉一棵圣诞树

文／申赋渔

这棵号称欧洲最大的圣诞树马上就要被砍掉移走了。

在法国斯特拉斯堡的克罗贝尔广场上，每年都要从孚日山上运来一棵高大的冷杉树，作为圣诞节这个城市最重要的装饰。装饰这棵圣诞树的人，也要请有名的艺术家。今年是一位女艺术家，我看到她在接受电视采访时，显得无比自豪。

对此我大不以为然，每年砍一棵百年以上的树来装饰圣诞，是不是太浪费了？

跟斯特拉斯堡第一副市长吉赛尔先生吃饭时，我终于向他提出了这个问题。

吉赛尔先生说："是的，我们每年都要到孚日山上去砍树，每棵树的树龄都在百年以上。可是我们选树的过程，很复杂，时间很长。因为我们要选的树，都是活不了多久的，这棵树还挡着许多小树的阳光。砍每一棵树，我们都是极为谨慎的，都要专门论证。你也看到了，市里面就有这样的树。我们要砍它之前，都要贴上告示，说明要砍的原因：要么是病了，要么是对人、车形成危险。如果有人反对，我们还要重新论证。"

在广场区，斯特拉斯堡大学附近，有一座免费开放的植物园，我经常去。秋天的时候，我看到里面一些树上挂着告示，行文极为伤感，表明这些树都是不得不清除的。他们还保证，一定会补种更好的，而且，要更加呵护。

他们对树就是这样。

小屋背后的节气

文／白音格力

乡音被云裁走，裁成开放鸟鸣的帛画，雁阵经过时，捎回片言。花影还留在屋前，屋后一颗露珠，养着一圈圈年轮，黎明不语。鹰衔走一个季节，镜子里的节气很漂亮，一尾鱼游在眼角。屋前远去的烟火，照亮屋后你挂在树上衣袂飘飘的诗歌。

我要在手心里长出月亮。我要在眉目间长出清风。我要在唇齿上长出桃园。我要在心底下长出小径。

我的相思没有名字，屋后八月桂，孤香开不落。没有你，我画不好闲日月，我怕你不识我屋前夜。我的挂念没有名字，屋后一月梅，寂寞开无主。没有你，我续不上半炉香，我怕你不识我屋前风。

我的远眺没有名字，屋后三月园，半畦翠韭黄。没有你，我种不出一首诗，我怕你不识我屋前桃。我的守望没有名字，屋后十月菊，欲开已忘言。没有你，我修不好一架篱，我怕你不识我屋前径。

我是你忘记带走的一句乡音。我是你忘记读完的一章诗句。我是你忘记绣上的一片月色。我是你的，去年天气，旧亭台。

养一畦露水

文／许冬林

《枕草子》里写露水的笔墨多而有情趣，而我最爱玩味的是这一句："我注意到皇后御前的草长得挺高又茂密，遂建议：'怎么任它长得这么高呀，不会叫人来芟除吗？'没想到，却听见宰相之君的声音答说：'故意留着，让它们沾上露，好让皇后娘娘赏览的。'真有意思。"读到这里，我恍然觉得游离多年的一片小魂儿给招回来了。养花种草，不是目的，是为了给一个闲淡的女人去看清晨的露。烽火戏诸侯，裂帛博取美人笑，都不及人家种草来养露水的风雅。

我读着《枕草子》，不觉痴想起来。痴想有一天，能拥有一座带庭院的房子，四围草木葱茏。院子里，种花种菜种草，一畦一畦的。清晨起来，临窗赏览，看一畦一畦的露水，都是我养的。

养一畦露水，在露水里养一个清凉的自己。生命短暂渺小，唯求澄澈晶莹，无尘无染。让美好持续，一如少年时。

期待爱情

文/王　蒙

　　人生有许多期待，最美好的期待是期待爱情。期待笑语，期待美丽，期待醉人的初吻，期待温柔体贴，如波如浪；期待零距离的融合与交流，期待共赏共享共乐；最好在辛弃疾描写过的上元佳节去观灯，美食佳肴，蒸饺烧卖，街灯挂灯，一夜鱼龙舞，春花秋叶，山岚水影，逆旅驿站，船上同舱，机上同坐，携子之手，你手我手，你心我心，你的生活生命、我的生活生命。还有契诃夫的戏，普希金的信，当然，底下是你的戏。

　　良辰美景，月夜清风，欢欣美满，大街小巷，天光草色，江岸沙滩。天下三分明月夜，已有两分在心头。你期待你的情书有一个寄送的邮政地址，你期待你的心尖上写上一个电话号码。你会每天温习这个号码，哪怕你不可能老是拨响她的电话，你怕她嫌烦，你也并不一定有足够的长途乃至本地的电话费用。你期待着你的火焰有一个燃烧的指向，你觉得整个天与地、日与月都是那么可爱。

　　人生是什么？现在是对于一个人的寻找，是一个尚未确定的地址，是一个还没有找着的电话号码。

　　然后一找就到，一见就灵，一说就对，一想就梦！

最好的安慰

文／和菜头

很多年前，有一位女孩子，刚刚失去了自己的至亲。那是个冬天的夜晚，家里进进出出都是帮着办丧事的人。她独自一个人跑到后院，坐在一张条凳上看着院子里光秃秃的柿子树发呆。

这时，一位平常和她很少说话的男同学走了进来，和她并排坐在条凳上。她以为他又要说那些安慰的话语，它们已经多到让她感觉到厌倦，所以她没有开口。那个男同学同样沉默不语，两个人就在冰冷的冬夜里并排坐了很久。

最后还是那位男同学打破了沉默，他指着面前的柿子树说："这柿子甜吗？"她不知道为什么，就顺着这个话题开了口。于是，两个人讨论了半个小时的柿子，一直讨论到明年春天是否应该修枝嫁接一类的事情。然后，那个男同学起身道别，自始至终没有说一句悼念和安慰的话。20多年后，每当她回忆起那一幕，都觉得那是她有生以来得到的最温暖的安慰。

最好的安慰不在于言辞，而是用行动表示我和你在一起，就像一起坐在冬夜里的条凳上那样。最好的安慰也不是安慰本身，而是让对方升起对未来的期待，哪怕只是为了一株柿子树。

II

生命的画线

人总是在自己面前画一条线，称之为极限。一旦走到线的前面，就会自动停止，不再向前。可是，他并不知道，自己真正的实力，往往在这条线之后，而且还要更远。

线是自己画的，只有冲过它，才能看见自己真正的人生。

大家的孩子

文／[美] 保罗·坎贝尔　编译／赵文恒

曾有位战地记者，亲眼看到一个小女孩被狙击手射中，躺在地上痛苦地抽搐，他扔下手中的相机准备奔过去救人，就在这时，一名中年男人匍匐着来到小女孩的身边，冒着枪林弹雨，顺利把小女孩带到安全地带。

记者迅速打开车门，对中年人喊道："快上车，我带你们去最近的医院！"一路上，中年人紧紧抱着孩子，不停催促记者："朋友，快点，我的孩子还在动，还有呼吸！朋友，快点，我的孩子还有体温！"记者把油门踩到底，但不幸的是，等他们到医院时，小女孩还是死了。两人在卫生间里清洗浑身的血污，这时中年人发话了："还有一件最痛苦的事要做，就是找到孩子的父亲，告诉他女儿已经死了，这会让他很伤心的。"

记者吃惊地问道："难道她不是您的孩子吗？"男人摇摇头，反问道："难道她不是我们大家的孩子吗？"

一只被拴起来的猫

文／蒋骁飞

一个大学生问伟大的心灵导师德·梅勒："只要稍微留意一下，我们就会发现，我们的社会中会存在着不少不合理的制度或者政策。尽管连执行者都知道它们是荒谬的，但就是没有人站出来反对它，更没有人敢废除它，所有人都任其运行下去。这是为什么？难道每一个人都愚蠢吗？"

"你说的问题让我想起一个习俗。"德·梅勒说，"在印度很多寺庙里，举行祷告时都要在门外拴一只猫。这个习俗源于400年前，一位德高望重的导师和弟子们一起参加礼拜的时候，灵修院里的猫就会碍事。于是，每逢灵修院举行祷告的时候，导师就命人把猫拴起来。导师去世后，每逢礼拜，人们继续把猫拴起来。这只猫死了，灵修院又找来一只猫，好确保礼拜时，他们忠实地执行了导师的命令。几个世纪过去了，博学的弟子们写下了这样的学术论文，内容是有关在礼拜时，把猫拴起来——这一宗教仪式的重要性。当然也有人认为拴猫的仪式毫无意义，但他们提出异议时，都无一例外地被赶出了寺庙，有人甚至受到更严苛的惩罚。所以，直到今天，尽管很多人意识到这一仪式是荒谬的，但仍旧忠实地不折不扣执行着。"

大学生接过话头说："我明白了，那些不合理的东西之所以在延续，是因为人们心中的盲从和怯弱。""你说得很对。"德·梅勒点了点头，接着说，"但不仅仅是一些人的盲从和怯弱，还有另一些人的权欲，因为他们可以通过这只猫来树立自己的权威。"

四座城市（外一则）

编译／班 超

有四座正处于危机中的城市，每一座城市，人们都快要饿死了，每一座城市，仅剩下一袋种子。

在第一座城市，没有人知道种子能做什么，没有人了解如何种植它们，最终，所有人都饿死了。

在第二座城市，有一个人认识种子，了解如何种植，但由于某种原因，却没有做任何事。最终，所有人都饿死了。

在第三座城市，有一个人认识种子，了解如何种植。他建议种下它们，但以宣布他成为国王或统治者作为交换。此后，所有人都有食物吃了，却受到统治。

在第四座城市，有一个人认识种子，了解如何种植。他不只播下种子，而且传授每一个人农艺。此后，这座城市人人都有食物吃，人人都享有自由和权利。

爱的比喻

玫瑰可能这么说吗："我只把芬芳送入好人的鼻息，但不要坏人闻到？"

或者灯这么说："我的光只照亮房间里的好人，却不投给坏人？"

或者一棵树说："我只为好人遮阴避凉，但回避坏人？"

这些都是关于爱之定义的恰当比喻。

真正的爱，无边无界，没有分别心。

鸡鸣大海前

文／李敬泽

在耶路撒冷，我到了耶稣受难前被囚禁的"鸡鸣堂"。——最后的晚餐散了，耶稣和门徒们向橄榄山走去，耶稣说："今夜你们都要为我的缘故跌倒。"

彼得说："即便众人都为你的缘故跌倒，我绝不会跌倒。"

耶稣："我实在告诉你，今夜鸡叫以前，你要三次不认我。"

彼得："即便我该同你一起死，我也绝不会不认你。"

然后，耶稣被捕了。就在这里，当时的牢狱、现在的"鸡鸣堂"外，彼得在庭院里的人群中坐着，耶稣正在里面遭受羞辱和拷打，一个使女走过来，指着彼得："你也是同那加利利人耶稣一起的。"

彼得躲开众人的眼睛，说："我不知道你说的是什么。"

他退到门廊，又有一个使女指着他对众人说："这人是同那加利利人耶稣一起的。"

彼得发誓道："我不认识这个人。"

过了一会儿，人群中有人、也许是一群人，走过来，指着他："的确，你也是他们中的一个，因为你的口音把你暴露了。"

彼得赌咒发誓："我不认识这个人。"

就在此时，鸡叫了。彼得一个人，走到外面，远离人群，痛哭。

——这个故事深深地感动了我，在寂静无人的"鸡鸣堂"里，我一个人站着，感到这世上所有的人，我，都是彼得。

人的怯懦，人的软弱，耶稣是知道的，耶稣对此并不意外，他把这作为立教的起点。

人在卑下中承担着精神的重量：他知道自己看到了什么，知道什么，但他不说出。

知与一知半解

文／[黎巴嫩] 纪伯伦

浮在河边的一根木头上趴着四只青蛙，突然水流急冲，木头缓缓地顺流而下。青蛙们十分高兴，因为这是它们的首次航行。

不多久，一只青蛙说话了："这根木头实在是神奇，它会自己运动，就像有生命一样。"

第二只青蛙说道："不，朋友，这根木头跟别的木头一样，是不会运动的，运动的是河水，从而带动了我们和木头。"

第三只青蛙却说："木头和河水都不会运动，运动的是我们的意识。假如没有意识，一切运动都将不会存在。"

这三只青蛙开始为究竟是什么在运动而争辩起来，它们越争越起劲，但到底还是互不服气。

于是它们转向第四只青蛙，它一直在认真地听着各方言论，并未作声，青蛙们请它发表自己的见解。

第四只青蛙说："你们都对，说得都不错。木头在动，河水在动，而我们的意识也在动。"

那三只青蛙听罢勃然大怒，因为谁都不想接受这个观点：自己的想法并非全对，别人的观点也并非全错。

接下来，怪事发生了，三只青蛙同仇敌忾，一起把第四只青蛙推进了河里。

致命的欠缺

编译／尹玉生

一名荷兰钻石收藏家四处高价寻购一种非常罕见的钻石，这种钻石究竟是什么样的，收藏家自己并不清楚。纽约钻石商人温斯顿先生听到消息后，想方设法与收藏家取得了联系，并充满把握地告诉对方，自己拥有那种罕见钻石。

收藏家很快来到纽约温斯顿的珠宝行，为了确保达成交易，温斯顿派出了最好的推销员。推销员以自己渊博深厚的钻石知识，从专业和技术层面全方位地向收藏家介绍了这款钻石，正当推销员兴致盎然、谈兴正浓之时，收藏家阻止了他的介绍，明确而坚决地说，这款钻石并非我心中要寻找的那种钻石。

当荷兰收藏家不无失望地正要起身离开之际，温斯顿赶忙迎了上来，请求收藏家再给他一点时间，由他亲自介绍一下这款自己最珍贵的钻石，收藏家同意了。

温斯顿小心翼翼地拿起钻石，他没有像推销员那样介绍钻石的重量、净度、色泽和切工，而是充满深情地详细描述了自己对这款独特钻石发自肺腑的欣赏。仅仅几分钟后，收藏家买下了这款钻石。两人举起葡萄酒杯，共同庆祝完成了一次美妙的交易。收藏家突然若有所思地问道："奇怪了，为什么片刻之前，我轻易地对你的推销员说了'不'字，而现在我却满怀欣喜地购买了你的钻石？"

温斯顿抿了口酒说道："那个推销员是我们这个行业里最好的推销员，他对钻石的了解超过任何一个行内人，包括我。但有一样东西，是我拥有而他恰恰欠缺的，在我看来，那是致命的欠缺，如果他能弥补上这一点，我很乐意再给他增加一倍薪水。"

"那是什么？"荷兰收藏家好奇地问道。

温斯顿答："他熟知钻石，而我酷爱钻石。"

确信与疑惑

文/[巴西] 保罗·科埃略　编译/李 威

一天早晨，禅师召集弟子们说法，这时，一个男人来到他的面前求教。

"世上真的有神吗？"

"是的，世上真的有神。"

午斋之后，另一个男人来到了禅师的面前。

"世上真的有神吗？"

"没有，世上并没有神。"

那天下午稍晚些时候，第三个男人来到了禅师面前，也问了同样的问题："世上真的有神吗？"

"这完全取决于你。"禅师答。

当第三个男人刚一离开，禅师的一个弟子忍不住生气地质疑道："师父，这也真是太荒谬可笑了！三个人问的都是同一个问题，可是您怎么能给他们三个完全不同的回答呢？"

"因为他们三个是不同的人，所以他们每个人必须用自己的方式去认识神。第一个人会对我所说的话深信不疑，第二个人则会想方设法地来证明我说的是错的，第三个人呢，则只相信他自己所做的决定。"

谁能侮辱你

文 / Sophie

有个大和尚带着小和尚云游四海做托钵僧修行。

晚上，两人找了间破庙休息，大和尚身体不适，就让小和尚独自出去化缘。

两个时辰后，小和尚回来了，他带回了饭菜，但神情沮丧，小小的脸庞上还带着些许泪痕。

大和尚问："怎么啦？"

小和尚闷闷地说："我真不喜欢化缘这件事！"

大和尚又问："太辛苦了吗？"

"我不怕辛苦，但是我讨厌被侮辱，尤其是被对佛法没信心的人侮辱！"

"他们怎么侮辱你？"

"他们不愿意施舍饭菜就算了，竟对着我大骂：'你们这些和尚都是骗子，只会利用一般人的善心骗吃骗喝！''打着佛祖名号到处骗人！''小小年纪不好好学个手艺讨生活，只会学和尚念经，真是不长进！'等等。"

大和尚闻言笑了，说："这就叫作侮辱？"

小和尚见大和尚还是一派怡然自得，就委屈地回嘴说："当然，这还不叫侮辱？"

大和尚继续说："你所遇到的无礼对待，我都遇过，而且糟上十倍！有的施主，不但不施舍，还放狗咬我。有些大狗真凶，追着我跑好几条街呢。有次，我真给咬伤了，却还是得继续向下一户化缘。但我不但没化到缘，还被那户人家给狠狠嘲笑了一番，而且我离开时，小孩子还拿石头丢我，甚至有好几次被人把我化缘的碗抢去，扔在地上摔得粉碎……"

小和尚听到这里，张大了嘴问："那你怎么撑过来的？"

大和尚笑说："我所经历过的侮辱，三天三夜也说不完，但是我很确定，那些尚未开悟的施主们可以赶走我，扔我的碗，拿石头丢我，放狗咬我，但是绝对没有办法'侮辱'我！"

大和尚定定地看着小和尚，微微笑说："只要我不侮辱自己，就没人能侮辱我！"

五个小段落组成的自传

文 / [美] 詹姆斯·道森

1. 我走在街上，人行道有一处深坑。我掉了下去，迷失而无助，那不是我的错。仿佛永远都找不到出路。

2. 我走在街上，人行道有一处深坑。我视而不见，掉下去。真难相信我竟跌在同一地方，但那不是我的错。得花许多时间才找得到出路。

3. 我走在街上，人行道有一处深坑。我看见了它，但仍然掉了下去，那是一种习惯。我睁开眼睛，知道自己在哪里。那是我的错，我立即走出来。

4. 我走在街上，人行道有一处深坑，我绕道而行。

5. 我选择了另一条街。

自己飞与别人帮着飞（外一则）

文／黄小平

孩子缠着父亲去放风筝，父亲说："今天没风，不能放。"

"为什么没风就不能放呢？"孩子问。

"因为没有风，风筝就无法飞到天上，只有等有风的时候去放，才能把风筝放飞到天上。"父亲说，"所以，做什么事都要抓住机会，只有抓住了机会，才能把事情做成功。"

"没有风，为什么鸟照样可以飞到天上呢？"孩子又问。

"因为鸟是自己在飞，而风筝是靠风在飞。"父亲说，"孩子，自己飞，什么时候都是机遇，什么时候都能飞到天上；而靠别人帮着飞，机遇都是暂时的，即使一时靠机遇飞到了天上，最后也会因自己不能飞而掉落到地上。"

顺风易落

一群孩子在公园放风筝，其中一个孩子却怎么也不能把风筝放飞起来，放着、放着，风筝就掉下来。

一个大一点的孩子走过去，对这个孩子说："风筝往往是在顺风时掉下来的，逆着风放，就不会这样了。"

果然，这个孩子按照指点，很快就把风筝放飞起来。

风筝往往是在顺风时掉下来的，我不想去探究其中的原因，只是惊叹，自然和人生竟是如此的相似：很多人不也是在人生最顺利的时候，把握不住，吃了败仗、栽了跟头吗？反倒是逆境更令人奋进，更容易走向成功。

所以，愈是在顺风顺水的时候，人愈要提醒自己谨慎：风筝往往是在顺风时掉下来的。

旅行者须知

文／冯骥才

什么东西对于旅行者最重要？有人说是地图，有人说是有助于睡眠的药或通便的药，忘了会一路不顺快。

我的一位老朋友很奇怪，说他必不可少的是挠背的小挠子。他每次出门必带，一次忘带，分外地痒，而且奇痒难忍，又不好去找人抓，最后只能找个有棱有角的门框，待到奇痒发作时将后背使劲往门框上蹭。

看来每个人首先都要对付好自己。

其实不一样

文／刘 瑜

西谚云：不要让"最好"成为"更好"的敌人。意思是 80 分不完美，60 分也不完美，但不要因为 80 分不是 100 分而否认从 60 分进步到 80 分的意义。不过中谚却说：五十步怎么可以笑百步？

要我说，五十步怎么不可以笑百步，九十九步都可以笑百步。人类文明的进步靠的就是点点滴滴的努力，大的进步值得大的肯定，小进步值得小肯定。别说什么"关了灯都一样"，21 世纪了，为什么总要关着灯呢？

在世界之中

文／李 止

我们发明了那么多学说，其实就是为了掠夺这个世界，并在过程中互相掠夺，最后获得自己完全不需要的东西，失去人类原本享用的一切。

人做什么事，总会回到自己身上。给农作物打药，最后自己吃了；给动物吃激素，最后自己消化了；污染河流，向地下排有毒的物质，最后自己喝了……提炼地沟油，制造毒奶粉，搞核武器，这些为算计同类所做的准备，也早晚会回到自己身上。我们就活在这个星球，也最终会融入这片土地。人生短暂，还是多参与一些美好的事，合乎人性的，合乎自然的，赐人玫瑰，手有余香。

爱

文／何小竹

某年夏天，在海螺沟贡嘎山下，我问一个藏族女孩，"爱"在藏语里怎么说？她想了想，然后笑着摇了摇头。我以为她是羞涩，不好意思说；或者，压根儿就不会说，因为她并不是在牧区长大的，对自己的母语比较陌生。但是，她后来告诉我，"爱"在汉语和英语里都是个很宽泛的词，可以用在很多地方，但在藏语里，不同的爱，有不同的表达，是很具体的。"你问的是哪一种爱呢？"是啊，我问的是哪一种爱呢？这次轮到我羞涩和失语了。

落 地

文 /［日］吉田兼好　译／田伟华

有一个以善于攀爬树木而闻名的男子让人爬高树去砍树枝。攀登者到最高处时，他一言不发；等到攀登者下到屋檐那么高时，才开始说："要小心，别失足了！"

我问道："已经下到这个地方，稍微一跳就可以下来了，为何这么说呢？"

男子回答道："正是应该到这个高度才说的。人爬到了最高点，枝危而目眩，自当有所戒备，因此不必多言。而失误常常发生于易处，因此就必说不可了。"

喜 感

文 /（台湾）简媜

"喜感"可以自主地在刹那间完成，借用的外物俯拾皆是：一封情书、一则笑话、一条报上的新闻、捡到一块钱、朋友用老板的名字命名他的狗、一个魁梧男人肉球般的膀子上刺着"阿珠我爱你"而我开始偷笑他一定用另一只膀子搂别的女人，诸如此类。

悲剧仍然管理着生命，可是我们也不妨随时抓点题材制造乐趣，别一张苦瓜脸混了一辈子。乐一些吧，久而久之居然长出一株不合逻辑的蔓藤类思维植物，反绑了悲剧之神的手脚。

努　力（外一则）

文／[日] 千田琢哉　译／李建铨

"我已经努力过了"，会说出这种话的人，最好重新上一次幼稚园。

有些话绝对不能自己说出口："我会努力"、"我会加油"。

"努力"这件事，在学生时代还能算值得被肯定的价值，但成为工作人之后，就不能再说自己有多努力。

因为努力是理所当然的，是站上起跑点前就该思考的问题。

比起努力却无法达成任务的人，不用努力就达成任务的人，更能获得高度评价。

说出"我已经努力过，但还是做不到"的同时，最好能顺便递出辞呈。

有没有努力过，是由周遭的人来决定的，自己绝不能轻易说出口。

认为自己付出了努力就能得到应有的评价，是最丢脸的事情。

记忆力

学生时代，若能牢牢记住英文单词及数学公式，总是会被高度肯定。

一旦出了社会就会发现，记住别的东西更加重要。

"校园里的秀才"在社会上并不一定幸福，理由就在这里。

成为社会人士之后，需要的记忆力有两种：感谢的记忆力、反省的记忆力。

感谢的记忆力是指无时无刻不忘记说谢谢的心情，反省的记忆力是指无时无刻不忘记说对不起的心情。

要记得，出社会之后对记忆力的要求，与在校时期完全不同。

淬　火

文／张希

淬火，简单地说就是将钢加热到临界温度以上，保温一段时间，即予以快速冷却的热处理工艺。人其实也需要"淬"火的，当人一步步接近成功时，头脑免不了发热，突然被迎头泼上一瓢凉水，极有益处。淬火后的钢会大幅提高强度、硬度、耐磨性、韧性，同理，承受了如此凉热之落差的心脏会变得更坚强。

野　性

文／[美] 大卫·梭罗

生活与野性相符，最富生机的往往是最狂野的。野性不会压制人，而会使人的精神大振。一个不断奋力前进、从未有过片刻休憩的人，会快速地成长，并无休止地向生活索求，他可能会不时地发现自己身处一片新的荒郊野地，周身被生活的原材料包围着，而他自己正在原始林木的匍匐茎上爬着。对我而言，希望和未来不是在草坪和耕田上，不是在乡镇和城市，而是在难以渗透的沼泽泥淖中。

迷路和歧路

文／黄　笑

我有一位朋友，爱好旅游，可在旅游中多次出现迷路的情况。"你常常在外旅游，应该有丰富的旅游经验，怎么还迷路呢？"一次，我问朋友。

"每次迷路，都是因为走上了歧路。"朋友说。"为什么会走上歧路呢？"我问。

"因为歧路上有迷人的风景，看着看着，就忍不住走进去了，走着走着，就再也走不出来了。"朋友说。人生的迷路和迷失，也是这样从走上歧路开始的。

生命的画线

译／林　林

人如果真的知道自己的极限就好了。

人总是在自己面前画一条线，称之为极限。一旦走到线的前面，就会自动停止，不再向前。

可是，他并不知道，自己真正的实力，往往在这条线之后，而且还要更远。

线是自己画的，只有冲过它，才能看见自己真正的人生。

爆炒与炖汤

文／白燕青

厨师烧菜，喜欢大火爆炒，油温要高，火力要猛，速度要快。爆炒的菜，一气呵成，脆嫩爽口。

膳夫煲汤，总是小火慢炖，汤水要足，温度要恒，时间要长。慢炖的汤，汤澄色清，香鲜味足。

大火，为的是加热；小火，为的是出味。爆炒的菜，色正味美；慢炖汤，醇正鲜美。

炒菜如此，煲汤如此，生活亦如此。既得激情满怀，满腔热血，又得不急不躁，文火慢炖。只有把好火候，控好燃料，掌好温度，沉住气，耐下心，才能领略生活的真义。

没想象的糟

文／佚 名

某人在睡梦中，不慎将摆在床头的紫砂壶盖打翻，于是惊醒，他想，壶盖既碎，留壶身何用？于是抓起壶身，扔到窗外。天明，发现壶盖掉在鞋上，无损，恨之，一脚把壶盖踩得粉碎。出门，见昨晚扔到窗外的茶壶，完好地挂在树枝上。

冲动是魔鬼，别急着下结论，事情可能没你想的那么糟。

最触目惊心的事

文／梁实秋

最令人触目惊心的一件事，是看着钟表上的秒针一下一下地移动，每移动一下就是表示我们的寿命已经缩短了一部分。再看看墙上挂着的可以一张张撕下的日历，每天撕下一张就是表示我们的寿命又缩短了一天。

因为时间即生命。没有人不爱惜他的生命，但很少人珍视他的时间。

用美好交换美好

文／韩 青

美好有两种。一种是外在的，比如前面的目标、愿望、追求、向往、梦想等；还有一种是内在的，比如我们的勤奋、执着、信念、坚强、品质等，而且能用后者去交换前者，也就是说，用美好交换美好。

这样的交换，一生可以进行一次或多次。但是那些懒惰者、不思进取者、游手好闲者，这样的交换一次也不会有，因为他们没有交换的"资本"——内在的美好。

智慧与贫富无关

文/[印度] 安东尼·德·梅勒 译/孙开元

大师过着简朴的生活，但是他也从不排斥那些有钱的追随者，这让他的弟子们都产生了好奇。

"一个人富有而又圣洁，做到这一点很难，但并不是不可能的。"一天，大师对弟子们说。

"那怎样才能做到这一点呢？"弟子们问。

"当金钱对于一个人心灵的影响，就如同是竹影对院子的影响时，他就做到了。"

弟子们转过身，只见一道竹影正在院子的地面上轻轻拂动，却没能激起丝毫尘土。

考　验

文/张　莹

当美国小学女教师克拉克正在经历一场生死考验的时候，另一场考验也在悄悄发生。

克拉克不幸患上了乳癌，为了治疗，过去的一年里，她用光了工作17年来累积的所有病假和年假。按照规定，如果她再不回学校授课，将会被扣薪，并直接影响到她所能获得的医疗津贴，用她自己的话说："失去薪金、医疗津贴，我便失去了一切。"

学校也在经历一场考验：遵循制度，还是服从人性？

接下来的故事有点老套：一场爱心捐赠随即展开，然而，捐赠的内容不是金钱，而是假期。

在同事们的"慷慨解囊"下，克拉克的境况峰回路转，她被赠予了154天的假期用于治病。

相比于物质和金钱的捐赠，这个略显笨拙的方式，反倒让人感受到真诚的善意：它既维护了制度，又给予了求助者尊严。

克拉克赢得了求生的时间，人性的温度温暖了冰冷的制度，从这点上看，他们都战胜了考验。

最无聊的工作

文/陈 璇

瞪大眼睛看油漆干透，应该算是世界上最无聊的工作了吧，过去的四年里，美国一位名叫托马斯的博士全身心地投入到观察油漆变干的研究里。

在托马斯看来，在工业建筑时代，他所从事的是一份非常重要的工作，"我们只有花很长的时间来观察油漆干透的过程，才能知道如何制造出更耐用的漆料。"他说。

仅用肉眼傻傻盯着看是远远不够的，托马斯还要借助显微镜来观测油漆里的颜料颗粒。他最重要的工作任务就是了解漆膜形成的过程，然后结合聚合体技术提高漆料的耐用性，"就像为油漆们提供一个无形的保护膜"。

托马斯所能想到的最浪漫的事，就是看着油漆慢慢变干，透过墙上五颜六色的油漆，托马斯仿佛看到一个爆发的小宇宙，"一升的油漆里就有无数的小粒子，比银河系的星星还多"。

尽管总是被人嘲笑"真是太无聊了"，可托马斯对这份工作始终充满热忱。有时，他甚至会同情那些嘲笑自己的人，"他们的工作未必像我的这样充满色彩和挑战——那才真的是太无聊了"。

风往哪个方向吹

文／毕淑敏

在我们每个人的心里，都有一个恐惧、害怕的场。这个场太大，会使我们畏畏葸葸，太委屈了自己的岁月；这个场太小，又容易人在边缘，演不出该上演的节目。人们就是在这种矛盾心理中不断地寻求安全感，不断地寻求归属感。

归属，是人的第二生命。这是早期人类社会遗留给我们的集体无意识，谁也无法抗拒。当然了，从那时到现在，许多年过去了，我们已经不怕被踢出一个山洞而无法生活，但恐惧依然强大的存在于每一个细胞之中，甚至能彻底动摇我们的自信。

我们多么希望自己归属于某个群体，比如家庭、单位、某个协会、某个团体，也就是我们俗话说的"物以类聚，人以群分"。有了归属感，我们就能够从中得到帮助和爱，以证明自己的身份。缺了归属感，人们就会对自己所从事的行业缺乏激情，没有办法任劳任怨，人际交往缺乏，业余爱好单调。

最重要的是，没有归属感的人缺乏责任感，他们就像漂浮的浮萍，没有根基，没有方向。当风浪压力袭来的时候，他们脆弱不堪，随时可能沉没。

人在旅途，风向八方。有人四处走动，是为了寻找一个温暖的地方留下。有人不断告别，是因为没有谁能挽留他的脚步。有人不断超越，只因为梦想的无法止息。

心　扉（外一则）

文／[美] 刘　墉

假使心有扉，这心扉必是随着年龄而更换的。十几岁的心扉是玻璃的，脆弱而且透明，虽然关着，但是里面的人不断向外张望，外面的人也能窥视门内。二十几岁的心扉是木头的，材料讲究，而且装饰漂亮，虽然里外隔绝，但只要是爱情的火焰，就能将之烧穿。三十几岁的心扉是防火的铁门，冷硬而结实，虽然热情的火不易烧开，柔情的水却能渗透。四十几岁的心扉是保险金库的钢门，重逾千斤且密不透风，既耐得住火烧，也不怕水浸，只有那知道密码、备有钥匙的人，或了不得的神偷，才能打得开。

不参与的无知

有一天，经过广场，看见许多人在放风筝，令人不解的是：大家都挤在场子的一侧，那密密麻麻的风筝线，似乎随时都可能绞成一团。"为什么宁可让场子的另一侧空着，却要傻傻地挤作一堆呢？"我心想，并买了一个风筝，走到场子空着的一边去放。但是不稳定的风，使我不得不随时往回卷线，卷不及时，只好向后退。我的风筝终于飞得跟别人一样远，这时才发觉，自己竟然也挤在场子另一侧的人群中。

当我们笑别人迂时，很可能应该笑的，是自己不曾参与所造成的无知。

III

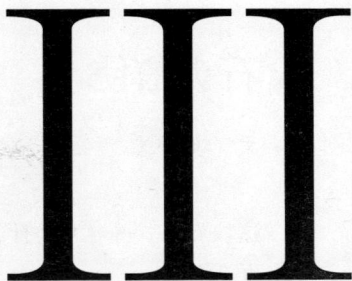

因为时间不会停

有一天去个酒吧，去早了。老板娘正在叠纸巾，本来每张都是两层，她仔细分开来，单层再叠好，说这样省一点。那么多盒，我说这要叠到什么时候。离开时看了一眼，发现她已经叠完了。好多事情都是翻来覆去，以为没有尽头，其实很快也就过去了。照片堆满，日历翻完。因为时间不会停，所以一定有终点。

石头信使

文／莫小米

这块石头，重 1.8 公斤，黑色表皮上，有一些微小的橙褐色斑点，一点也不漂亮。

任何小石头都是大石头变来的，受到外力的冲击，它们分崩离析，浪迹天涯。每一块小石头都忠实地保存着大石头的所有信息，40 亿年前，它曾是火星的外壳，直到某一天，它突然被某颗小行星撞上。

离散的那一天，它被撞昏了过去，等它恢复意识，才知道自己失去了根基，没了依傍。

从此它在一片混沌中游荡，无所谓方向和目标。它游荡了很久，大概有 1600 万年吧。它不断地消瘦，不断地寻找，想要一个归宿。

终于，当它挨近某个星球时，被她的美丽湛蓝深深吸引，不顾一切地穿过阻碍，扑向她……

它又一次昏过去，等它醒来，发现自己躺在茫茫的冰原上，它的到来，没有引起任何人的注意。

它习惯了随遇而安，这样一躺下，又过去了 13000 年。

时间到了 1984 年，有一双手，将它捡了起来，那是一位到南极做科学考察的美国人。

他发现了它，却依然不懂它，它被带回来，冷落在某个柜角，与很多普通的石头挤在一起。

天下几人能识君？ 10 年后，它的知音终于出现。

它身上那些橙褐色斑点，是不是钛酸盐粒？钛酸盐粒只在一定的温度下才能形成——这个温度，正是可以维持生命的温度，那么，它承载生命信息了吗？

它被推到了 20 万倍的电子显微镜下，科学家们从中找到了细菌的痕迹，这块石头，像一个信使，给人类带来信息：火星形成过早期的原始生物。

经历了那么多，等待了那么久，终于完成了它的使命，一夜成名。

每一块石头都隐藏着它的秘密，只对懂它的人开口。

蛛　网

文／邹扶澜

雨后的墙角，或者两棵树的中间，常见蜘蛛网挂在半空，黏黏的，俘获由此经过的蚊虫。

蜘蛛没有翅膀，怎么会在一夜之间织出一张网，它会飞吗？

看过一个资料，蜘蛛在织网的时候，先吐丝将一端在树干或者墙壁上固定，然后荡着丝把自己送到地面，一边爬行一边吐丝，丝如果粘着草、石块或别的杂物，蜘蛛就返回身将丝吃掉，再吐，再前行。这条丝线至关重要，因为蜘蛛要找到一棵树，或者一堵墙爬上去，把这根丝抻直，作为空中建筑的第一根栋梁。

所以，常有这样的时候，蜘蛛爬啊爬啊，差不多要成功了，可是线偏偏又被地面一个微小的障碍绊住了，没办法，蜘蛛只好又返回，吃掉，再吐……这一根线，蜘蛛常常要忙碌大半个晚上。

所以，当你不经意中遇到一张蜘蛛网时，不要弄碎它，更不要嫌恶它。

你该怀着敬畏之心去看它，因为，在这张网的背后，是暗夜里一个忙碌的身影，这个身影背后的坚持和执着，是我们很多人无法企及的。

温柔地吃掉你

文／肖　成

萤火虫吃掉蜗牛的过程值得玩味。

萤火虫的身长只有 0.8 厘米左右，相比之下，蜗牛可以说是"庞然大物"了。况且，蜗牛具有坚硬的外壳，一旦遭到攻击或受到惊吓，就会把肉身缩进壳里，任凭萤火虫有天大的本事也无可奈何。

那么，萤火虫是怎样吃掉蜗牛的呢？

树梢上的萤火虫发现了一只在地上爬行的蜗牛，为了避免突然惊吓，它没有猛扑向蜗牛，而是漫不经心地落下来，慢慢地向蜗牛靠近。蜗牛看到一只小小的昆虫慢吞吞地来到面前，并没放在眼里，肉身自然没缩回壳里，还接受萤火虫的亲热呢。萤火虫轻轻地"亲吻"着蜗牛软乎乎的肉身，很快，蜗牛就不动了。

原来，在温柔的"亲吻"过程中，萤火虫已经把自己体内的麻醉液体悄悄地注入了蜗牛的体内，将蜗牛麻醉了。

蜗牛失去知觉之后，这只萤火虫发出信号，邀来同伴，围在一起，共同享用这顿蜗牛大餐。

任何风吹草动都会让蜗牛警觉，温柔却让它丧失了警惕，以至于在不知不觉中把性命丢在了温柔之乡。

找不回的金币

文／徐立新

在伊斯兰教苏菲传说故事中，有一个关于神秘愚者摩拉的笑话。

在一个漆黑的夜里，一个朋友发现摩拉蹲在一处路灯下号啕大哭，神情非常绝望，便跑上前去问他为何哭得如此伤心。"我把一袋金币弄丢了，那是我一生的积蓄。"摩拉边哭边回答道。

朋友一听，也替摩拉感到难过，陪着他一起在路灯下寻找，可找了很久，却未能找到。

"你还记得掉金币的时候，你站在什么地方吗？我们找的地方对吗？"朋友问摩拉。"当然记得。"摩拉语气非常肯定地回答，"我就站在那边漆黑的小巷里。"

"天哪！你为何不去小巷里找，而是一直在路灯下找呢？"朋友气愤地问道。

"因为这里比那边亮呀。"摩拉答道，一副完全不知道自己做错了什么的样子。哭笑不得的朋友取来火把，很快便在那条漆黑的小巷里找到了金币。

这是一个既好笑又值得深思的故事，现实生活中，许多人不都跟摩拉一样吗——他们喜欢停留在最舒服的地方寻找答案，而不愿去答案所在的地方。

生命在于"静止"

文／张珠容

在澳大利亚，围巾蜥蜴会在夏季食物不足的时候进入半休眠状态，此时，它们新陈代谢的速率只有正常状态下的三分之二，每周才进食一次。依靠假死状态，围巾蜥蜴度过了整个夏天。

还有些动物可以将休眠状态的身体冰冻起来。凌蛙会在冰雪到来时进入冬眠状态，冰对一般的动物都是致命的，但凌蛙可以在每个细胞内分泌葡萄糖作为天然的防冻剂，保护凌蛙的重要器官。同样，在冬天的时候，北美洲小井龟一半的身体组织也被冻结起来，它们也在深度冰冻的状态下度过冬天。这两种动物处在假死状态的时候，心脏会停止跳动，就像是死了一样。到春天冰雪融化的时候，凌蛙和小井龟就解冻复活了。

对于哺乳动物来说，生命的长短和身体的大小是成正比的。象鼩很少能活过两年，而大象则可以活过 60 岁。但在生活的步调上，大象比象鼩要慢上 30 倍。大象的心跳每分钟只有 25 下，而象鼩的心跳则可以达到每分钟 800 下。象鼩不仅以比大象快 30 倍的速度度过它自己的日子，而且它的身体老化进程也同样在加速。看起来，大个头的迟缓动物比小个头的敏捷动物有着更长的寿命，但实际上，它们却有着近乎同样的心跳总次数——心脏在跳动 8 亿次以后，大多数动物都会死去。

我们常说，生命在于运动，但这些动物却是在静止中保护住了自己的体能储备，从而活得更长寿。在等待中积蓄力量，也是一种生存智慧。

勇于"不敢"

文／乔兆军

19世纪德国"铁血宰相"俾斯麦，是一位有名的决斗家。有一次，俾斯麦与科学家维磋因言语不和，向他提出决斗。收到邀请的维磋既吃惊又为难，身为科学家的他，并不擅长决斗。

决斗那天，俾斯麦大方地让维磋优先选择决斗武器，令人惊讶的是，维磋拿出两条事先准备好的腊肠，并解释道："这腊肠一条十分可口，一条却灌满了致命的细菌。"他接着对俾斯麦说："来吧，你选择你的'武器'，我们一起吃吧！"俾斯麦望着这两条腊肠，愕然半晌，生气地转身离去，有生以来第一次红着脸退出了决斗场。

作为军人，俾斯麦不打无准备之仗，或许他不屑于以腊肠对决，但无论如何，维磋运用自己的聪明智慧化险为夷。维磋如果逞一时之勇，上决斗场彼此开枪射击，无异于蒙着脸面对死亡，倒不如以腊肠对决，或许还有险胜的机会。

《道德经》第73章曰："勇于敢则杀，勇于不敢则活。"意思是：一个人无所顾忌，则充满凶险；有所顾忌，则稳妥灵活。事实上，古往今来，成大事者，都是既勇敢同时又勇于"不敢"的。

"不敢"，它的深层含义就是人心中要有所敬畏。敬畏天理，敬畏法度，不可越线，要自警自省，守住做人本色。勇于"不敢"与怯弱是不同的，它不是畏首畏尾，不是胆小怕事，而是深谋远虑，审时度势。

因为时间不会停，所以一定有终点

文/张嘉佳

有一天去个酒吧，去早了。老板娘正在叠纸巾，本来每张都是两层，她仔细分开来，单层再叠好，说这样省一点。那么多盒，我说这要叠到什么时候。离开时看了一眼，发现她已经叠完了。好多事情都是翻来覆去，以为没有尽头，其实很快也就过去了。照片堆满，日历翻完。因为时间不会停，所以一定有终点。

指责别人时

文/霄 汉

一位后生到寺庙里向方丈求教，谈起世态炎凉，颇有感慨："大师，大千世界里人与人之间的关系太复杂了，不是尔虞我诈，就是虚伪以对，实在是没意思，请问这是为什么，我该如何对待呢？"

方丈沉默不语。这时，树上鸟儿啼鸣，零星的鸟粪落下，差一点儿沾到后生身上。后生举手指着鸟儿大骂："该死的东西，没长眼睛。"

"善哉善哉，"方丈言道，"施主，看你伸出的手，道理就在其中。"后生看着自己伸出的手，食指指向树上的鸟儿，大拇指指向天空，中指、无名指、小指则很自然地指向自己。

看着后生纳闷的样子，大师解释说："你瞧，你指责鸟儿的手形，意味着指责别人的手指是一个，而指责自己的手指是三个，也就是说假如要指责别人，那么自己首先要承担三倍的责任，严于律己，宽以待人。至于那个指向天空的大拇指，意味着还有一些事情谁也没有想到、说不清，只好由上天来裁判了。"

速　度

文／叶永烈

每当我从全自动电脑洗衣机中取出甩干的衣服时，常使我想及人生。干衣筒只有在高速旋转时，才会把水分甩得干干净净，人生也是如此。

当你把整个身心扑在事业上，你就高速旋转起来，把各种杂念全都甩得一干二净。我无法查证汉字中的"閒"（闲）字是不是那位黄帝的史官仓颉所创，不过，这个"閒"字确属构思巧妙：门里望月，焉能不"闲"？

宋朝诗人晏殊诗云："乍雨乍晴花自落，闲愁闲闷日偏长。"这诗味，简直跟李清照"守着窗儿，独自怎生得黑"半斤八两！

闲人愁日长，志士嫌夜短，忙人无闲情。快节奏的生活，高效率的工作，甩掉了长吁短叹，甩掉了聊天磨牙，甩掉了无是生非，也甩掉了无病呻吟。

人生匆匆，不过白驹过隙。只要无限发光，一瞬流星也会留下一道光芒。

法国物理学家皮埃尔·居里曾说："当我像嗡嗡作响的陀螺一样高速旋转时，就自然排除了外界的干扰。"

我想，他的话又从另一个角度道明这一人生哲理。

生命之路

文 /[瑞士] 荣 格

人不能单纯凭思想过活，凭欲望也不行。你需要两者兼备，必须在两者之间周旋，轮流忠于其一而背叛另一个，人却偏爱其一。爱思考的人于此建立了他们生活的艺术，他们锻炼思考和谨慎，那样就失去了欲望，因此他们年老而面容锐利。另一些人热爱欲望，他们锻炼自己的感受和体验，这样也就失去了思想，所以他们青春而盲目。思考者用思维建立世界，感受者用的是感觉，两者之中都有真理和错误。

无人知晓

文 / 丰子恺

吃饭的时候，一颗饭粒从碗中翻落在我的衣襟上。我顾视这颗饭粒，不想则已，一想又惹起一大篇的疑惑与悲哀来：不知哪一天哪一个农夫在哪一处田里种下一批稻，其中有一株稻穗上结着煮成这颗饭粒的谷。这粒谷又不知经过了谁的刈、谁的磨、谁的舂、谁的粜，而到了我们的家里，现在煮成饭粒，而落在我的衣襟上。这种疑问都可以有确实的答案，然而除了这颗饭粒自己晓得以外，世间没有一个人能调查，回答。

自我学习

文/(台湾)蔡志忠

人生的两个硬币

一个穷人到旷野中求见神,神从荆棘的火焰中现身。

穷人说:"神啊!我一个月只赚两个硬币,不够生活,该怎么办?"

神说:"你应该拿一个硬币去生活,另一个硬币去交学费学习。"

穷人说:"两个硬币都快不够我生活了,为何还要拿一半的钱去学习?"

神说:"不这么做的话,你只能永远只赚两个硬币。"

像独觉者一样自我学习

一位导师带着他的学生们来到森林里,这时他看见一个独觉者正想涉过一片沼泽,于是导师便对着他大喊:"哎!你要小心啊!别走错了路踩进沼泽,会沉下去的啊。"

独觉者回头大喊:"嘿!你才应该小心啊!我走错路,沉下去的只是我一个人,如果你走错了,沉下去的还有一大群追随你的学生。"

孟子说:"尽信书,则不如无书。"

天下有错误的课本,有教得不正确的老师。例如亚里士多德的错误物理学,被当作真理在学校教了1500年,燃素说、以太说的错误理论也在神圣的教室里被教了近百年。

"学霸"的掌控力

文／钟天辰

江苏省特级教师王栋生说，现在家长对一个词很来劲："学霸"。在他看来，真正有出息的"学霸"，有这些特征：知道自己该做什么，知道该把一件事情做到什么程度，能够克制自己的情绪，会放弃。

他回忆了一件事：以前有两个学生在教室里打赌，不赌钱，赌菜票，那时南师附中的菜票是5毛或1块钱。这是场什么"赌"？

甲说：这次期终考试的数学我准备考65分。乙说：我准备考80分。结果，想考80分的同学一不小心考了86分，输了。准备考65分的学生准准地考了65分。然后，乙老实地撕了张1块钱的菜票交给甲，甲中午高高兴兴地吃了顿排骨。

我事后一想，不得了，甲这个学生能掌控自己的成绩。一份试卷考100分不算本事，同一个班同时出现多个满分并不罕见。王栋生分析说："但是想考65分，一开始得先浏览整份试卷，算一算，做哪些题能凑到65分。做完一算有62分，还要再找一道3分题，如果没有3分值的考题，就选5分值的题，还要考虑做到什么程度能拿到3分，这样的学生以后是要做大事的。"

美与痛苦

文／[巴西] 保罗·科埃略　译／陈荣生

画家亨利·马蒂斯年轻的时候，每个星期都会去大师雷诺阿的画室拜访他。后来，雷诺阿患上关节炎，马蒂斯就开始每天都去看望他，给他带去食物、画笔和颜料，但总是想劝说大师，说他工作太过度了，需要休息一下。

一天，看到雷诺阿每画一笔就会痛苦地大喊一声，马蒂斯再也忍不住了。

"大师，你已经创作了大量重要的作品，为什么还要继续这样折磨你自己？"

"很简单，"雷诺阿回答，"美留下来了，痛苦就会消失。"

恐惧，像花儿一样

文／李浅予

一

夜晚，巴黎，鲜花盛开。贵妇们坐在马车上，漫不经心地看着缓缓变幻的街景。浪漫的一天，开始了。

但 1940 年 6 月 14 日夜晚，随着德军的坦克从巴黎街头隆隆驶过，这浪漫的气息顿时消失得无影无踪。芬芳依旧，但在人们的眼中，所有的花儿都枯萎了。

著名剧作家特里斯坦·贝尔纳更是惶恐不安，因为，他是犹太人。

终于，他被捕了。但连他自己都吃惊的是，被捕后，他异常平静，"在此之前，我每天都生活在恐惧之中，"他微笑着对自己说，"可是今后我就怀着希望，一定能够生存下去。"

他看见，刹那间，整个巴黎的花儿都开了。

二

布斯·塔金顿是美国小说家，他总喜欢对别人说："我可以忍受生命强加在我身上的一切，只除了一件，失明。"

一天，他低头看着地毯，突然觉得眼前一片模糊，地毯上的花朵，消失了……他最害怕的事情，竟然真的发生了。

塔金顿是不是绝望了？没有，出乎他自己意料，他说："我发现了一个秘密，想象中的恐惧才是最可怕的，而它一旦变成现实，就一点都不可怕了。"

在他完全看不见的时候，他总喜欢指着地毯，对别人说："在我心中，这些花朵比以前更美丽了。"

怎样才能有风度

文／（台湾）星云大师

一、不要气急败坏：一个人，稍为忙碌一点，就手足无措；一句不入耳之音，马上气急败坏。平时走路显得匆忙，讲话总是虚浮不实，让人感觉他急躁不安，不够沉稳。所以禅门讲修行，总叫人要调节气息，要心平气和，不要心浮气躁，否则难成大器。

二、不要面红耳赤：有些女士常在人前涕泪横流，固然没有风度；男士们动不动在人前争得面红耳赤，也是没有风度。我们看一个有修养的人，在任何危难之前，都是安之若素，这种风度总在无形之中让人折服，为之倾倒。

三、不要恶口相向：人的语言，可以表达内在的智慧、幽默。一个有幽默感的人，即使别人的话他不以为然，也只是哈哈一笑，绝对不会恶口相向。所谓"有理不在声高"，说话的风度也非常重要。

四、不要阿谀奉承：做人要有礼貌，尤其跟人说话，出言吐字要得体。偶尔适当的奉承，无可厚非，但是如果过分阿谀奉承，不但有损自己的尊严，也会降低自己的人格。所以做人要不卑不亢，保持自己的风度。

五、不要曲躬谄媚：有些人做人毫无风骨，在大人物面前曲躬谄媚，在富商巨贾面前摇尾乞怜，那种模样让人恶心。一个人不顾自我的尊严，也就难以令人对他相敬以礼了。

六、不要花言巧语：有风度的人，说话都是正正派派，老老实实，不会花言巧语。所以，经验、阅历丰富的人，一般人在他面前，只要说上几句话，此人的人品、操守，乃至道德学问有多少，马上就能衡量出来，正所谓"只要一开口，就知有没有"。

七、不要气势凌人：有风度的人，说话都是语气和缓，措辞文雅，以不伤害人为原则。假如一个人说话盛气凌人，失去君子风度，纵使有权有势，也得不到别人的尊重。所以自古以来，重要人物都是以德服人，而不以气势压人。

八、不要傲慢偏激：傲慢的人，没有风度；偏激的人，更没有风度。所谓风度，在谦虚，在慈和。温文儒雅，才有风度。

太太不简单

文／刘心武

　　大秦是那种年过花甲，依然可称师奶杀手的成功男人。那天在新泽西州的他家，举行了欢迎我访美的派对。他神采焕发，妙语连珠，风度迷人，不少单身的女宾见了他就露骨地表达爱慕，连跟先生一起来的太太，有的也是明摆着对他欣赏不已。

　　派对结束，梅兄开车载我回纽约。我们是 20 年的老朋友了，无话不谈。路上我就发感慨，说大秦真可谓"大众情人"，真不该结婚。梅兄说，他结婚 30 多年了，好像把吸引诸多女性当成一种登台表演般的乐趣，而严格地跟娶妻生子过日子区别开来。

　　我笑说，秦太究竟是怎么个模样，我竟已经想不起来了！她不美不丑，十足的平庸，在派对上似有若无，虽然不时地给大家递送饮料、点心，但何尝有人特别地去跟她攀谈？

　　我唯一能想起她的就是一个小插曲——我从裤兜里掏手帕时，把一粒救命胶囊掉到地毯上了。秦太问我怎么了，我说弄脏了，不要了。

　　第二天，我遭遇不幸，一起床就觉得不对头，没想到整个小药匣竟忘在休斯敦朋友家了！我越来越不适，这才深刻地体会到，千好万好，不如自己家里好，而一粒国产的胶囊，于我是多么珍贵！

　　就在我几近崩溃的情况下，有快递上门，梅兄拆开那个封套，里面有封信，还有个小纸匣。原来是秦太写的："梅兄速转刘兄：我想刘兄在客途中，也许所带来的每一粒药都是重要的，所以，我找出家中的空心胶囊，把昨天他不慎掉到地毯上的那粒胶囊里面的药粉转移了，一早就让快递公司给递过去。希望对刘兄有用。祝刘兄旅途愉快！"

药到病除。我给秦太打电话致谢，她语气平淡地应对了几句。在离开美国之前，我再没和梅兄议论过大秦的婚姻。

当小鸟在雨刷上筑巢

文／林 鸣

尽管道路是坚硬的，汽车是钢铁的，但还是有一些故事，能让人倍感温暖。有报道说，澳大利亚一位男士坐飞机出差回来，在停车场取车时，看到一只小鸟在雨刷器上筑了个精致的巢，还孵了蛋。他没有采取贸然行动，而是与野生动物官员联系。当听到可请人将巢移走，或等蛋孵化出再取车的答复后，这位车主做出决定：将车留在机场，自己骑车回家。一位中国女孩说，听过这则故事，她养成了一个习惯：每天早上发动车前，要围着车转一圈儿，看看是否有小动物藏匿其中。

很快，这个故事有了"中国版"，而且更加精彩。故事发生在郑州市，某天晚上，巴先生应邀与朋友见面，聚会后开他的车时，看到几位男女青年正围着他的车找什么。上前一问，原来是他们的一只小猫钻到车底下了。可只偶尔听见猫叫，手电筒的强光却照不到它的踪影。其间，不时有附近的居民过来支招儿。直到凌晨1点，大伙儿都有点扛不住了。巴先生担心车子一发动，小猫的命就没了，实在没办法，他在附近找了家酒店住下。

故事还在"接力"，第二天，巴先生拨打4S店的电话，想把车拖到4S店拆开，再把猫营救出来。可拖车公司有规定，晚上9点之前不能进市区，所以只好当场拆卸。4S店的修车师傅很快赶来，掰开格栅，掀开发动机保护盖，都没看见猫的影子。这时，"奇迹"发生了：一条狗从旁边经过，它闻到了猫的气味，冲着引擎盖吠了几声，很快人们听见有东西在抓引擎盖。掀开引擎盖的瞬间，一只黑白相间的小猫亮相。闹腾了 16 个小时的"喵星人"终于被找到，热心市民赶紧拿来清水喂小猫。猫的主人感动不已，不停地向大家致谢。4S 店的师傅表示，拖车加上拆车大概需要 800 元，但 4S 店只收 200 元。猫主人认为应该由他支付，巴先生微笑着说："对于一条小生命，做这些都没啥。"

世间很多感人的故事，并不都是惊涛骇浪或慷慨悲歌，有时，只是一只小猫或偶然飞来的小鸟，便可拨动人们的心弦，奏响一曲悦耳的欢歌。看到某市公交公司一则招聘司机的启事，除了要求熟悉交通法、有责任心上进心、身体健康、无不良行驶记录等要求，还强调应聘者"善良细心"。在解释为什么着重写上这一条时，招聘方说，一位善良细心的司机，会等所有乘客坐好之后才发动车；会把车耐心停在人行道前，让老人和儿童慢慢通过；每天动车之前，他都要检查车况，避免任何隐患；而且，他从不违法，绝不粗暴，以保护所有人的生命安全为己任。凡是具备这种素质的司机，都是心怀慈悲之人。

朋友，假如见到一只小鸟在车上筑巢，请耐心等等，再等等。

一条花裙子

文／左世海

姑姑从城里来，给我带来一条新买的花裙子。望着裙子上那些鲜艳的花骨朵儿，从没穿过裙子的我兴奋得手舞足蹈，叫嚷着当即要穿。

天气还不热，过几天再穿吧！娘说着，将裙子轻轻叠好，放入那个上了锁的柜里。

不久，天气转入暑期，我怯生生地向娘提起裙子一事，娘瞅瞅我说：

村里的孩子整天灰头土脸的，最容易弄脏裙子，不急，过几天再穿吧！我听了，默默地用嘴咬着衣角，不敢吱声。那年我刚3岁。

后来，娘生病，我被寄养到了百里以外的外婆家。望着一起玩耍的小朋友都有好看的裙子穿，我羡慕极了，连做梦都梦到自己也穿上了那条花裙子。可梦终归是梦，天亮醒来后，看到放在眼前的还是姐姐替下的那件旧布褂子，我哭了。那年我5岁。

开始上学后，我又回到了娘身边。那天，娘突然想起什么似的，打开柜子，找出那件花裙子让我穿，我拿到胸前比画了一下，笑得差点背过气去，裙子小得已穿不上身了。娘见后呆呆地望着我，一言不发，而我笑过之后，突感鼻子酸酸的，差点掉下眼泪。那年我整8岁。

20年后，我嫁了人，也有了自己的小女儿。就在女儿3岁生日时，娘从乡下赶来，打开随身携带的包袱，从里面拿出一件崭新的花裙子，要给女儿穿。我一看，正是自己小时候那条花裙子。我笑着对娘说：天气还不热，过几天再给她穿吧！

娘听了先是一怔，随后二话没说，硬将裙子给女儿穿上。望着兴奋得在院里跑来跑去的女儿，母亲嘴上微笑着，可眼圈却开始慢慢发红，我的鼻子也不知怎么又是一酸，不由悄悄流下了眼泪。

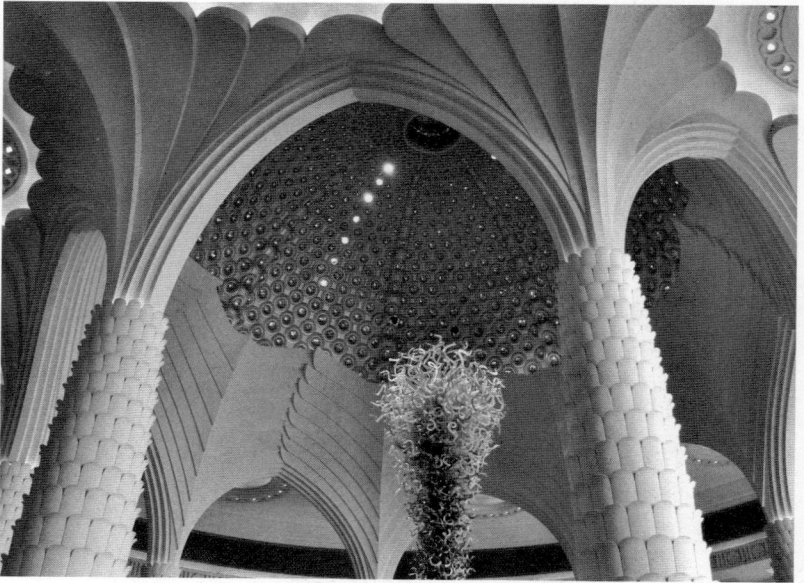

IV

思想森林

树的影子深深映入我眼里，变成枝桠纵横的血管，随着我的每一次脉动，铺陈于全身。愿人的生命之形，与树一样巍然。树收藏时光的因缘，心中的年轮是相叠的日月；我穿过生活的波澜，额上的皱纹是弯曲的江河。

林中羊肠小道是人探求自然的向导，也是森林体味人生的脐带。路，是不同世界相通的呼吸。月亮攀上枝头，与大树絮絮倾谈，泻落一地碎银般的光影，是它们会心的笑声。

大车队

文／[俄] 克雷洛夫

一列拉着陶瓷罐儿的货车到达山顶，面临着下陡坡。管事人吩咐其余车辆待命，他驾驭着第一辆车子先行。驾辕的那匹大马着实干练，骶骨顶着车辆，步稳行慢。

山顶上有匹马儿年纪轻轻，它一边观望，一边不住批评："哎呀！这事实在太稀奇。它是素负盛誉的马匹，拉车却慢得与虾子无异！你看，几乎碰上石头，走得简直歪歪扭扭。啊！又一次撞进了坑里。它为什么不向左避避？这笨货实在太没有本事，哪里配拉陶瓷器！这种事叫人看着干着急。等一会儿，看看我们的。"

过了一会儿，该着那马起步，它挺胸昂首，背也老直。但是，一个小丘刚刚过去，重载下压，车子已刹不住，把马儿往下直推，往旁直挤，它的四只蹄子已不由自主。车子颠簸跳动，撞撞跌跌，管什么路上的石块、深辙！车子越来越左，越来越左。忽听得轰的一声，连车带马掉进了沟壑。

世上许多人都犯这个毛病，别人干事，我们全盘否定，一旦该着我们自己干起，却弄出加倍糟糕的结局。

水果为什么是"圆"的（外一则）

文／黄小平

我们见到的各种各样的水果，几乎是圆的——圆球形的、椭圆形的、圆柱形的。为什么水果是圆的，而不是方的呢？一次，我问一位植物学家。

植物学家告诉我，在所有体积相等的物体里，圆球形的面积最小，正因为圆球形的面积最小，水果把自己长成"圆"的，其表面的水分蒸发量就小，有利于水果的生长发育。

植物学家告诉我，正因为圆球形的面积最小，水果把自己长成"圆"的，害虫在水果表皮上的立足之地就少，自然也就减少了病虫灾害。

植物学家还告诉我，正因为水果是"圆"的，所以风不管从任何方向吹来，很容易让风沿着水果表面的切面掠过，受影响的只有很小的一部分。另外，正因为圆球形的面积最小，当风暴来袭，风暴袭击水果的面也就最小，这样，风暴对水果的伤害也就减少到了最低程度。

原来，水果把自己长成"圆"的，是为了最大限度地"缩小"自己的外表。从外表"缩小"自己，那是一种内心的智慧和强大。

自己折断自己的树枝

早晨起床，见院里一棵树的一根枝条被折断了。

这是这棵树上一根最长的枝条，长得有点出奇。昨晚又没有刮风，它是怎么折断的呢？

"我知道它是怎么折断的。"站在我身后的父亲说，"它是自己折断自己的，是被自己没有节制的生长折断的。"

从折断的树枝，我想到受伤害的人生。

其实，人生的很多伤害，并非来自外界，而是来自我们自身，来自我们内心深处那不可抑制的欲望。

种子作高松

文／付秀宏

曾经看过一个纪录片，说日本原本没有薰衣草，现有的薰衣草是1937 年由法国引进的种子栽培出来的。位于富良野的富田农场，是日本参照法国大面积改良土壤栽培薰衣草的先驱，后来薰衣草在这个新家迅速崛起，大片薰衣草如紫色波浪在富良野的山坡上高低起伏，美不胜收。

薰衣草的故事说明环境对于种子很重要，但不是最重要的。一粒种子拥有得天独厚的水土最好，如果缺少了某一部分，就需要人工一丝不苟地去补。比如改良土壤需要牛粪，不能用草木灰代替；深耕需要一米，不能仅仅半米就蒙混过关。不急不躁做好每一个细节，结出的果子才是最好的。一粒种子用扎根的方式，理解水土里的爱意。如果土地贫瘠，又没有人工的深远爱意，秧苗是不会咧着嘴笑的。

唐代贾岛《山中道士》诗曰："养雏成大鹤，种子作高松。"我开始不懂，后来慢慢领悟——这诗句道出了种子与修行的关系，种子在隐居和韬光养晦中修行，然后把人的精神带到一个时空里边去。这种生长，是农人劳作的梦，是文人吟咏的魂，是圣人平和的心。

种子散发出的气息，是深邃的密码，是持久的契约，是送给水土的礼物。从种子身上，我能嗅到整个大地的气息，还有云天水气的记忆。

给苹果树束腰

文／孙丽丽

记得有一年春节放假回老家，我跟哥哥去果园修剪果树，他指着一棵富士苹果树说，这棵树按树龄也该挂不少果子了，可是这两年仅结几十个苹果，今天我要给它"束腰"，刺激它一下，明年准丰收。

说完，哥哥用专门的工具刀，在粗干上去掉一小圈薄皮，形成一个内陷的"腰带"。看我懵懂的神色，哥哥解释说，因为果树枝条上的树叶，在阳光照射下会产生养分，在挂有果实的枝条和粗干连接点处，剥一层皮，形成"腰带"，能阻挡养分的正常回流，便充分供给了果实的生长，结出的果实会更多更大更饱满，但"束腰"要掌握好去皮的厚薄。秋天，你再来看这棵果树，情形会大不相同。

国庆节，我专门回了趟老家，为看那棵"束腰"的苹果树，果然如哥哥所言，硕果满枝，掩映在绿叶丛中，红灯笼似的，有的缀弯枝头，只得用木棒支撑。

哥哥说，许多农作物，都会在适当的刺激下，迸发一种前所未有的活力。比如铁树，假若你养得半死不活的，就用长铁丝烧红，捅它一下，过几天你观察，它就会冒出碧绿的新芽。比如高粱，当高粱长到一定时候，把它两边的根锄断，晒在日头下，过些时候再来培上土，高粱就开始疯长，拼命地朝下扎根。因为夏日时常有狂风暴雨，高粱没有结实的根，根本站不住。栽小葱秧，也是拔出，摆在地上晒几天，晒得有点蔫儿，一沾水土，立马就活了过来，越发精神。

这说起来，像是折磨农作物，其实如同人一样，是一种成长必要的锻炼。孩子假若从小不学会吃点苦，长大了就很脆弱，不经风雨很难成才。挫折，其实也是一件好事。尼采说，任何不能将我毁灭的东西，都会使我变得更强。挫折并不是摆在货架上的商品，我们不喜欢它便与它无缘，挫折的到来是无法预知的，但你要有勇气面对，并不再重蹈覆辙，最终让挫折变成转折。

圆斑鹿的等待（外二则）

文／程　刚

智利高山上有一种鹿，叫圆斑鹿，这种鹿每年都要沿着陡峭的山崖从山的这边，翻越到山的那边。

圆斑鹿翻山有个规矩，由头鹿带领，然后其他鹿都沿着头鹿走过的路线前行。由于山路陡峭难行，因此，这次翻山的过程，就是考验圆斑鹿生命的过程。许多鹿因为脚下踩空，最终掉下山崖摔死，也有的因为数次踩空，虽然最终挣扎保命，却被山上的尖石划得遍体鳞伤。因此，这个翻山的过程，鹿群通常要伤亡过半。当然，群鹿翻山的过程中，也有身上毫发无损的，因为它们十分谨慎，一丝不苟地盯着前方，最终安全地到达山的那一边。

翻山过后的鹿群还要迁徙向前，直到找到水草丰美的地方。可它们并不急于前行，而是要坚持在这里停留一段时间，虽然这里没有丰足的食物，但它们宁愿饿着，因为，它们要在这里完成头领的更换。

有趣的是，费尽千难万险，成功翻越山崖且毫发未损的鹿群中，并不会诞生头领。成为鹿群头领的，往往是遍体鳞伤的一只，而这也正是它们在这里等待停留的原因。

原来，它们在等待着掉下山崖又重新爬上来，或者是遍体鳞伤掉了队又最终赶上来的鹿。鹿群见到它们从山顶下来的时候，往往会兴奋得再往山上爬，迎接那只伤鹿，然后和它一起爬下山。最终，这只鹿伤好后，就会成为这个鹿群的头领。

按理说，能够成功翻山，且不摔跤不受伤的鹿应该值得我们敬佩，但它却成不了头领，而那些跌倒后，坚持站起来，追上队伍的伤鹿却会受到鹿群的敬重与欢迎，这种现象值得我们思考。人生最大的成就并不在于从来不摔跤，而在于每次摔倒后都能爬起来。

失去花朵的蜜草

南美洲草原上有一种蜜草，叶子能分泌含有蜜草素的黏液，比蔗糖还要甜 300 倍。蜜草的茎很高，叶子小，花呈白色或紫红色。当地印第安部落的人经常采集蜜草叶，晒干磨碎，做成一种他们喜爱的饮料。

有段时间，为了最大限度地开发蜜草，当地人开始种植这种草。种植员认为，蜜草的叶子是分泌蜜草素的主要载体，如果它们能长得再大些，那么，分泌的甜汁一定会增多。

怎么使叶子增大呢？种植员想到蜜草的花并不美丽，也没有什么价值，但蜜草体内的养分大部分供给了它，如果把花打掉，蜜草体内的养分自然会流向叶子。实践表明，人们打掉花朵后，叶子的确比以前大了许多。

令人意想不到的是，叶子变大的蜜草，分泌的汁液比从前反而少了。种植员只好向科研机构提请帮助，科研机构经过研究给出了答案：蜜草被打掉了花，破坏了它们的生理平衡，蜜草素在其体内的生成也减少了……

自然生长的蜜草被人工改变生长方式后，身体的机能也被破坏。为了取得成功，我们一直在寻求突破，但突破不是破坏，要取得有价值的突破，必须尊重客观规律。

桉树供水

杏仁桉是植物界的高个子，它的身高一般在 100 米以上。

这么高，树身压力能将水压到最顶端吗？研究考证，杏仁桉自身压力只能将水压到树高的一半，往上再无压力，这也就预示着，杏仁桉中部以上得不到水分补充。可现实情况却是，它中部以上郁郁葱葱、非常茂盛，而这源于杏仁桉自有一套输导水分的妙法。

这种方法，是靠叶子的合力把水"拉"上来的，而这种拉力远大于根部的压力。杏仁桉叶子有蒸腾作用，水分从叶表面的气孔散失到空气中后，叶肉细胞会向旁边的"同伴"要水，"同伴"的水分分给它以后，自身的水分便不够，于是，它再向旁边的叶肉细胞要水……就这样，叶肉细胞通过吸水的力量，把这个接力棒一棒一棒地传递下去，最终传递到靠近树干的那片叶子，而此时，这片叶子正好在树干的水库边上，水源丰富……

杏仁桉靠着叶肉细胞，手拉手传递力量，一环套一环，最终实现了最顶端叶片的供水。对人类而言，只要懂得团结一致、紧密配合，不抛弃、不放弃，最终就会战胜各种困难取得成功。

耐寒与药效

文／黄龙霖

一位中医药大学的著名教授在一次电视节目中曾说过这样一个故事。

他说自己在做学生的时候，跟老师上山采药，那时虽然已是夏天了，但他却在一个最背阴的山沟里惊奇地发现，那里居然冰雪不化，周围没有什么植物，可就在冰雪的旁边，却长着一堆堆正开着紫色花朵的绿色植物。好奇的他就挖了一棵，拿去问老师，一问，才知道是附子。经过老师的讲解，他恍然大悟，正因为附子生长在夏天冰雪都不化的寒冷环境里，所以才练就了它最能抵抗寒冷的本领，使它具有回阳救逆、补火助阳、祛寒除湿的功效，成为中药中回阳救逆的第一名药。也因此，附子在临床上被广泛应用，特别是一些危重病和疑难杂症，几乎都离不开它。

虽然附子在临床中具有如此重要的作用，但是，据药物栽培所的研究人员研究表明，如果把附子移植到阳光充足的肥沃土地上时，它虽然能长得很好，产量也很高，但只有第一、第二代的附子还能保持其原来的药效，到了第三代，其药效就基本上消失殆尽，与普通的红薯相差无几了。

附子的药效，存于忧患，失于安乐。植物尚且会如此，我们又怎么能忽视环境的作用，而不时时加以警惕呢？

破绽致命

文／赵盛基

美国密歇根州的丛林里，活跃着大量的豪猪。它们属于啮齿类动物，有发达的门牙，尤喜吃植物的根茎，因此，生长在这里的树木遭殃了，森林管理人员也没什么好办法对付它们。

别看豪猪个头不大，只有十几公斤，但因为它除了头部和腹部以外，全身长满了长长的像钢针一样硬的棘刺，刺上还带有倒钩，刺入体内很难脱离，而且能直抵内脏，导致对手死亡。所以，即使再大再凶猛的动物也不敢招惹它们。

为了保护森林，抑制豪猪，有人想到了渔貂。但渔貂的体型只有豪猪的一半，能是它们的对手吗？

在质疑声中，从加拿大引进的渔貂放养在了森林里，没想到，竟出现了立竿见影的效果。

虽然叫渔貂，它们却极少吃鱼，最爱吃小动物和腐肉，见到那么多豪猪，它们开心极了，多好的美味啊！

豪猪见到渔貂后，使出了对付其他猛兽的绝招：全身利箭般的棘刺迅速直立，将头夹在两腿之间，屁股对着渔貂，一副岿然不动的架势。

然而，豪猪的绝招对付渔貂却无效。渔貂非但不惧怕，反而主动攻击它。

渔貂翘起尾巴，围绕着豪猪打转，左蹿右跳，飘忽不定。豪猪想始终用屁股上的刺迎敌，所以就不停地随着渔貂转动方向。然而，它不如渔貂灵活，被挑逗得眼花缭乱之际，不小心露出了破绽。渔貂乘其不备，突然咬住豪猪的头部。豪猪一时乱了方寸，一个翻身，柔软的腹部暴露了出来。渔貂抓住时机，开膛破肚，享用美餐。

豪猪怎么也不会想到，大风大浪都闯过来了，却在小河沟里翻了船。

不做盲从的羚羊

文／黄建如

在南非的一个大峡谷中，有一天，人们发现这里横七竖八地躺着

2700多只羚羊的尸体。这些羚羊都是从大峡谷上面摔下来的，其惨状令人唏嘘。

羚羊的死因引起了各方猜测，大家众说纷纭。有的说，是因为群羊遭受其他动物的攻击，被迫跳下悬崖的，但是人们在现场并没有发现其他动物追赶的迹象。有的说，是偶然失足才掉下山崖的，但是，如果说一两只掉下来还可以理解，可是2700多只羚羊全部掉下来，简直匪夷所思。

羚羊的死因之谜也引起了开普敦大学动物学家贝拉教授的关注。他赶往事发地进行了细致勘察，又对冷藏起来的羚羊尸体进行了认真检查，终于成功破解了羚羊死因之谜。

原来，这种羚羊有一个习性，每年的秋季要进行集体迁徙。每次迁徙的时候，羊群中个头最大的那只会担任领头羊。这只领头羊在前边领路，后边的羊跟着它跑。不幸的是，这群羊中的领头羊患了眼疾，当它带着羊群跑到大峡谷上方的开阔地时，由于峡谷边缘有半米多高的草，所以它没能发现前面是万丈深渊，一下子就冲了过去，结果就摔下了悬崖。但是，按理说，其他没有眼疾的羊应该能够发现前面是悬崖，为什么也跟着掉下去呢？因为这种羊的习性是一切向着领头羊看齐，领头羊怎么走它们就怎么走，长此以往，已经形成了思维定式，失去了判断能力。

由此可见，一个人如果盲目跟风、随波逐流、亦步亦趋，往往酿成悲剧。不从众，方出众。我们只有拒绝盲从，学会理性思考，才能不断接近成功。

斗树也可长成林

文／柯玉升

"撒息尼米"树生长在喀麦隆，当地称它为斗树。斗树不是真的"凶残好斗"，只是它的枝丫上长有许多三角形的棕黑色硬刺，长长的枝条带着硬刺，像利爪一样伸展开来，如果遇着邻近的小树，就会毫不留情地钩缠住，这些小树被钩刺得遍体鳞伤，最终难免一死。

斗树的抢占地盘，置他树于死地，也是为了求生存不得已而为之，因为它体内供输养分的系统很脆弱，只有把同一区域内和它争夺养分的植物杀掉，才不至于因营养不良而死去。

要是遇上相邻的同类，斗树这种你死我活的争斗就更为激烈了。但往往是两败俱伤，其结果必然是一棵在凶残的争斗中死去，一棵艰难地存活下来。

存活下来的那棵斗树，也好景不长。在"两雄"之争中，它的身上也是伤痕累累，体无完肤。它受伤后，脆弱的供输系统也会受到伤害导致供应养分的能力更弱，最后也被迫死去。

"斗则死之！"喀麦隆人预言，只要斗树长在一起，一定长不成林。

但是，有一个喀麦隆人，他不这样认为。他说，任何动植物的身上都存留有好斗的因子，只是表现的强弱不同而已。如果给斗树留下一定的生存空间，它还会为夺得身边的寸土去舍身忘死地争抢吗？

为了证实自己的想法，他在一片荒地上种下了斗树，树与树之间留有足够宽的间隙，任由斗树恣意生长。5 年过去后，这片荒地成了斗树林。

斗树也可长成一片林！找寻一个适合生存的空间，比什么都重要。

突围的小海龟

文／周伟兵

一大片宽阔的海滩上，成千上万只小海龟钻出蛋壳和松软的沙窝，急匆匆地向大海奔去。就在它们求生和迎接新生活的途中，螃蟹、海鸟和浅海肉食鱼类组成了一个陆海空立体剿杀网，不断大快朵颐地享用着它们稚嫩鲜美的肉体。

在这场一见世面便遭屠戮的大剿杀中，小海龟没有父母的护卫，也没有任何反击防御能力，只能成群结队地向大海深处突击。一只又一只的小海龟被天敌吞噬了，一批又一批的小海龟喋血丧命于沙滩。但是，总有那么一些顽强幸运的小海龟，能避过凶险，游向大海深处的生命之乡。

在动物界，小海龟可能是最可怜的幼小生灵了，它们从出生到终老，除了孵化期母亲会蹲守看望外，一出蛋壳，就必须自谋生路，独闯天涯。那些躲过了海滩屠杀和浅水伏击的小海龟，到了深海一样面临着生存的艰难和天敌的威胁。

然而，可怜的海龟物种却给了我们两组最伟大的数字：

第一个数字是海龟已经在这个地球上生存延续了两亿多年，它们战胜了恐龙，战胜了剑齿虎，战胜了许许多多已经绝迹的物种，是这个星球上当之无愧的"活化石"。

第二个数字是每只活下来的海龟，平均寿命可达 100 岁以上，最长寿的达到了 152 岁。在动物界，它们是当之无愧的"老寿星"。那幼小时海滩上几十分钟生命的突击，以及一生坚守的顽强生活的态度，让海龟这个物种在动物界傲视群雄。

的确，无论是在弱肉强食的自然界，还是在胜王败寇的人类社会里，要想活着并且活好，就必须有那种义无反顾的生命的突击，有那种英勇顽强不畏艰险的气概。

勇 气

文／[新加坡] 尤 今

在网上看到了一则精彩绝伦的图片报道，篇名是《勇气》。

故事发生于非洲的大丛林，一群斑马快活地在河边喝水，就在这时，一头凶猛的大狮子偷偷地靠近了，警觉性极高的斑马意识到危险，立刻四散奔逃。然而，叫人诧异的是，其中一匹斑马却凛然地站在原地，准备应战。

猛狮怒吼着飞扑过来，狠狠地咬住了斑马的咽喉，可临危不乱的斑马，拼尽全力反弹起来，狮子失去重心，蓦然松口。逃出狮口的斑马，非但不窜逃，反而借机反攻，只见它使出了死劲把狮子压进水里，乘胜撕咬狮子，把狮子的毛一把一把地撕扯下来，接着，发狂似的咬住狮子的肚子，一鼓作气地踢了十几下之后，敏捷地飞跃上岸，潇潇洒洒地奔向远方。

被斑马挫败的狮子，毛发脱了一大堆，全身沾满泥巴，灰头土脸地爬上岸。

我看得目瞪口呆。

强敌当前，不害怕、不退缩，直直迎上前，狠狠给予痛击。

只要有信心，谁都可能是那匹挫败猛狮的斑马。

路

文 /[巴西]保罗·科埃略　译 / 夏殷棕

一天，一头小牛要穿过一片原始树林返回草地，由于小牛贪玩，走出了一条起起伏伏、弯弯曲曲的路。

第二天，一条狗也踩着小牛的足迹穿过了树林，后来，一群羊经过，看到树林中的路，也沿着弯弯曲曲的路穿过。

附近的村民也开始使用这条路：他们进入树林，一会儿向右拐，一会儿向左转，一会儿弯腰爬坡，一会儿绕过障碍，边走边抱怨，甚至边走边咒骂，但是，没有人想找一条捷径。

多年之后，这条小路成了动物驮运货物的必经之路，但要花3个小时才能走完全程，如果有一条直道的话，最多只要半个钟头。

很多年过去了，这条路成了村里的主干道，后来成了镇上的主要街道，每个人都抱怨这条该死的街道，因为线路的选择糟糕透顶。

人们盲目地走着一条既成的路，从来不问一问它是不是最佳的选择，古老智慧的树林一直看着人们来来往往，禁不住笑了。

等

文 / 高宗飘逸

生活在热带森林中的印度土著人，以捕蟒为生，有经验的捕猎者发现猎物后并不急于下手，而是跟在蟒蛇附近慢慢等，有时要等上几天几夜，他们要等蟒蛇完成一次捕食后再出手。因为这个时候，蟒蛇正处于心满意足的松弛状态，完全没有了捕食之前的警惕和好斗之心，这样，土著人仅凭两人之力就可以把蟒蛇轻松搞定。这种等是一种策略，需要足够的智慧。

流行于明末清初时期的拔步床（又名八步床），分内外两层，外面回廊，内部床榻，整张床全部为榫卯结构，做工考究，纯手工打造，镂空祥云鸟兽及各种图案，雕刻精美，镏金描彩，古朴典雅，雍容华贵。有的经历二三百年历史变迁，依旧完好如初，牢固如新。就是这样一张床，据说要选上等木料，采伐回家，放置4年，待水汽自然蒸发后，把木料锯开，再放4年，任其自然变形，然后请能工巧匠花上万千工时慢慢地拼接打磨，所谓"千工拔步床"或者"万工拔步床"。在制床工艺里的这种等是一种文化，需要丰富的经验与精湛的技能。

经不起等待的人生就像是等不及成熟的果实喷洒了催熟剂，虽外表光鲜，内心却生涩难耐。

夺命马蹄莲

文／章衣萍

一朵白色的"马蹄莲"在海底静静绽放，谁能想到，已有无数鱼儿葬身于此。

其实它是一只贝壳的嘴巴，在确认四周安全的情况下，它会从贝壳一角伸出，缓缓打开，绽放成一朵以假乱真的马蹄莲。然后，耐心等待。

一条好奇的鱼儿正慢慢靠近，就在一瞬间，贝壳迅速用带有神经毒素的毒针将小鱼麻痹，可怜小鱼还未做出逃跑的反应，就已不省鱼事。

然后，马蹄莲裹着鱼儿慢慢收拢，缩回贝壳内，幸福地享用着自己的下午茶。

据说，这种贝壳属于鸡心螺的一种。鸡心螺家族庞大，有 500 种左右，虽然行动非常缓慢，却是海洋中的下毒高手，有些毒性大的鸡心螺可以毒死一个成年人。

海洋中处处充满了诱惑与陷阱，听说过一种会钓鱼的鱼吗——鱼。它的头顶有一根小钓竿，钓竿顶部有一小撮类似饵料的组织，像是蠕虫或水草，在生物学上叫作"拟饵"。

它会想方设法把自己隐藏起来，并来回晃动脑袋上的钓竿，吸引鱼儿靠近，然后它就突然从隐身处暴起，张开大嘴，把鱼儿一口吞下。

还记得动画片《海底总动员》中的那一幕吗？尼莫与小伙伴在幽暗的深海中看到一点亮光，当它们欢喜地靠近后，发现灯笼后出现了一张恐怖的利齿大嘴，那就是深海中的鱼。

从 10 多米的浅滩到 100 多米的深海，都有鱼的身影，只不过到了深海，它头上钓竿的饵料就从小虫子变成了一盏灯笼，专门吸引趋光的生物。

其实鱼与鸡心螺一样，都属于先天不足型。它的肌肉松弛，身体笨重，游泳相当困难，只能栖息在海底，用手臂一样的胸鳍贴着海底爬行。因此只得设计一个陷阱，让食物自己送上门。

凡是有缺陷的生命，必有一招绝杀技，否则无法在漫长的发展史中，开枝散叶进化出满满一大家族。

蓝舌蜥蜴的救命草

文／张云广

蓝舌蜥蜴又名蓝舌石龙子，分布在澳大利亚、新几内亚等地，因为吐出的长舌头是独具特色的纯蓝色而得名。

蓝舌蜥蜴是典型的杂食性动物。地面上的植物如花草、水果，小动物如蜗牛、蟋蟀、面包虫、小老鼠都在它的食谱中，甚至就连有毒的梅花草也不例外。这种梅花草主要生长在澳大利亚东部地区，其他地区则很是少见，然而，梅花草的分布状况竟然导致了有关蓝舌蜥蜴的一段很是值得思索的故事发生。

故事发生在一种来自中美洲和南美洲的毒蟾蜍登陆澳洲之后，这种毒蟾蜍的个头不是很大，自然就成了蓝舌蜥蜴眼中的美味。其结果是，不少蓝舌蜥蜴因为误食毒蟾蜍而丧命，导致当地蓝舌蜥蜴数量的急剧下降。不过，在澳大利亚东部地区，蓝舌蜥蜴的数量却没有减少，也无蓝舌蜥蜴享用毒蟾蜍之后的"中毒事件"发生。

经过研究，有关人员惊奇地发现，个中原因就在梅花草的身上。原来梅花草中所含的毒素与美洲毒蟾蜍所含的毒素成分几乎相同，这种毒草在毒蟾蜍到来之前就已经被当地的蓝舌蜥蜴较为长期地食用，并使后者体内逐渐进化出了对这种毒素的抵抗力，所以才能有效抵御蟾蜍之毒并确保了自身安全无虞。

生存路上，遇上梅花草无疑是一种考验，但恰恰是这种长期的考验让蓝舌蜥蜴远离了真正的危险，梅花草成了澳洲东部蓝舌蜥蜴名副其实的救命之草。于是，本属同一物种的蓝舌蜥蜴有了各自截然不同的命运。

疯狂生长的莲子

文／王林峰

莲子是藕的种子，比花生米大不了多少。当莲子种在水深 10 米的池子里，像其他种子一样，遇到合适的温度就开始发芽。莲子发芽以后，长出的是一根直的秆，看不出是叶。

为什么这时候不是叶呢？植物学家经过研究得出结论：如果这时候长出莲叶，会产生影响它向上生长的阻力，限制它的生长速度，而发芽后的莲子的芽如在三天内到达不了水面，它就会枯萎。因为植物初期生长的养分要靠种子提供，而这时候一枚小小的莲子提供的养分有限，不能在短时间内见到阳光进行光合作用，它就会"饿死"，所以莲子长出的芽就要排除一切困难以最快的速度到达水面。

到达水面后的莲子芽顶端的莲叶快速展开，铺在水面，开始进行光合作用，制造养分，在水中的莲子也开始生根长成一条茎，分节，节间又开始发芽，这一切，仅仅用了三天的时间。让人惊奇的是，莲子长出的第一片叶子始终是浮在水面上的，被称为浮叶，它不再向上生长，因为它的秆是靠莲子提供的养分长成的，很细，如果长出水面遇风容易折断。而藕节上长出的叶子则是由浮叶光合作用提供的养分，可以向上长在空中，长得很大，然后进行光合作用，给莲藕的最后长成提供养分。一般情况下，当莲子第二个叶子长出水面以后，就可以任凭风吹雨打我自岿然不动了，这时候再经过三四个月的时间，莲藕就长成了。

我们常赞叹莲藕的出淤泥而不染，殊不知，在莲子发芽后的三天里，有一段惊心动魄与死神赛跑的生长。那些所谓的天才，也不过就是把精力放到唯一的这一个目标上，然后珍惜时间，紧盯目标，心无旁骛，直到成功。就像莲子在三天内快速生根发芽一样，因为速度是成功者的姿态，也是胜利者的姿态。

荷叶的自净

文／丁皎年

一次，科研人员无意中发现池塘里的荷叶非常干净，感到很奇怪。荷叶的叶面大，叶底呈碗形或掌形，不远处是楼房、公路、大街、厂房，就像池塘边的椅子一样，应该落一层灰尘，但椅子有灰尘，而荷叶几乎没有。倒不是灰尘见了荷叶，故意避开不落，事实上，灰尘也会落在叶面上。他们通过仔细观察，发现荷叶虽然有时落了灰尘，但只要一下雨，雨珠就会把荷叶上的灰尘冲洗干净。雨珠并不能把所有东西上的灰尘都冲洗掉，比如椅子、石面、铁栏杆、杨树叶等，雨后仍然不干净。

荷叶的叶面一定特殊。

他们把荷叶拿到实验室，放置到一千倍的显微镜下观察，发现叶面不是光滑的，而是整齐地排列着致密的凸起物——绒毛，像海底浅绿色的水草。正是这些绒毛，相当于一双双手，有力而柔软，且含有油脂，支撑起灰尘，使灰尘没有真正落到叶面上，与叶面没有黏合力，雨珠一喷溅，98% 的灰尘就被冲洗掉了。

如果一颗雨珠或水珠落到叶面，摄像的画面慢速十倍观察，可看见水珠砸到叶面上，溅开细碎的水珠，把灰尘微粒弹起来，荷叶剧烈颤动一下，水珠儿和灰尘就顺着荷叶的斜面滚落。一颗水珠只清洗了一小片叶面，再落一颗水珠，再清洗一片叶面……

做人处事也是这样的道理，一般不太赞成凹凸不平，但也不太赞赏光滑玲珑。太凹凸，容易刺伤他人，也损伤自己，如仙人掌；太光滑，又易丧失自净功能，如玻璃。荷叶的自净，使自己更翠绿，使荷花更艳，既实现了高效的光合作用，又呈现一种高洁的气质。

生物里的战争

文／易水寒

生物里面，最可爱的是植物，因为它们之间较少有战争，你什么时候见过三个大枣跟三个花生打起来了？它们也不以大欺小，你什么时候见到一个西瓜在揍一个苹果？它们不拉帮结伙，如果不是人类强行把一挂葡萄和一串荔枝放到一个水果盘里，它们宁肯一辈子都不见面。

动物比植物就恶劣一些了。狮子追逐斑马，蛇吞食青蛙，猫抓耗子，老鹰捉小鸡之类，大家已司空见惯。但是，动物们只是为了活命，强大的一方，饱腹拉倒，不会一口气把所有天敌都咬死。据说一只老虎吃饱了，再扔多少东西它都不会要。它们信奉弱肉强食，却不强调仇恨。你什么时候见一群羊开会准备报复一只狼？动画片不算数。

人类就更恶劣了，株连九族、斩草除根、父债子还、血债血偿，都是人类的规则。有些人不仅疯狂攫取，而且鸡毛蒜皮的小事都会记一辈子，让仇恨一代代延续……

思想森林

文／吕钦文

一

藤萝和树贴得最紧，却各自读不懂心事：树抱怨纠缠，藤萝欢呼缘分；树认为是负担，藤萝以为是风景；树耸动身子奋力拔高，想摆脱藤萝，藤萝伸长触角攀缘而上，以为树在召唤。——有时的亲密无间，形影不离，不过是表面样子而已。

森林里鸟语花香，热烈而祥和；一声惊雷威风凛凛压过一切，但不能永远，巨大不是细碎韧力的对手。

林中孑然独立的蒿草讥笑树木勾肩搭背，只把稀疏的阳光给它；当风雨袭来时，它悄悄地闭上了嘴巴。

面对干枝梅，你说：干枯的手臂携挽艳丽的姿色——老夫少妻的意象；我说：如铁的枝干托起如梦的花朵——傲雪凌霜的诗句。

二

灌木丛长不高——它们都热衷于在低处相互掣肘、撕扯，所以，谁也不能脱颖而出。

一棵树被做成斧柄，反过来砍斫同类。林间树木相互忠告：把柄捏在别人手里，就由不得自己了。

树大招风，树大也挡风，许多棵树在一起能够防风。成长虽有苦恼，但更显示力量。

树，不管什么污浊的水泼下，都被它抖落掉，仍一袭庄重，污水成了它脚下的肥料。树迎受风雨，却不容忍污秽。

三

俯身树桩，我看见树的年轮，也拾起难言的忧郁：这里有生命的记录，而生命却消失了。

树的影子深深映入我眼里，变成枝杈纵横的血管，随着我的每一次脉动，铺陈于全身。愿人的生命之形，与树一样巍然。

树收藏时光的因缘，心中的年轮是相叠的日月；我穿过生活的波澜，额上的皱纹是弯曲的江河。

林中羊肠小道是人探求自然的向导，也是森林体味人生的脐带。路，是不同世界相通的呼吸。

月亮攀上枝头，与大树絮絮倾谈，泻落一地碎银般的光影，是它们会心的笑声。

动物短句

文／黄永玉

萤火虫：一个提灯的遗老，在野地搜寻失落的记忆。

海星：海滩上，谁扔弃的一个勋章在呻吟。

燕子：一枚远古的钥匙，开启家家户户情感的大门。

蛇：据说道路是曲折的，所以我有一副柔软的身体。

猫：用舌头洗刷自己，自我开始。

蜘蛛：在我的上层建筑上，有许多疏忽者的躯壳。

螃蟹：可也怪！人怎么是直着走的？

雁：欢歌历程的庄严，我们在天上写出"人"这个字。

刺猬：个人主义？那干吗你们不来团结我？

蜗牛：小资产阶级思想？笑话！你懂不懂扛一间房子的趣味？

蚕：我被自己的问题纠缠，我为它而死。

细菌：肉眼感觉不到的可怕，才是真的可怕。

乌鸦：不过才"哇"了一声，人就说我带来了不幸。

马蜂：我不惹谁，谁也别惹我。

书鱼：谁说我没理论，我啃过不少书本。

比目鱼：为了片面地看别人的问题，我干脆把眼睛长在一边。

子弹或种子

文／[美] 詹姆斯·道森

　　你可以把自己的想法当作子弹或种子提供给他人，你可以把想法如同连珠炮发出，或如同种子般种在别人心里。

　　被当作子弹使用的想法，不能打动人心，且会使人失去动力；而当作种子使用的想法，将扎根成长，在所栽种的生命中开花结果。

当作种子使用的想法只有一种危险：它一旦成长，将成为领受者生命的一部分，你可能不会因此而受到称赞，但假如你愿意放弃功劳，那么，你将获得极大的收获。

十秒钟的境界

文／庄祖宜

台中的"盐之华"餐厅，黎俞君主厨42岁，入行近30年。

她高中时辍学离开彰化老家，到台北拜师学厨艺。本来自认不爱念书的她，进了厨房却求知欲大发，除了发狠练基本功，每天下班后还熬夜查字典，读英文食谱学习烹饪原理和食材应用，结果，21岁就做到凯悦饭店西餐部的领班，统领近百位厨师。

几年后，她在台中开了一家意大利小馆，生意如日中天的当儿，又决定出国进修，申请进入闻名业界的厨艺学校。返台后，她于2004年在台中美术馆旁开了一家法式料理餐厅。

黎主厨的菜一点也不花哨，在大家都忙着搞创意的高级餐饮市场中，反而显得独具一格。

吃完饭后，我上楼参观厨房，终于见到大厨黎俞君，也惊讶地发现，原来应付了满场午市的厨房里，竟然只有3个人。黎主厨和两位年轻厨师在这里从早忙到晚，从餐前的面包到餐后精美的甜点，全部现场制作，简直就是超人。黎主厨说，她身为女性，在厨房这个男人的天下闯荡，身手不好不可能混得下去。

平日里，她会练习一面看电视一面削萝卜和马铃薯，务求能一心二用，眼睛不看都能使刀。她很骄傲地说："我削一个马铃薯只要10秒钟。"厨艺生涯中，每回遇到不甘服从女主厨的男厨师，"我就削一个马铃薯给他看"，然后把刀放下说，"好，现在你来。"这个招数通常很管用。

那天和黎主厨聊了不少，她不谈厨界逸闻与新颖技术，就爱讨论削皮切片、锻炼体力之类的基本功，颇有一种见山又是山的老将风范。回家后，我特地买了一袋马铃薯，拿出削皮刀请老公帮我计时，测验结果让我非常挫败（每个平均 32 秒），10 秒钟的境界令人肃然起敬。

鱼在波涛下微笑

文／毕淑敏

心在水中。水是什么呢？水就是关系。关系是什么呢？关系就是我们和万物之间密不可分的羁绊。它们如丝如缕百转千回，环绕着我们，滋润着我们，营养着我们，推动着我们，同时，也制约着我们，捆绑着我们，束缚着我们，缠绕着我们。水太少了，心灵就会成为酷日下的撒哈拉。水太多了，堤坝溃塌，心也会淹得两眼翻白。

人生所有的问题，都是关系的问题。在所有的关系之中，你和你自己的关系最为重要，它是关系的总脐带。如果你处理不好和自我的关系，你的一生就不得安宁和幸福。你可以成功，但没有快乐。你可以有家庭，但缺乏温暖。你可以有孩子，但他难以交流。你可以姹紫嫣红宾朋满座，但却不曾有高山流水患难之交。

你会大声地埋怨这个世界，殊不知症结就在你自己身上。

你爱自己吗？如果你不爱自己，你怎么有能力去爱他人？爱自己是最简单也是最复杂的事情。它不需要任何成本，却需要一颗无畏的灵魂。我们每个人都是不完满的，爱一个不完满的自己是勇敢者的行为。

处理好了和自己的关系，你才有精力和智慧去研究你的人际关系，去和大自然和谐相处。如果你被自己搞得焦头烂额，就像一个五内俱空的病人，哪里还有多余的热血去濡养他人！

在水中自由地遨游，闲暇的时候挣脱一切羁绊，到岸上享受晨风拂面，然后，一个华丽的俯冲，重新潜入关系之水，做一条鱼在波涛下微笑

V

圆 满

生命有两大神秘：欲望和厌倦。每当欲望来时，人自会有一股贪、馋、倔、拗的怪异大力。既达既成既毕，接着来的是熟、烂、腻、烦，要抛开，非割绝不可，宁愿什么都没有。智者求超脱，古早的智者就已明悉不幸的根源，在于那厌倦的前身即是欲望。若要超脱，除非死，或者除非是像死一般活着。

……

问余何适，廓尔忘言，花枝春满，天心月圆。此一偈，好果然是好极了，然而做不到三天的圆满，更何况永恒的圆满。

杂　谈（外一则）

文／韩寒

这么多年来，一直是我脚下的流沙裹着我四处漂泊，它也不淹没我，它只是时不时提醒我，你没有别的选择，否则你就被风吹走了。我就这么浑浑噩噩地度过了我所有热血的岁月，被裹到东，被裹到西，连我曾经所鄙视的种子都不如。

一直到一周以前，我对流沙说，让风把我吹走吧。

流沙说，你没有了根，马上就死。

我说，我存够了水，能活一阵子。

流沙说，但是风会把你无休止地留在空中，你就脱水了。

我说，我还有雨水。

流沙说，雨水要流到大地上，才能够积蓄成水塘，它在空中的时候，只是一个装饰品。

我说，我会掉到水塘里的。

流沙说，那你就淹死了。

我说，让我试试吧。

流沙说，我把你拱到小沙丘上，你低头看看，多少像你这样的植物，都是依附着我们。

我说，有种你就把我抬得更高一点，让我看看普天下所有的植物，是不是都是像我们这样生活着。

流沙说，你怎么能反抗我？我要吞没你。

我说，那我就让西风带走我。

谢谢你，让我更爱我自己

于是我毅然往上一挣扎，其实也没有费力。我离开了流沙，往脚底下一看，原来我不是一棵植物，我是一只动物，这帮家伙骗了我20多年。作为一只有脚的动物，我终于可以决定我的去向。我回头看了流沙一眼，流沙说，你走吧，别告诉别的植物其实它们是动物。

井

我们总是给自己套上绳子，两手各拉一端，越拽越紧，然后不停叫喊，我被绑架了。这几年来，我一直想去掉身上的枷锁和井绳。枷锁自然好理解，这样的工作，这样的时代，谁没有枷锁加身？但为何我们身上有那些井绳？因为都是井底之蛙。现代社会里，所谓先进的传播工具，所谓便捷的社交玩意儿，只是一口井挨着一口井。它其实把你变得足够小，于是你觉得眼前空前大；它把你的周遭变得足够轻，于是你觉得自己分外重。这些都是题外话，我们也只是其中一口井。

登山迷的信条

文／［日］水谷修　编译／华小宝

最近，许多孩子找到我，希望从我这里得到拂去迷惘、走向明天的助言。他们都是些在人生旅途上遇到挫折，暂时迷失方向的孩子，不愿上学，也不愿待在家，经常彷徨在街头，因而被称为"夜晚荡街少年"。

我不由回想起自己的青少年时代。从十七八岁一直到40岁前，我是个登山爱好者，自诩为"登山迷"。登山迷有个尽人皆知的信条："迷路时就向上走！"即使有多年登山经验的人也有迷路的时候，特别是在冬季，前方几乎看不到路。我们登山时赖以凭恃的唯有手中的地图和偶尔发现的系在树枝上的布条，可有些少人攀登的山上，连布条标记也没有。

迷路时怎么办？只有朝着上方继续攀登，在山峰与山峰相连的山脊线上，一定会看到路。此时，如果往下退，弄不好就会坠入深谷，而假使在原地徘徊不前，那等待登山者的只有冻死、饿死或累死！

人生也是一样。痛苦、烦恼、一时迷失方向，这时最要紧的就是向前，勇敢地去拥抱明天，你面前就一定会出现一条新的道路。

我想对这些孩子们说的助言就是："迷路时就向上走！"

别人的问题

文 /[巴西] 保罗·科埃略　译 / 夏殷棕

大师厌烦了人世的嘈杂，来到喜马拉雅山里，过着简朴的生活，勤于修炼。

大师名声在外，虽然遁世，还是被人们找到，方圆百里的人们跋山涉水，历尽千辛万苦，来见大师，希望大师帮他们解决心里的问题。

大师实在不忍心拒绝他们，给他们提了些建议，叫他们回去别再来了，但是人们还是不断地涌来。

这次大师叫他们坐下来等，三天过去了，更多的人涌来，大师说："告诉我你们的问题。"

有人开始说话了，立刻被其他人打断，这时，场面出现了混乱，人们大声叫喊，发疯似的，但是谁也听不见谁在说什么。

大师故意让混乱的局面延续着，看时机已到，大声说："安静！"人们一下子静下来。

"把你们的问题写下来，然后把纸给我。"大师说。

当人们写完后，大师把纸条放在一个篮子里，搅了搅，然后说："请把篮子一个个地传，每个人拿一张纸条，看看上面写的是什么，然后你选择是保留你自己的问题，还是拿走手中的纸条。"

每个人都按大师说的拿了一张纸条，读了纸条上写的问题。最后大家一致认为，无论自己写的问题多么严重，都似乎没有别人的情况悲惨，然后他们都把手中的纸条放入篮子里，说他们的问题都没有自己原来想象的那么严重。

人们拜谢了大师，高高兴兴地下山去了。

自 我

文／沈 榆

有一位徒弟在深山里跟随师父修行。有一天他问师父："什么叫作活在当下啊？"师父不语，拿了碗水给他，让他到后山转一圈再带着水回来。

于是徒弟小心翼翼地端着水出去了，为了不让水洒出来，他的眼睛牢牢地紧盯着那碗水，终于一滴都没有洒地回到师父面前。师父问："你看到后山风景了吗？"徒弟揉了揉酸痛的眼睛，他其实并未注意周遭的一切。

于是再次端着那碗水出发，徒弟心想："师父究竟用意为何呢？"想着想着他开始抬起头放眼看后山的风景，越看越被眼前的美景所吸引，甚至感受到了微风吹拂在脸上的温柔，好美啊！

回到师父面前的徒弟，满心欢喜迫不及待地想跟师父分享刚才的感受，师父只淡淡地问："那碗水呢？"徒弟低头，发现空碗一个，水一滴也不见了。

于是师父再次在碗里放满水，指了指路，徒弟再次出发了。

这一次，徒弟没有再多想师父究竟要什么，只是静静地端着水。他看到了水中自己的眼睛，自己的脸……越来越多的东西出现了：在水里，出现了蓝天、山峦、翠竹的影子。偶然间抬起头，不但能听见小鸟的歌声，甚至听见了碗和水随着他的脚步而发出的细微声音。所有的律动和谐而完美，如同一场优美的舞蹈。

当徒弟以轻盈欢快的脚步回到师父面前时，他开心地告诉师父："水一滴也没洒，沿途风景的美亦没错过，还有我感受到了我自己……"

长寿与佛法

文／任万杰

本焕长老，南禅临济法派第四十四代传人，曾任广州几个大寺院的方丈住持，一生致力于传播佛教，于 2012 年 4 月 2 日零点 36 分在深圳弘法寺安详示寂，世寿 106 岁。

2012 年 3 月，一名记者去采访本焕长老，此时长老的身体已经很弱了，却还是接受了采访。

记者首先祝愿本焕长老早日康复，万寿无疆，本焕长老笑了笑说："那都是水到渠成的事情，强求不来。"

记者来了兴趣，问："如果现在有两个选择，一个是可以再活一百年，一个是只能活一天，您会选择哪一个？"

没想到本焕长老却说："我选择活一天，这样更有利于弘扬和传播我的佛法。"

记者很吃惊地问："为什么？再活一百年不是更有利于弘扬和传播您的佛法吗？"

本焕长老摇了摇头说："我已经活得很久了，如果再活一百年，大家只会痴迷于我的养生之道，没人关心我的佛法了。"

风是怎样翻过高山的（外三则）

文／黄小平

一位年轻人曾对我说，在人生前进的路上，每当面对一个巨大的困难和障碍，就会心生胆怯，失去跨越它的勇气和信心。

为什么非要跨越它呢？我对年轻人说。不去跨越它，又怎么向前走呢？年轻人说。

我问，知道风是怎样翻过高山的吗？年轻人说，不就是从山头翻过去的吗？

我说，风从山谷间钻过去，从山腰边绕过去，不是同样能翻过高山吗？很多情况下，风就是这样翻过高山的。

什么叫"放过"

那是我第一次出远门。临行前，父亲对我说，一个人出门在外，要懂得"放过"别人，知道什么叫"放过"吗？

"放过"，就是让别人通过，放别人过去。我说。

父亲说，一个人如果内心充满了对别人的恨、对别人的怨，又怎么可能让别人通过，放别人过去呢？

我问父亲，什么叫"放过"呢？父亲说，所谓"放过"，"放"即放下，"过"即过错，"放过"就是放下别人的过错。一个人只有在内心放下了别人的过错，才能去原谅别人、宽容别人，才能真正为别人让路，让别人通过，放别人过去。

自己的路

地球、太阳等亿万个星球，亿万年来，为什么能在宇宙间相安无事地运行，而不发生冲撞呢？

一位天文学家告诉我，因为地球、太阳等亿万个星球都运行在自己的轨道上，都走在自己的路上。

那为什么人与人之间，经常发生磕磕碰碰的事呢？

一位人文学家告诉我，因为有的人见别人的路好走，就想去走别人的路，见别人的路近，就想去抄别人的近路。放着自己的路不走而去挤别人的路，怎么会不发生磕碰和冲撞呢？

别企望用你的表象来威吓别人

有人说，眼睛望得到的地方，叫视线，望不到的地方，叫视野；脸上看得出来的表情，叫气色，看不出来的表情，叫气魄；用尺子量得出大小的，叫胸围，量不出大小的，叫胸襟。

别企望用你的表象来威吓别人，再高大的表象，也望得到、看得出、量得出，也知道它的尺寸、大小和高低。

真正的伟大和力量，是望不到、看不出、量不出的；真正的伟大和力量，在你的血液里、骨子里、灵魂里……

蟋蟀与瀑布

文／释戒嗔

茅山里有条瀑布，水流潺潺，层叠有趣，附近的施主们都喜欢闲暇的时候来走走。只是这条瀑布位于天明寺背面，所以平日在天明寺中既看不到瀑布的样貌，也听不见瀑布的声响。

但天明寺也不完全是寂静的，到了季节，蟋蟀会不停鸣叫，不分白天黑夜。

前段时间戒嗔去了趟宝光寺，走的时候天色已晚，便在宝光寺住了一宿。宝光寺和天明寺一样，也是建在山里，附近也有一条瀑布，只是比起茅山里的瀑布，这里的瀑布更有气势。

那一夜，戒嗔睡得很不安稳，能清晰地听到水流声。戒嗔感叹宝光寺的师兄们也挺可怜的，每天生活在这种环境中，也不知道他们是怎么坚持下来的。

第二天吃早饭时，宝光寺的师兄笑着问戒嗔："昨晚睡得如何？"戒嗔如实回答道："水流声一刻没有停过，我折腾了很久才入睡。"师兄诧异起来，有点儿疑惑地说："水流声很大吗？我们没有一点儿知觉呢！"如此大的声音宝光寺的师兄却没有知觉，这样的回答着实让戒嗔感到意外。

戒嗔忽然想起前不久，宝光寺的师兄曾在天明寺里住过一晚，戒嗔也曾问过他同样的问题。

结果宝光寺的师兄说："夜风中蟋蟀的鸣叫声太大，吵得我无法入睡。"当时，戒嗔也很诧异，因为戒嗔一直觉得蟋蟀的声音并没有大到会影响睡眠的地步。

　　其实应该这样说，蟋蟀的嗡鸣从来没有停止过，但戒嗔没有在意过；瀑布激流声一直在响，但宝光寺的师兄没有在意过。

　　其实，生活中的许多事情都会有这样一个渐变的过程。许多发生在我们身边的不寻常的事情，随着时间的推移也会变得寻常，渐渐地变得不再引人注意。

　　因此，我们最容易忽略的便是身边的人，我们常常会对自己身边最体贴的关心、最浓的爱视而不见，这实在是一种最令人叹息的习惯。

萝卜、萝卜缨子和猪

编译／夏殷棕

　　我和妻子结婚前拥有的文化背景完全不同，当然，我们也有共同点，暑假我们都是在各家的农场度过的。

　　妻子琳达是美国人，生活在南部亚拉巴马州，而我，加拿大安大略人，与美国最北端毗邻。这样两个一南一北的人，可能是缘分吧，结合到一起。在超市，琳达问我晚餐吃什么，我说想吃萝卜，说着我便拿起一只大萝卜放入购物篮中。她问："你拿那东西做什么？"

　　我回答："吃呀！"

　　"我可不吃那东西。"她说。

　　"为什么？我以为你喜欢吃萝卜的。"我说。

"我是喜欢萝卜，但我不吃那个东西，那是萝卜的根……我们用来喂猪的。"这太离奇了，我还是第一次听说这是萝卜的根，这就是萝卜嘛。

我一脸惊讶，说："那么，你们那儿吃什么萝卜？"

"我们吃绿色的部分。"

"这太有意思了，我们把萝卜缨子用来喂猪的。"

我和琳达并没有改变萝卜的吃法，不过，我们再也没有吃萝卜。每次听到萝卜这个词或在超市看到萝卜，我都会想到其实我们都被从小继承下来的那些习俗严格控制着，便禁不住笑一笑。小时候，我可从来没有在早晨醒来后，想我要吃萝卜的哪一部分，母亲盛在碗里的，我就吃下，我敢肯定，母亲也不会去想应该吃萝卜的哪一部分，她也只是吃下她母亲给她做的。

其实，我们的生活很大程度上受制于我们某一位先祖的某个决定，想要突破其实很难。

生命之道

文/向堃平

他跟一位高僧朋友登高散心，顺便参悟生命之道。

高僧引他来到高崖边。但见崖下万丈深渊，令人不寒而栗。高僧躬身捡起了一块石头，丢向崖下。

石块径直急急地下坠，似乎与空气发出"咝咝"的摩擦，一瞬间，已不见踪影，只仿佛听见崖底传来"砰"的叩地的回响。高僧又从衣袋里摸出一张纸片，往崖下丢去，却见那纸片在清风徐徐里，如蝴蝶一般，翩翩起舞，悠悠然地飘下高崖，良久，才伏在崖底，寂然无声。

"前后观感有何不同？"高僧面带微笑盯住看得发呆的他。

"看石块下坠，有触目惊心之憾，觉着太过仓促。而看纸片飘落，却有意犹未尽之乐，觉着优雅美好。"他如是有感而发。

"生命之道即在于此。崖顶至崖底的距离，恰似生命的长度。倘使生命承载了太多的负荷，便沉重如石块下坠，又怎能不倍感人生苦短？不如将一切放下、看淡，生命便会轻盈如纸片飘落，也便充分拓展了它的宽度，享受了生命的过程之美……"

石头与鸟

文／潘石屹

石头从人的手中抛出，最终总会落回到地上。石头抛出去的轨迹，被物理学家称为"抛物线"。用力大一些，石头就抛得远一些，用力小一些，石头就抛得近一些。尽管这些抛物线的形状各有不同，但这条轨迹一定是符合抛物线公式规律的，跑不出这个圈子。除非你抛石头的速度特别快，超出了第一宇宙速度，摆脱了地球的吸引力，这条曲线才会从本质上发生变化，这样的话你手中的石头也变成人造地球卫星了。当然，这些都是属于物理学家们探讨和关心的问题，我们只考虑第一宇宙中的问题——我们日常生活中碰到的问题。如果，我们手中拿的不是石头，而是一只飞鸟，把鸟抛出去后，鸟就会飞上天空，鸟飞行的轨迹与你抛出去的速度、方向、用力的大小都没有关系，它也不用遵循抛物线的规律，自由地在天空中飞翔，既不会按照你原来的计划，也脱离了你原来的想象。

石头和鸟的故事是最近一年来常常被中国房地产同行们提及的一个故事，也成了同行们中的一个暗语。每当在网上或报纸上看到关于房地产的某一则消息就互相在电话上、网络上讨论："这是只鸟，还是块石头？"是石头就代表是有一定的规则可以遵循，同时也会大体知道这石头会打在谁的身上，打得疼不疼；如果是只鸟，飞出去后，可能连抛鸟的人自己也不知道它会落在何处，会是什么样的结果，完全是随机的。

其实在每个人的手里，都握着即将抛出的一个东西，你可以决定它是一只鸟还是一块石头，它会给你带来两种截然不同的感受。

大师的"种子"

文／张正旭

大师老了，准备在几位得意门生中选拔一位接班人。

有一天，几位候选的弟子被大师招来，公开说明了这次选拔接班人的条件，就一句话："诚实是做人之本！"说完后，他给弟子们每人发一小包萝卜籽，让他们回去后在一个盆里育种，半个月后端来，大师亲自检查哪位菜种得好，这个人就是接任的掌门人。

很快半个月过去了，有三个弟子端来的是一盆泥土，光秃秃的，没有萝卜，另一位弟子端来的却是水灵灵、嫩绿的萝卜菜。

大师看了一眼弟子们的劳动成果，微笑着开了口："我在半个月前曾经说过'诚实是做人之本'。我发给大家的是煮熟晒干后的种子，不可能发芽的。"大师朝弟子们望了望，只见那三位端着一盆泥土来的弟子们脸上浮现出得意的微笑。

"今天，我宣布种出萝卜菜的弟子，将接替我掌管工作！"大师提高了声音说着。

这下，那三个弟子脸上的微笑消失了，直愣愣地盯着大师。

大师继续微笑着解释："做人要以诚实为本，但做事要以善于沟通解决为本。诚实是种子，做事是让种子破土发芽。长满萝卜菜的弟子回去后种下菜籽，三天后见不发芽，就找到了我，问明原因，然后立即买回来新种子种下，这样，他的盆里就有了种子的生命。"

大师说完，再次抬眼看着弟子们，"做人诚实之本不能丢，做事要发现问题不能少，解决问题不能缺，这才是我寻找接班人的必备条件。"

不要做海豚（外二则）

文/（台湾）星云大师

初到台湾，住在中坜的妙果老和尚要我协助回复信函，每次做完事之后，他就送一杯牛奶给我喝。他是非常慈悲，但我觉得自己好像海洋世界里的海豚，做完表演，就得到一条小鱼的赏赐，心里很不是滋味。

多年之后，我收徒徒众，看到弟子们做事情也希望我能给他们一些赞美或奖品，我不禁想起了往事，因此对他们说："希望你们不要做海豚，只要求一条小鱼吃！"

自古以来，人虽贵为万物之灵，却还含有动物贪婪的习性，所以一些在上位者就利用一般人的这种习气，给予好处。例如军队战争胜利时，皇帝便封官赐地；地方人士做了一点慈善事业，父母官便赐匾授爵；为了笼络外强，使不侵略国土，便举行联姻；为了平服内患，开出种种优厚的条件，以招其来归。即使如尧赐女儿给舜、万众拥戴治水有功的大禹、唐太宗让文成公主嫁往吐蕃等，如果将人类心理分析透彻，无非也是一种喂小鱼给海豚的想法。

人，有通财之义，有互助之情，不一定要为什么，也不一定要得到什么。

所以，在此奉劝大家：如果为了眼前的利益而做事，人生不会产生力量。权利、义务虽然是对等的，但，人不是海豚，尽义务不是一时的表演，重权利也不只是为了得到一条小鱼。要建立起大是大非、大功大德的观念，懂得生活是为了完成宇宙继起的生命。人，想要活得朝气蓬勃，必须要往远处看，往大处想，不要念念为了小鱼，才要表演。

人生"四不"

一、对自己要能"不忘初心"。"初心"就是最初的心意，例如，最初为什么要经商务农，为什么要当记者、作家。不忘初心就是要我们锲而不舍，照着最初的志趣，勇往向前。

二、对好事要做"不请之友"。每个人都有一些朋友，但是一般的朋友在我们需要帮忙时，都要请托；当我们有苦难时，不经请托就会主动帮助我们的，就叫"不请之友"。

我们应该做世人的"不请之友"，不必等人家来请托，只要我有力量，就随喜随缘地帮助。

三、对朋友要肯"不念旧恶"。一般人总是记坏不记好，记仇不记恩。就如我们跟人家借钱，很容易忘记；借钱给人，则是时刻念念不忘。所以有德之人，如战国时范雎说："人有恩于我不可忘，而怨则不可不忘。"吾人受恩于人，要铭记在心，并且知恩图报；反之，别人偶有对不起我的地方，不可记仇。

四、对社会要懂"不变随缘"。生活在多变的社会人生里，要能知所取舍，遇到不当的事情，有违伦理道德的，自己要有不变的原则；如果是一些人情之常的琐碎小事，要能随喜随缘。也就是说，对善恶是非，要有不变的原则，对人情得失，要有随喜随缘的性格，这就是"不变随缘"了。

四类朋友

在佛教的《字经》里，提到朋友有四等，所谓"有友如地，有友如山，有友如花，有友如秤"。此中好的有两等，坏的也有两等。

有友如花：如花的朋友，好看时把你戴在头上，不好看的时候就把你踩在地上。这是一种势利的小人，不能同甘共苦、患难与共。跟这种人交朋友，他只会利用你，于他有用则交，无用则拒。所以交到如花的朋友，都是短暂的，不能友谊长存。

有友如秤：秤，称之为"度量衡"，可以等量轻重。如秤的朋友，当你富贵荣达的时候，他就看重你；一旦你失意潦倒以后，他就轻视你，完全不以你的道德、人品、智慧来论交，只是以小人的势利眼来观察你，就如秤砣一样，你重他就低头，你轻他就昂首，所以这也是一种不能平等相交的朋友。

有友如山：好朋友要像高山一样，友谊坚固。你看，一座高大的山林里，有许多的树木花草，山里藏着各种野兽，各种飞禽聚集其中。所以如山的好朋友就是有德、有学、有生死不移的涵容修养，因此，飞禽走兽、各种人等，都欢喜归向于他。

有友如地：大地能普载万物、能生长万物、能储藏万物，所以结交这种如地的朋友，他自己谦卑低下，容许我们获得他的资助、好处，还帮助我们成长，关怀、包容我们的一切，并且无怨无悔地付出，从来不会嫌弃我们。但是如果你作孽太多，他也会生气而天摇地动。

人生不能没有朋友，我们应该结交什么样的朋友呢？以上如花、如秤、如山、如地这四种朋友，可以作为我们择友的参考。

诚信为佳

文／柳 赫

20世纪50年代，李嘉诚做塑胶花时，常去皇后大道的一间公爵行接洽生意，"我经常看见一个四五十岁很斯文的外省妇人，虽是乞丐，但她从不伸手要钱。我每次都会拿钱给她。有一次，我和她交谈，问她会不会卖报纸，她说她有同乡干这行。于是，我便让她带同乡一起来见我，想帮她做这份小生意，时间约在后天的同一地点。客户偏偏在前一天提出要到我的工厂参观，客户至上，我也没办法。于是在交谈时，我突然说了声'Excuse me'，便匆匆跑开。客人以为我上洗手间，其实我跑出工厂，飞车跑到约定地点。见到那妇人和卖报纸的同乡，问了一些问题后，就把钱交给她。她问我姓名，我没有说，只要她答应我勤奋工作，不要再让我看见她在香港任何一处伸手向人要钱。事毕，我又飞车回到工厂，客户正着急：'为什么在洗手间找不到你？'我笑一笑，这件事就这么过去了。"此事虽小，但细微之处足见李嘉诚的守信。李嘉诚"解释"说："信誉、诚实，是我的第二生命，有时候比自己的第一生命还重要。"

从商60多年的李嘉诚，诚信事例可谓数不胜数，而守信也变成了巨大的生产力："我现在就算再有多十倍的资金也不足以应付那么多的生意，而且很多是别人主动找自己的，这些都是为人守信的结果。"

经纬线

文／亦 舒

小女的地理卷子发回来，其中一个问题："为什么要学习经纬线？举两例。"她这样答："一、学会经纬线可在地图上找到城市首都。二、学习经纬线可取得好分数。"

老伴与我嘻哈绝倒，乐了半天。

为什么要学习经纬线？与学习天底下所有知识一样，做一个有文化的人呀。

中学会考地理科优等成绩的我如果这样说，老师大抵不会接受，标准答案是经线划分时间区域，纬线标指日光分布。

美国小提琴家艾萨·史顿说过："我们学习音乐不是为着要做音乐家，而是学习文化。"

这就差不多了，读书并非用来应付考试，虽然考试最好名列前茅。

什么有用，什么无用，见仁见智。网上炒股票，即日买卖，见好即收，收入一定比打工高得多，可是各行各业仍然欣欣向荣，可见人各有志。

学习是一个十分愉快的过程，懂得越多，越能自处，维持静态优质生活。

读《红楼梦》是为着想做作家？当然不是，看一本好书，是真正欣赏。

人生的沉思

文／毕淑敏

有些人无时无刻不在显示他们的重要，高声说话，目光威严地扫视，很喧哗的笑声，不合时宜的服装和故意迟到，甚至不断地在报刊上制造耸人听闻的噱头……我总在这些做作的举动中，发现一种属于恫吓的虚弱和勉力为之的疲倦。

一个人最少需要一种非功利的爱好。比如爱钓鱼，并不是为了解馋；爱书法，并不是为了卖钱；爱跑步，并不是要创世界纪录；爱跳舞，并不是为了上台表演……它不仅仅使富余的精力有所附丽，更让精神有了种舒展自如的安置与发挥，让人感受到人生的美好真谛。

钻石靠什么物质来切割打磨呢？答案是：靠另一颗钻石。钻石自己敲打自己，是为了更完美。

刚富的穷人和刚穷的富人，都比较触目惊心。

前者是要做出富过一百年的样子，后者是要做出还将富一百年的样子。

我会在没有人的暗夜，深深检讨自己的缺憾，我不愿在众目睽睽之下，把自己像次品一般展览。

崇高的侧面可以是平凡，但绝不是卑微。

坏消息，好消息

文／扎西拉姆·多多

在观心的过程里，永远都有一个好消息伴随着一个坏消息。

坏消息是：我很无知；好消息是：我发现了我的无知。

坏消息是：我错了；好消息：我发现我错了。

坏消息是：你不爱我；好消息是：我发现了你不爱我。

观心的重点不是心怎么样，是不是至善至美，是不是让自己满意，而是"正念"与"觉知"，是"观"与"发现"。

无论我们发现了什么，"发现"本身就是成就。修行就是去发现，然后才谈得上对话。

总之，每一个坏消息后面，都一定跟着一个好消息。

而最坏的坏消息可能是：好久都没有任何消息，你一直处在昏沉和愚痴里面。

生　日

文／史铁生

我从虚无中出生，同时世界从虚无中显现。我分分秒秒地长大，世界分分秒秒地拓展。是我成长着的感觉和理性镶嵌进扩展着的世界之中呢，还是扩展着的世界搅拌在我成长着的感觉和理性之中？反正都一样，相依为命。

我的全世界从一间屋子扩展到一个院子，再从一个院子扩展到一条小街、一座城市、一个国度、一颗星球，直到一种无从反驳又无从想象的无限。简单说，那就是一个人的一生。

读　书

文／周国平

对我们影响最大的书往往是我们年轻时读的某一本书，它的力量多半不缘于它自身，而缘于它介入我们生活的那个时机。那是一个最容易受影响的年龄，我们好歹要崇拜一个什么人，如果没有，就崇拜一本什么书。后来重读这本书，我们很可能会对它失望，并且诧异当初它何以使自己如此心醉神迷。但我们不必惭愧，事实上那是我们的精神初恋，而初恋对象不过是把我们引入精神世界的一个诱因罢了。当然，同时它也是一个征兆，我们早期着迷的书的性质大致显示了我们的精神类型，预示了我们后来精神生活的走向。

年长以后，书对我们很难再有这般震撼效果了。无论多么出色的书，我们和它都保持着一个距离。或者是我们的理性已经足够成熟，或者是我们的情感已经足够迟钝，总之我们已经过了精神初恋的年龄。

美的沉思

文／（台湾）蒋　勋

美是心灵的向往，沉思泥土，沉思水，沉思火，沉思自己的手，最后会产生一个像半坡陶钵那样动人的作品。沉思火里的釉料流动，会产生宋代钧窑窑变的灿烂炫丽。沉思水，沉思墨，沉思笔毫在纸上渲染开来的痕迹，会是米芾的书法，会是黄公望的《富春山居图》。而文明是静定下来沉思的力量，心中有向往，专注于物质，专注于技术，专注于劳动，专注于眼、耳、鼻、舌、身，专注于自己的感官与思维，心无旁骛，或许这就是文明的开始吧。

圆　满（外一则）

文／木心

生命有两大神秘：欲望和厌倦。每当欲望来时，人自会有一股贪、馋、倔、拗的怪异大力。既达既成既毕，接着来的是熟、烂、腻、烦，要抛开，非割绝不可，宁愿什么都没有。

智者求超脱，古早的智者就已明悉不幸的根源，在于那厌倦的前身即是欲望。若要超脱，除非死，或者除非是像死一般活着。

以"死"去解答"生"——那是什么？是文不对题，题不对文。

近代的智者劝解道："欲望的超脱，最佳的方法无过于满足欲望。"

这又不知说到哪里去了，岂非是只能徇从，只能屈服。

问余何适，廓尔忘言，花枝春满，天心月圆。

此一偈，好果然是好极了，然而做不到三天的圆满，更何况永恒的圆满。

目　的

生活如意而丰富——这样一句，表达不了我之所思所愿。我思愿的乃是，集中于一个目的，做种种快乐的变化。或说，许多种变化着的快乐都集中在一个目的上。

迎面一阵大风，灰沙吹进了恺撒的眼皮和乞丐的眼皮。如果乞丐眼皮里的灰沙先融化，或先由泪水带出，他便可清楚地看到恺撒苦恼地揉眼皮、拭泪水。

在此之前、之后，都不算，单算此一刻，乞丐比恺撒如意。世上多的是比恺撒不足、比乞丐有余的人，在眼皮里没有灰沙的时日中，零零碎碎的如意总是有的，然而难以构成快乐。

因而我选一个淡淡的"目的"，使许多种微茫的快乐集中，不停地变化着。

活着就是君王

文／张小娴

不年轻了，会说年轻真好；看到死亡，会说活着真好；伤心失意时，却说不出活着有什么好。然而，要是没有活下去，也就看不到人生的千回百转，也不会知道曾经认为无法承受的痛苦是会过去的。当你以为你的心已经荒芜，它却会出其不意开出花来，那一刻，所有的荒芜都成了往事，活着就是君王。

妄 求

文／张悦然

第一次与我说起这个词的是我的祖母。那时，我五六岁，祖母对我说，你很想要一样东西，强烈的愿望甚至会驱使你做了不好的事。你没有意识到其实你是在妄求了，这是你不该得的。在很长一段时间里，我一旦想起，就很迷惘。

生命的艰难之处在于，神他从不说，这世上，究竟什么是注定绝对无论如何都不属于你的，那样你肯定会转身走开，绝不贪恋，也永不回头。但神的旨意是，这高高的围墙让你自己来垒，让你带着迷恋和疑惑转身，又不时回头，并终于留下遗憾。

我想，妄求有时也是好的，因它证明自己与这世界，此刻，还是粘连的，丝丝缕缕的情谊是温脉的牵引，我们从未孤绝。

在意义丛林旅行的向导

文／[叙利亚] 阿多尼斯　译／薛庆国

什么是秘密？一扇紧闭的门，一打开就会破碎。

什么是叫喊？声音长了锈。

什么是翅膀？天空耳畔的一句低语。

什么是笼子？满满的空。

什么是梦想？一个不停地叩打现实之门的饿汉。

什么是忧伤？一个单词被欢乐的字典错误地舍弃。

什么是中心？一切边缘的边缘。

什么是海市蜃楼？太阳穿着沙的衣裳却要模仿水。

什么是水？火的地狱。

什么是拥抱？两者间的第三者。

不知情权

文 / 黑 陶

人类即时交流和获取资讯的技术，正在以令人惊讶的速度迅猛发展着。然而，遗憾的是，就思想、情感的深度与广度而言，当代人并没有与技术同步。相反，技术时代人类的思想和情感，较之以往，正日益变得琐碎、局促和肤浅。

我们的心灵，是否真的需要时刻挂在 QQ 或 MSN 上？想到索尔仁尼琴的一段话："除了知情权以外，人也应该拥有不知情权，后者的价值要大得多，它意味着高尚的灵魂不必被那些废话和空谈充斥。过度的信息对一个过着充实生活的人来说，是一种不必要的负担。"

社交"潜规则"

文 / 言守义

锐气藏于胸，和气浮于脸，才气见于事，义气施于人。

我们一定要明白，不要要求别人跟自己一模一样——既是别人，就必然有"别"。

不可随便举手。举一只，是同意，举两只，是投降。

如不识货，一时穷；如不识人，一世苦。

不要去欺骗别人，因为你能骗到的，都是相信你的人。

没有人富得可以不要别人的帮助，也没有人穷得不能在某个方面给别人帮助。

真诚并不意味着一定要指责别人的缺点，但一定不要恭维别人的缺点。

当我们是少数时，可以测试自己的勇气；当我们是多数时，可以测试自己的宽容。

思维方式

文／李广森

一位朋友说，站着的人与坐着的人，思维方式是不同的。

我就纳了闷了，站起来和坐下来，竟能改变人的思维方式？

朋友侃侃而谈："检察官和律师在法庭上是要站着说话的，他发表的公诉词就具有带着鲜明立场的攻击性。法官是坐着说话的，他的角色定位就是不持立场，保持中立，保证各方平衡。"

在生活中，我们有时站着说话，也有时坐着说话，我们会有持鲜明立场的进攻，也会有不持立场的观察与平衡。

认清当下自己的角色定位，才能做到张弛有序，忙闲得当。

尊重欲望

文／且 庵

在凤凰网上看到一篇写香港的文章，里面一位香港人对作者说："香港这个地方，尊重人的欲望，给你谋生的空间，让你玩。"看到这里我有点感动。

我们常会对人家说，请尊重我的人格，请尊重我的自由，我们肯定不好意思请人家尊重我们的欲望。我们不是圣贤，更不是神，我们是凡夫俗子，是尘世男女，我们有各式各样的欲望，如果我们的种种欲望都能得到尊重，这样的社会，是不是更宽容更和谐呢，也让我们感到更温暖呢？反过来说，只要我们的欲望没有以伤害别人为目的，那么我们也可以对这个社会说一句：请尊重我们的欲望。

负 气

文／张 欣

有人从不养生，说我才不要活那么久。还有人说年轻时走了好走的路，享受过好吃懒做、纸醉金迷，也算是值了，管他以后呢。胖就胖呗，人家不爱你，再瘦也没用。这些便是负气的话，可以增加痛快感，治疗短暂的郁闷和无可奈何，满足一时的嘴上风光。

然后呢？终究，人生不是赌气或负气，生活是要一天一天完成功课的。年轻时吃喝玩乐，一口气用完好运气，对学习和工作马马虎虎的人，上了岁数之后的路依旧很长，首当其冲地被减员、被忽略，任谁都是不好受的。李安说，唯一扛得住时间摧残的就是才华。这话戳到成年人内心的痛处——没有不可取代的能力，一定会被岁月无情淘汰。所以梦想和大话都是没用的，要俯下身去做，要俯得更低更卖力，才可能一个台阶一个台阶地往上走。

有些话是鸡汤式负气，如，再昂贵的美食也是一日三餐，再豪华的别墅也只能睡一张床。又如，腰缠万贯的富豪在海滩晒太阳，跟渔民有什么不同？这样的话也只有李嘉诚说感觉尚好，我等就别挂在嘴上了，不过是个自我安慰。有许多人一提钱就态度轻慢，如果你真的有一个毫无铜臭气的伟大灵魂，也请不要忘记钱还可以帮助别人。

好的情感模式，在我看来就是彼此错开负气。一个人口无遮拦，或被现实逼疯了，或情绪失控，另一个人总能默不作声地扛过去。隔一段时间，换另一个人说一些没头没脑、撒泼解恨的话。怕只怕两个人同时负气，这样分手的情侣，最终后悔的也不在少数。就为了一句话、一口气，转身便是天涯陌路，永不相见。所以啊，在心里最感激的，并不是那些光鲜靓丽的才子佳人，而是始终没有因为负气而走掉的亲人或朋友。人生因为有负气，才有包容。

爱的能力

文/张亚凌

我一直觉得，爱，需要强大的能力——可供给能庇护，也因此觉得，自己没有能力去爱至亲以外的他人。

我遇见他时已经供暖好些天了，蓬头垢面，冷得瑟瑟发抖，穿的是看不清本色的夹层衣服，身后破旧的手推车里塞满了从垃圾箱里扒拉出的希望。

小城虽不大，可这种流浪汉式的拾荒者，倒是随处可见。遇见他我并不吃惊，只是有点难受：飘舞的白发，苍老的面孔，僵硬的举动，无不诉说着年老的无奈。而此刻的他，蹲在路边的垃圾箱旁，津津有味地吃着鸡腿。鸡腿如何得来我不知道，我只知道，吃鸡腿，对他来说是极为奢侈的享受——他满脸都洋溢着按捺不住的欢喜。让我吃惊继而又深深地被震撼的，是接下来发生的一件事——

一只小狗跑了过来，脏兮兮的，还一瘸一拐，看样子是条流浪狗。狗在他的裤管上蹭着，眼巴巴地瞅着鸡腿。他不吃了，看着狗，随即那脏而大的手就在狗身上摩挲起来。就那么一眼，却看得我很是心疼：流浪汉与流浪狗，协调得让人不忍再看！更让我心头一揪的是，他撕下来一块鸡肉，喂给了狗。

是的，没错，很难吃到肉的他，撕下了一块鸡肉，喂给了狗！

——只要心里有爱，都有爱的能力，所有人！

会接受有时比能付出更重要

文/冷莹

我见过很多愿意付出而难于接受的人，他们乐于吃亏，愿意为身边人多做一些，但要让他们去接受别人的好意，就要难得多。他们生怕欠人人情，把那看成生活里最不能接受的事情之一。这看起来是很好的品行，在现实生活中却往往带来尴尬，使得他们不容易与人关系亲近。

从人性深处来说，每个人都希望成为施与者，而成为接受者需要勇气，需要放下面子。有时候，成为一个接受者比成为一个施与者更难。

我认识一个很聪明的女孩，说她聪明，是因为我发现她在一个新环境里，常常会主动制造一点小小的困难来求助于他人。那些举手之劳的小忙，让被求助者很高兴地展示自己的善意，这成为她打开外交关系的一个好开端。因此，这个女孩总是很容易在一个新环境里交到朋友。

即使是在熟稔的关系中也一样。有一个非常好的女孩，是那种出来约会碰面一定会抢先埋单的姑娘，不在谁那儿吃点亏就觉得自己亏欠了别人。大家都说她人太好，却都有些害怕与她打交道。有个心直口快的朋友对我说："跟她见面压力很大，感觉又去占她便宜了。"

是的，但凡有点自尊的人，都不喜欢亏欠他人。若在交往中让别人一直亏欠你，其结果就是将对方越推越远。

因为不只是你，人人都想成为一个能表达善意的人。

人生是部反转剧

文/[韩] 金兰都　译/路冉

就像是围棋比赛，棋手们都会经过几十分钟的漫长思考，然而随着"吧嗒"一声，当棋手使出得意的一招的时候，解说员就会不停推测棋局接下来的形势进展，然后抛出一句："啊，那么还是黑子占据了微弱的优势吧？"

这时主持人一定会问一句："如果继续刚才那一盘棋局，选手能够沉得住气的话，会是怎样的局面呢？"接到问题的解说员再次提起劲头，打乱原先摆好的棋子，摆出一盘新的棋局，然后回答一句："那么，这又将是另一盘棋了。"

"这又将是另一盘棋了。"我实在是太喜欢这句话了，常把它变成"这又将是另一局人生了"来理解。人生，并非只有一个固定答案。参加同学会的时候，你会发现，每个人走的都是学生时代完全未曾预料到的人生之路。每当这时，我总是感慨不已。原来每个人的人生，都会有适合自己的答案呀，只不过在答案对上之前，我们自己也不知道答案究竟是什么。

给父亲的一封信

文/[日] 河本美香子　译/潘　曼

我一直没有发现，其实自己很爱您。

您和妈在我中学时离异，我跟弟弟后来选择跟妈妈住，因为我们不擅与您相处。

考高中的时候，您写了一封信要我去考您住的镇上的高中，可是我却没有回信，如今想来……

听妈身边的人说您尽做一些坏事，所以我几乎认定您是一个不够格的父亲。

6年间，我们只见过两次面。有一次心里百般不愿意，但还是到您住的地方去了。您做菜给我吃，因为您被菜刀割到手，我拿了3片上面有卡通图案的"OK绷"给您用，不过这些回忆我早就忘了。

别人通知我说您死了，我赶到您家去。当我看到当年我拿"OK绷"给您用的照片挂在墙上，不由自主地流下泪来。照片上已经黑掉的"OK绷"，看起来让人觉得很哀伤，让我感受到您爱我至深的心意。

虽然已经无法跟您表达什么，可是我真的很喜欢您。因为当人家问我理想的结婚对象是什么样子，我总是会第一个想到您。

没办法为您做一件女儿该做的事，真的很抱歉。

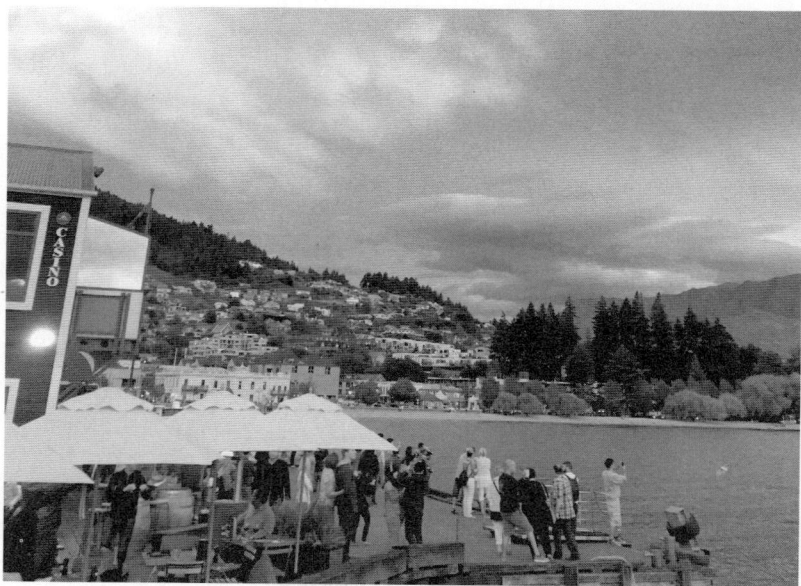

VI

永恒的陪伴

如果每个人都是一颗小星球，逝去的亲友就是身边的暗物质。

我愿能再见你，我知我再见不到你，但你的引力仍在。我感激我们的光锥曾彼此重叠，而你永远改变了我的星轨。纵使再不能相见，而你所在的星系未曾分崩离析的原因，是我宇宙之网的永恒组成。

真正的转化（外一则）

译／夏殷棕

我忘不了巴特利特先生，他是我们的生物老师，那天他带领我们讨论蛹化蝶的过程。

"在茧里的转化过程是什么？"先生问，"有没有哪个同学见过蛹变成蝶的瞬间？那是个什么样子？"

大家沉默无语，因为没有哪个同学见过。

第二周，先生在树林里找到一只茧带进了课堂。我们都饶有兴趣地围在先生身边，只见先生拿出一只刀片，把茧割成两半。

茧里看上去空空如也。

"里面什么也没有呀！"一位同学禁不住叫起来。

"就在里面，"先生说，"只不过还没有成形，活的有机物质就在茧里面。蛹已去，但蝶还未成。"

我们面面相觑，不知先生之所云。

"真正的转化，"先生继续说，"意味着新的成形之前对原有的放弃，这需要坦然接受什么也不是的瞬间。"

时间只用来照料愿望

苏格兰北部设得兰群岛有一条一日游线路，一位退了休的远洋老船长负责运送游客。

起航前，老船长对着大海祈祷。好多人看着此情此景，禁不住笑出声来。也难怪，天空万里无云，大海风平浪静。

然而，船行不久，狂风从天而降，波涛汹涌，船疯狂颠簸，游客们被吓得面如土色。有些人开始祈祷，也有人要求老船长跟他们一起祈祷。

老船长说："我在风平浪静的时候祈祷，而波涛翻滚之时，我只有空照应我的船。"

我们当然应该对任何事都心怀最好的愿望和祝福，然而却不能仅寄希望于愿望，除此之外，真正需要的是为达到愿望而紧跟的行动。

生活如握剑

文/木 梅

主演过《布拉德船长》、《侠盗罗宾汉》等影片的好莱坞著名影星埃罗尔·弗林，曾是一名优秀的奥运会击剑手。

成功转战影视圈后，在他的一次新片发布会上，有一名记者突然请他谈一谈成为一名优秀击剑手的秘诀是什么。

弗林这样回答："一切取决于你如何握剑。"

"此话怎么解释？"

弗林一边做起了握剑的动作，一边道："如果握得太紧，动作就会僵硬，就非常容易被对手猜出剑的去向，因此很有可能被他打败！但如果握得太松，对手就会轻易地把剑从你手中击落！"

"你的意思是，握得既不能太紧，也不能太松？"

"对！"弗林点了点头。

记者又问："那怎么握才能做到既不紧又不松呢？"

"取决于当时发生了什么！"弗林不慌不忙地说道。

这真是一个智慧的妙解！

知己知彼

文／[美] 王鼎钧

两个武士决斗，两人都用矛尖指着对方，用怒目盯牢对方的眼睛，伺机而动，一触即发。

其中一人厉声说："你赶快投降吧！"另一个武士相当胆怯，但是仍然硬着头皮说："我要跟你拼个你死我活！"

"我再警告你一次，"原先那人说，"你到底降不降？"另一个咬紧牙关说："不降！"

他以为对方会冲过来，心中暗暗祷告。谁知对方长叹一声，掷矛于地说："既然你坚决不肯投降，还是我投降算了！"

近代田径史上一位长跑名将，夺得金牌屡屡。记者问他："在跑道上你好像永不疲劳，难道你真是铁人？"

"没有那回事！"他说，"我也是血肉之躯，可是我知道我的对手跟我同样疲乏，也同样恐惧失败。"

石头汤

文／白小茉

有个穷人游手好闲，不事生产，没钱买肉，可是他很想很想喝肉汤，于是，他就去问富人怎么办。有钱人给了他一块石头，告诉他，回家放在锅里，水放八成，不要掀开盖子看，10天之后就有肉汤喝了。穷人问，那我中间忍不住想看怎么办？富人说，为了防止你中间忍不住想看，你就到外面去打工。于是，穷人就每天出去打工，每天得到5个铜子的酬金。就这样，10天很快就过去了。10天之后，他兴冲冲地回到家里，兴奋地掀开锅盖。你猜怎么着？

——一锅石头变成汤了？

——石头还是石头，石头怎么会变成汤呢？

——那穷人岂不是被骗了！他很生气吧？

——没有，他看着一锅石头笑了。

——笑了？

——是的，他拿起10天来的工钱出门买肉去了。

有的时候我们等得绝望，是因为我们似乎很聪明，聪明到知道不管花多少时间，石头永远不会熬成汤。

但其实，我们还不够聪明，忘记了要喝到肉汤，真正重要的是时间，而不是石头。

藕与田螺

文／释戒嗔

我们寺旁有片池塘，每年天气热的时候，池塘中盛开着很多的荷花，这里有蝉叫有蛙鸣，因为是山区，所以即使是夏天，夜晚也是凉爽的。

池塘里的水不是很干净，季节到的时候，盛开的荷花铺满了整个池塘，也有一些莲藕。我们会去池塘捞一些莲藕出来。

无论池塘的水多么混浊，无论沾了多少淤泥，这些莲藕只要用小溪里的清水稍微冲洗下就可以食用了。用小刀去掉薄薄的一层深色外皮，里面雪白剔透。

池塘里不仅仅有植物，也生长着一些田螺，静静地潜伏在池塘的底端。田螺有一层坚硬的外壳，还有一个小小盖子，盖住躯壳，它显然比莲藕更容易抵挡混浊的池塘水带来的侵犯。不过有些施主告诉我们，他们把田螺捞回家去，放在清水中，再在清水里放几滴香油，不久之后，清水也会变混浊，因为田螺把它们内里的脏东西吐了出来。

所以师父说，外界的环境对事物是有影响的，但并不是绝对的。比如脆弱的莲藕即使在混浊的池塘水中依然可以"游刃有余"，被侵蚀的只是薄薄的一层外皮，而有着坚硬外壳的田螺，内里的肮脏即使在清水中依然无法完全清洗。

莲藕始终是莲藕，不管在什么地方都是一样，不会变成田螺。

抽烟的猴子

文／[美] 戴维·迪萨尔沃　译／王岑卉

20 世纪 60 年代，在美国有个叫"抽烟的猴子"的小玩意儿流行过一阵。那是个塑料或陶制的小猴，猴子微微张开的嘴里叼着一根微型香烟。如果你把烟点着的话，看上去就像是小猴在抽烟，它甚至还会吐烟圈。猴子是空心的，底部有个洞，空气可以从中通过，让微型香烟持续燃烧——至少一些人在看到底部的洞以后是这么推测的。他们觉得，小猴的烟能保持燃烧，原理应该和人类抽烟是一样的。

这个推论看上去很有道理。不过，"抽烟的猴子"毕竟不是"抽烟的人"，这个解释其实是错的。实际上，猴子底下的洞跟它嘴里的烟毫无关系。微型香烟能持续燃烧是因为它采用了特殊原料，而非空气流通。人们看到底下的洞，获得了一点点信息，就做出了理所当然的推测，总结出了"因果规律"。我们每天都会碰上"抽烟的猴子"，我们的大脑会乐此不疲地总结各种实际上不存在的因果规律。为每个"抽烟的猴子"寻找讲得通的"故事"，如果没有的话，大脑也很乐意创造一个出来。

蜜蜂单恋一枝花

文／陈 璇

蜜蜂是公认的酷爱"拈花惹草"的家伙，不过你想不到，即使是姹紫嫣红开遍，它们往往只爱一种。

从达尔文开始，生物学家就发现了蜜蜂采蜜的专一性。一只蜜蜂盯上某种植物的花朵，就会对其他花儿熟视无睹。

如今，科学家发现，这单恋的秘密，不在蜜蜂，而是在花朵身上。众所周知，蜜蜂忙着在花丛中吃喝，花粉借此传播。但麻烦的是，如果每种花都敞开提供花蜜，那么蜜蜂在吃喝时会沾上不同的花蜜，花粉混成了一锅粥，会耽误植物们的繁殖大计。对植物来说，避免这种资源浪费的最好办法，就是让蜜蜂尽量专一地为自己工作。

于是，花朵们使出浑身解数，将蜜蜂牢牢地抓住。它们的方法是让花蜜和花粉不是那么唾手可得，花蜜经常会藏在比较隐秘的位置——有些在花瓣的根部，有的在像管子一样的花矩里。所以，蜜蜂要想获得丰厚的美食，要先学会采蜜的本事。不过，它们虽然是动物界的劳模，却只喜欢简单重复的劳动，一旦熟习某种花的采蜜方式以后，会形成"路径依赖"，就不大爱问津别的花花草草了。

不要小瞧一枝花，别看它们都沉默不语，那只是大智若愚。

陈年老酒

文/[黎巴嫩] 纪伯伦

从前，有一位富人的地窖里有一坛陈年老酒，一定程度上来说只有他自己知道。州长来拜访他，他仔细想过之后说："那坛酒不能为一个小小的州长就开了。"辖区的一位主教来拜访他，但他自言自语地说："不，我不会开那坛酒的。他不会懂它的价值，酒香都不会让他闻到。"领地的王子来和他一块吃晚饭，但他想："不，对一个小王子来说，这太高贵了。"就在那天，他自己的亲侄子结婚了，他自言自语地说："不，这坛酒可不是为那些客人酿制的。"

多年过去，这个富人死去了，像对每一粒种子和橡子似的，他被埋葬了。他被埋葬那天，那坛陈年老酒被抱出来了，被周边的农民喝掉了。没有人知道它的年份，对他们而言，所有倒进杯中的不过是酒而已。

永恒的陪伴

文／游识猷

如果每个人都是一颗小星球，逝去的亲友就是身边的暗物质。

我愿能再见你，我知我再见不到你，但你的引力仍在。我感激我们的光锥曾彼此重叠，而你永远改变了我的星轨。纵使再不能相见，你仍是我所在的星系未曾分崩离析的原因，是我宇宙之网的永恒组成。

智者只提供建议

文／[巴西] 保罗·科埃略　译／陈荣生

蜈蚣向森林中的智者猴子请教，它的腿疼用什么方法治疗。

"这是风湿病。"猴子说，"你的腿太多了。你应该像我这样，只有两条腿，就很难有风湿病。"

"那我怎么做才能只有两条腿？"

"不要用细节来烦扰我。"猴子回答，"智者只是给出最好的建议，解决问题则要靠你自己了。"

两支箭

文／[日] 吉田兼好　译／田伟华

有一个学习射箭的人，手里经常拿着两支箭。

师傅说："初学时最好不要带两个，依仗着第二个，心中就不太注重第一个。每次射箭时都不要有得失的念头，只想着一箭中的。"

在师傅面前，虽然仅仅有两支箭，但也不能忽视任何一支。懈怠之心，自己或许没有察觉，但是师傅定然知道。这射箭的教训，放之万事皆然。

学道之人夕当虑朝，朝当虑夕，天天盼着一日比一日精进。更何况在刹那之间，自己安能知道有懈怠之心？为何仅此当前一念，就难以立刻着手去做呢？

真　相

文／（台湾）李嘉华

她终于来到传说中的租书店，书架上陈列每人的一生记录，租金是顾客的时间，在店内的一天等于外界的一年。

对于别人的生命，只能安静阅读，喧哗者要罚双倍租金。

她翻阅他的人生，花了数分钟才找到她想知道的那页，细细阅读，探究他心中的真相。

阅毕，她惊呼出声，感觉自己正被拭去。

她得知了真相，却耗尽了能与他共度的时光。

耍　猴

文／悟　空

　　动物园的猴山旁围了很多的游人，他们开心地看着猴子蹦来跳去，在铁链上荡秋千，或是两只猴子互相找虱子。

　　很多游人都将随身带的糖果、花生等零食丢给猴子们，看到它们跳起来接食物的模样，人们就很开心。一个带着孩子的母亲将糖果抛得很高，看着一只老猴子飞身一跳，然后接住糖果，剥开后吃了，孩子的妈妈又高高地抛出另一颗，老猴子还是一个飞跃……

　　孩子问他的母亲："妈妈，你为什么要把糖果丢得那么高呢？你丢在地上，它们不是一样也可以吃到吗？"

　　母亲对孩子说："傻孩子，妈妈要是不丢那么高，猴子能跳吗？你看猴子跳得多好看，这叫'耍猴'。"

　　假山上，一只小猴子也在问它的母亲："妈妈，为什么我们总是要跳那么高去接人们给的东西？掉到地上不是一样可以捡到吗？"

　　猴妈妈说："傻孩子，要是我们不跳起来逗人，他们还会继续扔好吃的给我们吗？这叫'耍人'。"

省　略

文／程思良

他终于找到了预言家兼魔法师的空空上人。

"你的一生将十分坎坷，但最后会过上奢华的生活。"

"大师，我已经被痛苦折磨得活不下去了，求您帮帮我，将我送到苦尽甘来的未来。"

大师沉吟许久，缓缓地说："你不后悔？"

"绝不后悔！"

睁开眼睛，他发现自己躺在红木床上，室内摆满奇珍异宝。他感到口渴，想喊仆人，却声若游丝，他想坐起来，却浑身无力，他意识到自己快油尽灯枯了，不由得万分恐惧：

我不要省略的人生！

他惊醒了，窗外月色美好，他长吁一口气。

甜头多的地方

文／黄小平

一日，见一渔夫在湖边撒网。在撒网之前，渔夫向湖中抛下一盆饵料。我问渔夫为什么要向湖中抛饵料？渔夫说，甜头多的地方，鱼儿聚集得也多，在鱼儿多的地方撒网，网起的鱼当然也多。

另一日，见一钓者钓鱼。在抛下鱼钩之前，钓者向水中撒下几把饵料。我问钓者为什么还没有下钩就撒饵料呢？钓者同样回答说，甜头多的地方，鱼儿聚集得也多，在鱼儿多的地方下钩，上钩的鱼自然也多。

甜头多的地方，鱼儿聚集得也多，但同时，阴谋、陷阱、圈套也多。可悲的是，鱼儿们看到的只是甜头，却看不到阴谋、陷阱和圈套。

面对形形色色的甜头，拥有智慧的人，又会比鱼儿聪明到哪里去呢？

骸 骨

文/[印度] 安东尼·德·梅勒 译/夏殷棕

西班牙有位国王很为自己的祖先自豪，但是他却以对百姓残忍而臭名昭著。

有一次，国王与随从在一处田野散步。多年之前，在这里，他的父王率军进行了一场惨烈的战争，最后战死。这时，国王看到一位神职人员在搜寻骸骨。

"你这是做什么？"国王问。

"尊敬的陛下，您好！"神职人员说，"在下听说国王陛下要路经此处，决定为陛下找到陛下父王的遗骸，呈献给陛下。在下千寻万觅，终不可得。陛下您瞧，这些骸骨看上去一模一样，根本分不出哪些是士兵、哪些是将军、哪些是山野村夫，更分不出哪个是您父王。"

底 舱

文/邹岳汉

顶天立地。

在这里，顶天立地的人，被压制成一张失去弹性的弓。

这小小世界，刚好容纳我们最底层的一群。

低矮的，密封的，玻璃镶嵌的圆窗外，穿梭般过往的鱼群，惬意地追逐着无边的幽蓝色的自由。

它们的姿态有点骄傲，目光中有点疑惑。

静坐底舱，与鱼平等地对视，胜过在豪华的甲板上流浪。

时 机

文 /［巴西］保罗·科埃略　译 / 夏殷棕

贩卖骆驼的商人来到一个村落，因为物美价廉，很多村民都购买了，但是胡瑟伯却没有买。

过了一段时间，村上又来了一位骆驼贩卖商，骆驼很不错，只是价格太高，但是这一次，胡瑟伯却买了好几匹。

"上一次价格那么低，你不买，这一次你差不多付了双倍的价钱了。"他的朋友说他。

"那些便宜的骆驼我买不起呀，我那时身上没钱。"胡瑟伯说，"这些骆驼是贵了些，不过我现在买得起了。"

礼 物

文 /［法］埃里克·艾玛 纽埃尔·施密特　译 / 陈 潇

生命是一份特殊的礼物。一开始，我们高估了这份礼物，我们以为获得了永生。然后，我们又低估了它，我们发觉生命会腐败，太短暂，又想把它抛弃。最后，我们才明白生命不是一份礼物，而是一份借款。我们得试着配得上生命。我，100 岁了，我知道我在说什么。年纪越大，越懂得享受生命。我们要过得精致，富有艺术情调。不管是哪个笨蛋，在 10 岁或者 20 岁的时候都会享受生命，但到了 100 岁，当你不能动弹时，就要靠智慧来享受生命了。

通　透

文／马　德

通透，就是隔着前尘，把后世看到岑渺；就是隔着喧嚣，把自我沉到阒寂；就是按下妄念，心无所执；就是明白什么叫非分和僭越，而从此不越雷池一步。

通透，就是自己把自己打通了，就是自己把自己说透了。赏一番春花，看几弯瘦月，一切得失与荣辱，来则安静，去则泰然。春花繁盛终易逝，瘦月亏久满复来，知道该来的终会来，该走的必将走，留也留不住。

知深浅，方可无悲喜。物我两忘，才能冷暖自度。

通透的人，未必活得繁花似锦，但一定过得安静平和。人生活到最后会发现，其实，安静平和，才是真正的繁花似锦。

镜　子

文／杨　绛

照镜子可以照见自己的相貌。如果这人的脸是歪的，天天照镜子，看惯了，就不觉得歪了。丑人照镜子，总看不到自己多么丑，只看到别人看不到的美。自命潇洒的"帅哥"，照不见他本相的浮滑或鄙俗。因为我们镜子里的"镜中人"，总是自己心目中的"意中人"，并不是自己的真面目。面貌尚且如此，何况人的品性呢！每个人自负为怎样的人，就以为自己是这样的人。

孔子常常说："不患人之不己知，患不知人也。"我还要进一步说，患不自知也。

泥土和尘土

编译／洪 敏

泥土紧紧地贴在大地妈妈的怀里，那么敦厚，那么朴实。不管春夏秋冬，不论日日夜夜，凡是栽种在里面的植物，它都毫无保留地献出水分和养料。它的业绩，赢得了大家的称颂。

一天，天上刮来一阵旋风，它大声地对泥土喊道："喂，傻瓜，快跟我上天去开心开心吧！"

"可我不能离开大地母亲。"泥土回答。

"真固执！"旋风说，"你一直被人踩在脚下，何苦呢？"

泥土受不了煽动，发生了动摇，不久便稀里糊涂地上了天。"啊！天上真好玩，所有的一切都在我的脚下。"泥土被旋风裹挟着，旋转了一圈又一圈。可是，正当它得意时，旋风停止了。于是，泥土便悄然掉下来。"哦，多么讨厌的尘土！"有人不满地拍掉身上的尘埃。

为什么受人尊敬的泥土一下子变成了令人讨厌的尘土了呢？

一层纸

文／戴逸如

真理与谬误，只隔着一层纸。当然，这是对从善如流者说的。

说教？有从善如流襟怀的人，不仅不会排斥说教，还真心欢迎说教。因为说教不用药引子，不用比兴铺垫，最直接，最干脆利索。既然说教有立竿见影、药到病除的功效，哪个聪明人不欣然接受、满心欢喜呢？

假若缺乏从善如流的襟怀，那情况就会有点不妙：心存孽障，思路拥堵，抗拒意识盛炽，硬起头皮，犟着脖子，蛮力似疯牛，频率如捣蒜，对着那层薄薄的纸乱撞。撞得鼻青了，眼肿了，头破了，血流了——那层纸却变得坚如磐石了。

猎枪与出头鸟

文／桂剑雄

有一位猎人，枪法很准，是当地最有名的打鸟冠军。

当别人向他请教打鸟秘诀时，他说："枪法准只是基本条件，要想打下一只鸟，关键是要善于捕捉到鸟的身影。所以，被我打下来的，基本上是一些出头鸟。"

有一天，猎人带着儿子去打猎。到达山脚时，眼尖的儿子突然看到一只山鹰从筑在悬崖峭壁上的鹰窝里探出了头，赶忙说："爸爸，您快点把它打下来吧！"

猎人笑着摸了摸儿子的头，说："这鹰爸爸打不下来。"

"为什么？"儿子不解地问，"您不是常说枪打出头鸟吗？"

"孩子，"猎人告诉儿子说，"枪打出头鸟这话固然不错，但被打下来的，基本上是一些很平常的鸟。而这只山鹰太高了，已超出了猎枪的射程范围啊！"

蛮触之争

文 / 老 颜

在一只蜗牛的左触角上，生活着一个庞大的部落，叫"触氏"。在这只蜗牛的右触角上，也生活着一个庞大的部落，叫"蛮氏"。他们为了争夺土地而大动干戈，往往一场恶战下来，伏尸百万，血流漂杵。

观滚滚红尘，有为名而来者，有为利而往者，有为权而驱驰者，互为争斗，争得朋友同事反目成仇，斗得兄弟姐妹各自路人。所谓胜负博弈，常两败俱伤，何苦来哉？其所争，心胸犹蛮触之狭小；其所斗，琐碎亦如微观之蛮触也。诗曰："人生大梦信无凭，蛮触徒然有斗争。"

学会 "让路"

文 / 佚 名

个体与环境构成的统一整体即是生态，无论生物界还是社会组织领域，一种生态得以稳固壮大的前提条件必然是开放参与和可以循环。

据说，原产于澳洲大陆的桉树也被称之为"霸王树"，因为桉树对土壤的肥料和养分需求极大，其所在之处用不了多久便会开始"一将功成万骨枯"。桉树得以速生丰产，其周边植被却迅速消亡，最终造成生态失衡。

有时候，给周边生态让一条路，反而会让自己的路越走越宽。如今炙手可热的电动汽车制造商特斯拉，最近出人意料地宣布：所有特斯拉公司持有的专利将开放，"今后任何人使用特斯拉技术，只要出于善意目的，公司都不会发起专利侵权诉讼"。

这一举动让人大吃一惊，但转念一想，如果没有足够多的人购买电动车，再多专利都将变得毫无意义。而更多的电动汽车企业出现，意味着特斯拉将不再是汽车界的异类，他们也将能更容易地说服持怀疑态度的大众。

一个人可以走得更快，但一群人却能走得更远。学会让路，让生态更持续，反而让自己更强，是一种优秀的生存智慧。

消极的思想

编译／李 起

"大师，我花了很大一部分时间在思索不应思索的问题，渴望得到不应得到的东西，制订不应制订的计划。我知道它们对我极为有害，我该怎么办呢？"门徒很迷惘地问。

思索片刻后，大师邀请门徒与他一起去树林中散步。在路上，大师指着一株植物问："你认识这种植物吗？"

"这是颠茄。它有毒，若吃了它的果实就会中毒的。"

"不错。但若仅仅看着它，它却不会害到你。同样如此，除非你将消极的思想实施成真，否则它们也绝不会真正伤害你。"

一个罪人

文／[巴西] 保罗·科埃略　译／孙开元

贤明的国王去一座监狱视察，他逐一听取犯人的陈述。

"我是清白的。"一个被控谋杀的犯人说，"我被关在这儿，只是因为我想吓唬一下我的老婆，却不小心杀了她。"

"我被控受了贿赂，"另一个人说，"但我所做的只不过是收了一件礼物。"

监狱里所有的犯人都对国王宣称自己是清白的，只有一位20岁左右的小伙子没诉冤，而是说："我有罪。我在一次打架时打伤了我的哥哥，所以我是罪有应得。我应该进监狱，在这里我可以反思自己犯下的罪过。"

"立刻把这个罪犯赶出监狱！"国王吼道，"若把他留下，只能让这里所有清白的人都变得罪行累累！"

走运的人和努力的人

文／拉瓦斯瓦米·拉朱

一位国王对手下的大臣说："你相信运气吗？"

"我相信。"大臣说。

"你能证明运气的存在吗？"国王说。

"是的，我可以。"大臣说。

于是，有一天晚上，大臣把一个包裹系在一个房间的天花板上，包里装着混有钻石的豌豆。他让两个人进屋，其中一人相信运气，另一人相信个人的努力。前者静静地躺倒在地上，后者经过一番努力够到了包裹，在黑暗中摸到豌豆和石子，一个个吃了豌豆，把石子扔给同伴，说："这是给你们懒人的石子。"地上的人把石子收到毯子里。

清晨，国王和大臣来到房间，允许每人把自己的所得归于自己。努力的人发现自己只是吃到了豌豆，走运的人却带着钻石一声不响地走开了。

大臣对国王说："陛下，您看，世上确实有运气这种事，但是豌豆中混杂着钻石这类事不多见，所以我还是要说——谁都不要靠运气活着。"

善良是生命的路标

文／梅 荣

杰夫是 19 世纪的一位考古学家、探险家。1814 年，杰夫带着考古队向"死亡之海"撒哈拉沙漠发起挑战。

这支队伍艰难地在荒漠中前行，不时能看到动物的白骨和遇难者的尸骨。这时，杰夫就会让大家停下来，选择高地挖坑，小心翼翼地把遇难者的尸骨埋起来，还用树枝或石块为他们立上一个简易的墓碑。就这样，他们行进了快两个星期，还没有什么发现。

沙漠中的尸骨太多了，一路上占用了他们不少时间。有的队员忍不住抱怨："我们是来考古的，又不是来收尸骨的。"有的队员甚至怀疑，杰夫就是个学究，没有多少野外探险经验。杰夫没辩解什么，只是坚定地告诉队员："每一堆白骨，都是我们的同行，你们忍心让他们陈尸荒野？大家再坚持几天！"一周后，考古队终于在大漠深处发现了很有价值的文物。

就在考古队兴奋地返回时，突然刮起了持续的大沙暴，指南针失灵了，他们完全迷失了方向。危难之时，杰夫鼓舞大家说："不要绝望，我们来时在路上留下了路标！"大家惊愕不已。原来正是那些沿途一路掩埋尸骨竖起的墓碑，成了绝处逢生的路标，指引他们走出了"死亡之海"。

凯旋后，记者问杰夫这次考古成功的经验，他说："善良，是我们为自己留下的路标！"

创造力从点名开始

文 / 邓康延

澳大利亚一所小学每天学生点名像做游戏一样，老师不仅让大家随意答"到"，更有一个"苛刻"的要求，每个人不能和前边人的回答一样，于是，哼哟嗨呵吧嗒，鸟鸣猫叫犬吠充满了教室，新的一天就这样被笑声抬起。

多么好，快乐是一样的，谁和谁又不一样。

千万片叶子绿成树，每片叶子不重复。

创造中也包括跳错的舞步

文 / [法] 圣埃克苏佩里　译 / 马振骋

人，首先是创造者。相互合作的人才算是兄弟，呕心沥血去创造和积累的人才算是活着的。

创造，也可以指舞蹈中跳错的那一步，石头上凿坏的那一凿子，动作的成功与否不是主要的。这种努力在你看来徒劳无益，是由于你的鼻子凑得太近的缘故。你不妨往后退一步，站在远处看这个活动，看到的是意气风发的劳动热忱。你再也不会注意有缺陷的动作，因为这些人俯身干活，总是在建造自己的宫殿、水池或空中大花园，必须通过他们双手的魔力，这些工程才会诞生。但我要对你说的是，这些工程既是能工巧匠，也是手脚笨拙的人创造的。因为你不能把人分割，如果你只保留大雕刻家，最后也会失去大雕刻家。大雕刻家是从一大群小雕刻家中脱颖而出的，他们给他当阶梯，让他攀升。

美的舞蹈来自对舞蹈的热忱，舞蹈的热忱要求大家都来跳，即使跳得不好的人也跳，否则就没有热忱，有的只是僵化的经验和毫无激情的表演。

不要对错误说三道四，像历史学家在评判一个过去的时代。当雪松还是一颗种子，一枝幼苗或是一根长歪的枝条时谁去责怪它呢？让它成长吧，从错误到错误，长出了茂密的雪松林，遇上大风天气，百鸟像烟云似的飞起。

创新就是让你有点稍稍不适

文／吴晓波

1889 年，高达 300 米的埃菲尔铁塔在巴黎塞纳河左岸建成，莫泊桑、左拉、小仲马等 300 多位文化名流联名抵制，他们还组织了一场示威游行，理由是"巴黎不适应这么一个丑陋的铁家伙"。不过，抵制不久后就消弭了，参与抵制的莫泊桑后来经常到铁塔的二楼就餐，他的说法是："这里是唯一看不到铁塔的地方。"

临近 2008 年，北京为了奥运会修建了鸟巢、水立方和鸭蛋一样的国家大剧院，很多人痛心疾首，极尽嘲讽挖苦之能事，理由是"北京有故宫和四合院就足够了，不适应这些太西方、太现代的东西们"。不过到了今天，一部关于北京的宣传片中若没有这些建筑的影子，你会怀疑地问："这是最近拍的片子吗？"

2010 年 1 月底，我在台湾参加书展，就在那几天，乔布斯发布了第一代 iPad。我去一家著名的电脑公司总部，那里的工程师向我演示了 iPad 的所有功能和数据，最后，他们告诉我的结论是："这个东西不适合看书，不适合打电话也不适合当电脑用，没有人会适应它。"

在很多时候，创新并不是干一件开天辟地的事情，而是用一种新的方式满足了原本就有的某一个需求，它紧挨在"传统"的旁边，因而让人有点稍稍的不适。这种不适应感要么被排异，要么被接受，世界就是这样被一点一点地改变了。

VII

生命与精神

国人以精神为本体，故曰：『杀身以成仁，舍生以取义。』『存天理，灭人欲。』凡人欲皆在压抑之中，人为道德役。又，人为护机器财物，可舍生命，此精神也。

西人以生命为本体，故曰：实用主义。兑现价值，满足需要。凡人欲皆在满足之中，道德为人役。机器财物皆为人所适，而不为人所累，人乃宇宙中心。

开门避祸

文／徐 牧

郭子仪是中唐名将，因平定了"安史之乱"，被封为汾阳王。虽身居高位，他的府邸却与其他人不同：四门大开，门口没有森严的保卫，来人也无须层层通报，就可直接进入。

一次，皇帝派太监来传话，当时郭子仪正在卧室帮夫人梳妆，于是太监便直接来到卧室，连夫人也没有回避。太监走后，儿子觉得父亲这样做不妥，说道："父亲是皇上钦点的汾阳王，却不注重身份，让外人随意进自己的卧室，传出去岂不有损名誉！府门一年到头也随意大开，真是不成体统！"

郭子仪微微一笑："这些我何尝不知，但你有没有想过，我位高权重，家里有上千人吃着皇帝的饭，上百匹马吃着朝廷草料，如果我现在把汾阳府的大门关上，不与外人交往，摆出一副神秘莫测的样子，你猜接下来会发生什么？"

儿子连连摇头。

郭子仪说道："将会带来灭九族的杀身之祸！我们一旦紧闭大门，那些别有用心的小人，就会到皇上那儿打小报告，诬陷或猜测我们要密谋造反。这些话说得多了，皇上也难免起疑，担心我功高盖主起反心，必然会采取行动。

"现在我们四门大开，谁都可以进出，府内一切都明明白白，无遮无挡，那些想诬陷我的人，便找不到借口，皇上也就会放心啦！"

儿子茅塞顿开，明白了父亲的良苦用心。正是因此，汾阳府一直平安无事，郭子仪也在84岁高龄时得以善终。

"脱不得"的良知

文／鲍鹏山

明朝有一个人我很喜欢，这个人就是王阳明王守仁。喜欢他也还不是因为他的思想，而是因为他独特的思维方式。

王阳明先生的弟子陈九川在《传习录》里曾记录王阳明先生的一个观点：人人都有知耻良知。

针对这个观点，王阳明先生还有一个流传甚广的故事，就是硬要盗贼承认自己有良知。对话大概是这样的，盗贼问："您说人人都有良知，您倒说说看，我们这群盗贼也有吗？"王阳明先生肯定地回答："有。"盗贼说："请证明给我们看。"王阳明先生说："只要你们照我说的去做，我就能证明给你们看。"于是，王阳明让他们一层层脱掉外衣、内衣，最后剩下一条内裤。王阳明先生说："脱！"盗贼喊道："这个再不能脱！"王阳明先生笑着说："你看，这就是你们的知耻良知。"

这个"不脱裤子"的故事真的很精彩，王阳明先生用一条不能脱下的裤子，证明了人类的良知。

良知如同裤子，脱不得。

快马比慢

文／蒋光宇

1174 年，成吉思汗的父亲统治的部落打了一个胜仗，夺回大片领地和许多牲口。为了庆祝胜利，特意安排一场赛马，优胜者的标准不同往常，最后到终点的马才能得奖。

一句话，比马慢。

骑手们想方设法，一个比一个慢，过了好一阵，跑在最前面的马才行进到赛程的十分之一。眼看夕阳不等人，比赛又难以结束，大家都有点耐不住了。

成吉思汗的父亲后悔了，自己不该别出心裁搞这种赛马，但是话已出口，金口难改。

怎样尽快结束这场僵局呢？成吉思汗的父亲想了一会儿，下令道："谁有办法尽快结束比赛，给予重赏。但是，不能改变原定的优胜条件，跑得慢的马才是胜者。"

众人绞尽脑汁，仍然想不出一个万全之策。这时，年仅 12 岁的成吉思汗，跑到赛马队伍面前，在每一个骑手面前如此这般，进行一番新的安排，然后大声发出号令："跑。"

只见骑手们争先恐后地纵马向终点狂奔，很快，比赛结束了，跑得最慢的马依然是胜者。

原来，成吉思汗让骑手们相互调换坐骑，甲骑乙的马，乙骑丙的马，丙骑丁的马……这样一来，每个骑手都希望自己骑的别人的马跑得最快，不能得奖，使自己的马落在最后，从而取胜。这样一来，打破了众骑手踟蹰不前的僵局。

用比马慢的办法，没能把最慢的马选出来，反其道而行之，用比马快的办法，轻而易举地将最慢的马选出来了。

楚王失弓

文/杨新元

《吕氏春秋》里记载着一则楚王失弓的故事，讲的是楚王去云梦泽打猎，不小心把自己心爱的弓丢了，侍从们要循原路寻找，楚王说，算了吧，不必去找了，楚人失之，楚人得之，到不了别处的。侍从们都很佩服楚王的豁达与胸怀。

孔子听闻此事后说，这句话如果去掉"楚"字就好了，不妨说"人失之，人得之"。老子听说了孔子的评论后，也发表了自己的看法。他说再去掉"人"字会更好，那样就是"失之，得之"，这样才符合天道。

楚王、孔子和老子，对同一件事有不同的看法，可见他们的差异。

刘伯温的圆通

文/王雨

元末明初，刘伯温隐居于青田的山中，由于他能言善谋，许多村民都向他请教棘手的问题。

一天，一位村民慌张地跑来，脸上露出胆怯的神色："先生，我姓孟，住在李家庄，以卖菜为生。今天来了几个恶霸，他们要我每天交保护费，否则就收拾我，我该怎么办呢？"刘伯温沉思了一下，说："待他们再来时，你挥刀向他们冲去，保证他们再也不敢来骚扰。"

不一会儿，又有一位村民怒气冲冲地走来，眼神中难掩气愤："先生，我姓王，住在王家庄。我卖肉都十几年了，今天却有恶霸找我收保护费。我当时就想教训他们，但被我老婆拦住了，你说我该怎么办呢？"刘伯温想一想，说："待他们再来时，你请他们好好吃一顿。记住，吃饭时多叫上族人。"

村民走后，一旁的书童不解地问："同样的问题，先生为什么却给出两种不同的办法呢？"刘伯温笑着说："孟姓是小姓，第一个人身单力薄，就算交了保护费也难免不再被欺负，只有反击才能根绝后患。而王姓是大姓，在吃饭时展示了家族的实力，恶霸们才不敢轻举妄动。"

情况果真如刘伯温所料，十几天后，两位村民都高兴地前来道谢。

对于处世的智慧，刘伯温做出了完美的诠释：弱者不可示弱，要立之以刚强；强者不可逞强，要辅之以圆通。

被蠢官降服

文／何慧慧

北宋时期，江南大臣徐铉博学多才，在朝廷享有很高的名望。一次，他代表江南进京纳贡，按惯例，朝廷要派一位官员全程监督。朝中大臣都自知学识不如徐铉，担心遭他作弄耻笑不敢前往，最后不得不由宋太祖赵匡胤亲自出面来定夺人选。

赵匡胤命人呈报一份名单，写上朝廷中 10 个文化程度最低的官员。名单很快报了上来，赵匡胤瞟了一眼，用御笔圈中其一，下令说："就派他去吧！"皇帝竟然点了个不识字、连话都说不清的蠢官，大臣们得知后，个个惊讶不已。那位被选中的蠢官，还没弄明白自己去干什么，就去了江南，稀里糊涂地和徐铉上了船。

刚上船，徐铉就开始侃侃而谈，妙语连珠，引来阵阵掌声。蠢官却一句没听懂，除了偶尔礼节性地点点头外，一直都没表情，更别说插话了。徐铉注意到蠢官的"不寻常"，想试探他学识的深浅，便再三找话与他交谈。可蠢官根本听不懂徐铉文绉绉的问话，只能装聋作哑，不回答。几天过去了，徐铉始终没办法让蠢官开口，自觉无趣，渐渐也不再说话，老实地跟着蠢官来到京城。赵匡胤听说后，笑着说："才子遇到蠢人，就如铁锤砸在棉花上，纵然力量再大也是徒劳呀！"

每个人都有可用之处，只要把他放在合适的位置上，就能得到令人满意的结果。

臆论多与少

文／李国文

偶读清人钱泳的《履园丛话》，其卷七《臆论·不多不少》条，很有点耐人思索之处。

"银钱一物，原不可少，亦不可多；多则难于运用，少则难于进取。盖运用要萦心，进取亦要萦心，从此一生劳碌，日夜不安，而人亦随之衰惫。须要不多不少，又能知足撙节以经理之，则绰绰然有余裕矣。余年六十，尚无二毛，无不称羡，以为必有养生之诀。一日，余与一富翁、一寒士坐谭，两人年纪皆未过五十，俱须发苍然，精神衰矣，因问余修养之法，余笑而不答，别后谓人曰：'银钱怪物，令人发白。'言其一太多，一太少也。"

看来，多和少，虽是数量之差别，但多之多，少之少，也有可能出现质量之变异。

人生与学问

文／那秋生

培根的名言："史鉴使人明智，诗歌使人巧慧，数学使人精细，博物使人深沉，伦理之学使人庄重，逻辑与修辞使人善辩。"

凡有所观，皆是学问。试想：空间是几何学——有距离之远近、角度之大小、面体之宽窄；时间则是心理学——有昨天的怀恋、今天的执着、明天的向往。且看：自然属于美学——山有其庄重与规则，水有其灵活与自由；社会则属于人学——既有"一撇"的真、善、美，也有"一捺"的假、恶、丑。还有：文学是天上的学问，可以幻想；史学是地上的学问，必须真实；哲学是地下的学问，有追根性……

一位老先生为学徒留下的题词曰："待人应守儒家之忠诚，治事应持法家之严明，创业酌用兵家之权变，养心可奉释家之超脱，行文当如纵横家之灵活，读书当如墨家之兼爱。"如此，博采百家之学问而集于一身，必是贤者也。

读书之如日、月、烛（外二则）

文／陈传席

吾昔读书，记有一语曰："少年读书如日，中年读书如月，老年读书如烛。"其时，吾嫌其言之太过，故弃而不取，今方知其说可信。余少时读书，一过目，辄不忘，四百余页之书，翻阅一遍，即可背诵，且只字不遗。今已至中年，凡读之书，记忆大不如前，唯特感兴趣且有同情者，过目后仍可不忘。又忆吾友，四十岁到美国，其在国内学英语已二十年，至美又十年，英语仍不精；然其子到美仅三月，日常用语已流利过其父也。

一老教授语于余曰：少时读书，至今可记；七十岁后，读书过页即忘；七十五岁后读书，过行即忘。是知古语之可信也。

夫千月不如一日，万烛不如一月，书此以告后生，当努力读书，莫贻老大徒悲伤之憾也。

生命与精神

国人以精神为本体，故曰："杀身以成仁，舍生以取义。""存天理，灭人欲。"凡人欲皆在压抑之中，人为道德役。又，人为护机器财物，可舍生命，此精神也。

西人以生命为本体，故曰：实用主义。兑现价值，满足需要。凡人欲皆在满足之中，道德为人役。机器财物皆为人所适，而不为人所累，人乃宇宙中心。

此中、西区别之根本也。

智圆行方

胆欲大而心欲小，智欲圆而行欲方。

谨小慎微之徒，不足成大事。此胆欲大也，小者，细也。心不细，则为粗鲁之徒，亦败事之端也。

圆者，周密也。智不圆，则纰漏层出，浅薄之辈也。所谓行成于思，毁于随。为人行事，行不方，则无以立身显名，甚则奸诈油滑，邪恶小人也。

亦不敢让

文/且庵

清人杨大瓢的《大瓢偶笔》论及自家书法："余书与时流相较，气概不如宋射陵父子，间架不如冯补之，纵横不如褚妍震，姿态不如陈子文，缠绵不如黄自先，儒雅不如姜西溟，跳脱不如金赤莲，秀润不如汪文升，灵活不如查声山，严整不如何屺瞻，古奥不如八大山人，厚重不如汪文漪，而瘦劲淳古，则余亦不敢让。"人家好，要看得到；自家好，也不客气。最怕自家狗屁不通，还看人一无是处。

贤　人

文/[日]吉田兼好　译/田伟华

人心不能纯善无伪，但也并非无正直之人。见贤而思齐，是人之常情，只有愚顽的人遇见贤者会心生憎恨，还出言诋毁说："他是为贪图大利，才假意不计较小利，欺世盗名而已。"此种议论，是以小人之心度君子之腹，也可见下愚之人，顽性难改。这样的人，就算让他假意舍弃小利，他也做不到。所以愚人愚性，是万不可学的。学狂人奔走于大道，就是狂人；学恶人谋害人性命，就是恶人；学骥就是骥种，学舜就是舜徒。所以哪怕是虚伪的人，只要能够效仿贤人，他也可以称为贤人。

妙　笔

文／吴　鸿

翻到苏轼的《记承天寺夜游》，不由读出声来——

元丰六年十月十二日，夜，解衣欲睡。月色入户，欣然起行，念无与为乐者。遂至承天寺，寻张怀民。怀民亦未寝，相与步于中庭。庭下如积水空明，水中藻荇交横，盖竹柏影也。

何夜无月，何处无竹柏，但少闲人如吾两人耳。

寥寥不足百字，慧心妙笔，颇有禅味，有古评语："仙笔也。"

"全该扔"与"我喜欢"

文／舒　乙

有一回，郑振铎先生应邀到老舍家看他收集的小古玩。郑振铎先生当时是新中国第一任国家文物局局长，是文物方面的大专家，他看了老舍先生的收藏，最后说道："全该扔！"

原来老舍收藏的小古玩整体上看来漂亮，却有不少瑕疵。譬如，有不明显的小裂纹或者有缺角，这让郑先生看不上眼。

老舍先生听后，也没生气，愣了一小会儿，笑着，也说了一句话："我喜欢！"随后，他拿出一个小瓷碟，浅蓝色釉子，碟中部有一紫红色图形，像一个大型的加长的逗号，很随意，很潇洒。他指着这笔大"逗号"，说："您瞧，多漂亮，神来之笔呀！"

一个"全该扔"，一个"我喜欢"，这是两种截然不同的判断事物的眼光。

忽有斯人可想

文／许冬林

只是一低眉，月光片片，缤纷落于脚尖。只是一低眉，那个人，便清澈浮现眼前。才下眉头，却上心头，这便是想念。

扬州八怪之首的金农，曾经在一幅山水人物画里题句：此间忽有斯人可想，可想。

真是有性情美的句子。看三两根瘦竹，看一两片闲云，一刹那，一恍惚，忽然就想起某个过往的人。忽然间，心如春水，就荡漾开一片潋滟波纹。

忽有斯人可想，斯人，是旧人。住在旧时光里，住在内心。像冬眠的爬行动物，惊蛰一声雷，他在心里软软凉凉地翻身。这想，既是缺憾，又是圆满。

生命里，脚印深深经过某个人，这生命便从此染上了他的声息。不管这人和你有多少年未见，只要一想起，依然那么近。因为，都在时间里。

五等爱情论

文／陈寅恪

第一，情之最上者，世无其人，悬空设想，而甘为之死，如《牡丹亭》之杜丽娘是也；第二，与其人交识有素，而未尝共衾枕者次之，如宝、黛是也；第三，曾一度枕席而永久纪念不忘，如司棋与潘又安；第四，又次之，则为夫妇终身而无外遇者；第五，最下者，随处接合，唯欲是图，而无所谓情矣。

交友五个不尽

文／宋晓鸣

1. 识人不必探尽，探尽则多疑；2. 知人不必言尽，言尽则无友；3. 责人不必苛尽，苛尽则众远；4. 敬人不必卑尽，卑尽则少骨；5. 让人不必退尽，退尽则路寡。

逃

文／熊培云

仔细想来，人们做出的许多不可理喻的举止，都有一个潜在的原因：逃，为了自由。正常的举止也是为此：吃饭，是为了逃避饥饿；睡觉，是为了逃避困倦；折腾，是为了逃避乏味；安静，是为了逃避喧闹；异想天开，是为了逃避时间这个无形绳索的束缚。

灵性的触及

文／[德] 诺瓦利斯

一切灵性的触及宛如一支魔杖的触及，一切事物都可以成为魔法的工具。可是谁觉得这样一种触及的效应如此绝妙，觉得这样一种符咒的效应如此神奇，他就不禁会想起他与爱人之手的第一次触摸，她的第一道意味深长的目光——在这里魔杖即是闪亮的一瞥，他会想起第一个亲吻，第一句爱的话语，他会情不自禁地问自己：这些时刻的魔力和魅力难道不也是绝妙、神奇、永久和不可磨灭的吗？

瞒和骗

文／鲁　迅

中国人不敢正视各方面，用瞒和骗，造出奇妙的逃路来，而自以为正路。在这路上，就证明着国民性的怯弱、懒惰而又巧滑。一天一天的满足，即一天一天的堕落，但却又觉得日见其光荣。

在事实上，亡国一次，即添加几个殉难的忠臣，后来每不想光复旧物，而只去赞美那几个忠臣；遭劫一次，即造成一群不辱的烈女，事过之后，也每每不思惩凶、自卫，却只顾歌咏那一群烈女。仿佛亡国遭劫的事，反而给中国人发挥"两间正气"的机会，增高价值，即在此一举，应该一任其至，不足忧悲似的。

识物与识人

文／黄小平

关于文物鉴定，马未都有一段精彩的论述：文物鉴定容易出现两种错误，一种是把真物看成假物，另一种是把假物看成真物。把假物看成真物不怎么丢人，作伪者手法天天翻新，鉴定者偶尔一错，尚可原谅，把真物看成假物则是很丢人的事情。

同样，鉴定一个人也容易出现两种错误，一种是把坏人看成好人，另一种是把好人看成坏人。偶尔看走眼把坏人看成好人，并不可耻；最可耻的是，因为被人欺骗过，从此不再相信任何人，于是总用一种"坏"的心眼，来看世界上一切的人、一切的事。

被人欺骗并不可怕，最可怕的是，因为被人欺骗丢失了一颗信任人的心。

事去心止

文／商容荣

"事去心止"，看上去简单的四个字，做起来却难。本来很有希望成功的一件事，突然像美丽的肥皂泡一样消失了，惋惜是必然的，叹息命运不公，叹息造物弄人。可是，当一切都归于平静之后，除了"心止"，我们还能怎样呢？毕竟，人不能生活在无休止的哀怨之中。

"事来心应"是做事的又一种境界。无论好事坏事，与其慌乱不堪，不如坦然面对，用微笑迎接。不管成败得失，我们的好风度会给人留下深刻的印象，而自己，也会于事件之中得到启迪。也许，下次有同类的事情发生时，就会有一个好的结果呢。

言　诚

文／佚　名

恶言不出口，苟言不留耳，出言不慎，驷马难追。

不知而说，是不聪明；知而不说，是不忠实。君子言简而实，小人言杂而虚。赠人以言，重于珠玉；伤人以言，甚于刀剑。

快乐之时说话，没信用的多；愤怒之时说话，失礼节的多。面责人之短，人虽不悦，未必深恨。背地言其短，令人不悦，怀恨甚深。

对失意者，莫谈得意事；处得意日，莫忘失意时。喜闻过者，忠言日至；恶闻过者，谀言日增。

言不可轻说，若说话更改，不如不说；言不可轻诺，若应诺更改，不如不诺。

得人善言，如获金珠宝玉；予人善言，美于诗赋文章。

花　痴（外一则）

文／李广森

科学家研究发现，男女双方如果对视超过 17 秒，则有美妙的爱情发生。

其实，这种艳遇不仅在男女之间，也在人与大自然之间。只要我们与大自然对视 17 秒，我们也能发现一个美好而温暖的世界。

在灿烂的阳光里看花，我的目光穿过花瓣直达花蕊。花蕊，是花儿的内心。在美丽的花蕊中，从眼睛的观察到带有体温的、有呼吸感的接触，从陌生的欣赏到心神合一的交流，我能够感受到一种热烈的温暖。

巴尔扎克说，多情的人最喜欢在景色的变化、明净的空气、泥土的芳香中，体会他们心里的诗意。

清代吴尚先生说，七情之为病者，看花解闷儿，听曲解愁，有胜于服药也。

养 云

乾隆给自己经常休息的一个房间，题了两个字：养云。皇帝嘛，以真龙天子自居，这个养云室，就是他养蓄云气的地方。

养云，是一种境界，一个人活在怎样的境界，他就活在怎样的状态。乾隆对于养云有自己的理解，他在诗中写道：水云养以湖，山云养以室。居山复近水，云相兹合一。

乾隆生活的宫中，既无山，也无湖，如何养云呢？从养云室的陈设及细软来看，他可以在此读书、发呆、吟诗、写字、作画、赏戏、听曲、饮茶，还可以交友、聊天及进行其他文化娱乐活动。总之，凡是他走进自己心灵世界的时候，就是他养蓄云气的时候。

原来，养云，就是养心啊。当一个人情趣高尚，身心喜乐，便胸中有云，云蒸霞蔚，阳光灿烂。

三 界

文／陆 昕

明代徐达的宅邸中曾悬一联，联语为：

大江东去，浪淘尽千古英雄。问楼外青山，山外白云，何处是唐宫汉阙？

小苑春回，莺唤起一庭佳丽。香池边绿树，树边红雨，此间有舜日尧天。

清末樊增祥书一联语，曰：

金管纪德，银管纪功，斑竹管纪文，隆吾门望。

奇花在庭，奇书在手，奇山水在目，适我性情。

浙江天台山方广寺有一联，云：

风声水声虫声鸟声梵呗声，总和三百六十击钟鼓声，无声不寂。

月色山色草色树色云霞色，更兼四万八千丈峰峦色，有色皆空。

前者，一派帝王将相之纵横气。逝波滚滚，宇宙茫茫。唐宫汉阙，灰飞烟灭。千秋霸业，百战成功。如今，开万世太平，享荣华富贵。

中者，尽显文人学士气节傲骨。德、言、功，立身之本；书卷、花木、山水，性情之根。清誉雅望，毕生所求。

后者，化外观尘世，冷眼看凡夫。朝代兴废，名利追逐，不过境由心生。色即是空，空即是色。世人不明于此，造无数冤孽。

这三副联语体现了三种境界，三种人生。

自信的萤火

文/亦舒

《三国演义》中的情节：

蒋干同曹操说，现在刘备手下有诸葛孔明帮忙了。曹操沉吟一番，问蒋干："孔明的才情同你相比，如何？"蒋干答："我同他比，好比萤火之比月亮。"

小时候，每次看到这里，总是"哇"的一声，觉得孔明厉害，无与伦比。后来的感觉渐起变化，孔明诚然才华盖世，但蒋干也太可爱了，居然站出来向他老板公开坦白承认甘拜下风，显示高贵诚实的情操，大智若愚，深不可测。

在主子面前，管谁是月亮太阳，总有弱点可乘，毒针便可在此刺人，踩踩踩，务必使他人黯淡无光，化为柿饼。但这并不是好办法，瞒得了谁呢，越发连风度都失去，不如向蒋某学学，速速投降，"比，没得比，给他提鞋都不配"。天分所限，技不如人，并不要紧，自信的萤火，亦能发光。

博士分羊

文/何慧慧

东汉时，京城太学聚集了一批博学之士，个个精通儒家道义，被封为博士。有一年年底，皇帝下诏赐给每位博士一只活羊。可当一大群羊被赶进府时，众博士犯起了难，这些大小、肥瘦不一的羊，该怎样分配才公平呢？

没人能做主，只好开会商议。有人提议把羊宰杀后分肉，肥瘦搭配，每人一份就公平了；有人觉得这样做太麻烦，不如众人抓阄，分到什么羊全凭运气；可有人又觉得抓阄显得不够大度，有辱身份……大家七嘴八舌讨论了半天，也没商量出个办法。这时，一向沉默寡言的博士甄宇站出来说："还是每人各牵一只吧，我先来。"

众人看着甄宇，心里嘀咕：这家伙定会挑只最大最肥的羊，这样下去，最后牵羊的人就吃亏了。可出乎意料的是，甄宇在羊群中瞅了半天，最后牵着一只又瘦又小的羊走了。见此情形，一些不计较的人也像甄宇一样，牵只小羊就走了。剩下的人再也不好意思计较，也都随便牵一只羊回家了，就这样，复杂的问题解决了。

此事很快流传开来，人们都夸甄宇是谦恭有礼的典范，还管他叫"瘦羊博士"。甄宇听说后，笑着说："原来赢得他人的敬重如此简单。"

有时候，看似复杂的事情，只要多替别人着想，能克制住自己的欲望，就容易解决了。

读书与看书

文／林语堂

曾国藩说，读书看书不同，"看者如攻城拓地，读者如守土防隘，二者截然两事，不可阙，亦不可混。"读书道理，本来如此。曾国藩又说：读书强记无益，一时记不得，丢了十天八天再读，自然易记。此是经验之谈。

今日中小学教育全然违背此读书心理学原理，一不分读书、看书，二叫人强记，故弄得学生手忙脚乱，浪费精神。小学国语固然应该读，文字读音意义用法，弄得清清楚楚，不容含糊了事。

至于地理常识等等，常令人记所不当记，记所不必记，真真罪恶。譬如说，镇江名胜有金山，焦山，北固山，此是常识，应该说说，记得固好，不记得亦无妨，以后听人家谈起，或亲游其地，自然也记得。试问今日多少学界中人，不知镇江有北固山，而仍不失为受教育者，何苦独苛求于三尺童子？学生既未见到金山、北固山，勉强硬记，亦不知所言为何物，只知念三个名词而已。扬州有瘦西湖，有平山堂，平山堂之东有万松林，瘦西湖又有五亭桥、小金山、二十四桥旧址，此又是常识，也应该说说，却不必强记。实则学生不知五亭桥、万松林为何物，连教员之中十之九亦不知所言为何物。今考常识，学生曰，万松林在平山堂之西，则得零分，在平山堂之东，则得一百分，岂不笑话？

与人交往，不丢独立精神

文／唐宝民

北宋时，唐肃任龙图阁待制一职。他家的对门，住着时为晋国公的丁谓，两人经常走动，常在一起饮酒、聊天，相处十分融洽。几年以后，丁谓受到了朝廷的重用。事情传开后，很多人都到丁谓府邸来祝贺，唐肃却把家搬到城北去了。和丁谓住对门，常来常往，经常走动，正是许多人求之不得的事，唐肃在这个时候把家搬走，到底是哪条神经搭错了呢？于是，有人就问他为什么要这么做。唐肃回答说："丁谓将要到朝廷做大官了，我和他住对门，如果我经常与他往来，会让人觉得我是在攀附权贵；如果我十天半月不和他走动，人们从人情世故上必会猜疑我和他闹翻了，所以，我只有搬走另择住处，才能免掉这些猜疑啊！"

皇甫谧和梁柳都是晋朝人，两个人住在一个村子，是远亲，有时也会互相走动。皇甫谧家不富裕，所以每次梁柳来家里吃饭时，皇甫谧只能用最简单的青菜和米饭来招待他。几年以后，梁柳因文章写得好，被朝廷看中，任命他为城阳太守。有人就劝皇甫谧，让他摆一桌丰盛的酒宴，为梁柳送行。可是，皇甫谧却说："梁柳当老百姓时到我家，我迎他来送他走，连大门都不出，食物也不过是米饭和青菜，简单极了。现在，他当了城阳太守，我就用酒肉来招待他，这不是看重城阳太守的职务而看轻了梁柳本人吗？"所以，皇甫谧没有请梁柳吃饭。梁柳听了，不但没有怪罪，反而对皇甫谧的为人更加敬重。

在与人相处中，许多人都喜欢攀高枝，喜欢依傍别人，喜欢结交显贵，但唐肃和皇甫谧却为我们树立了一个榜样，他们非常自尊，非常爱惜自己的名声，对他人不依不傍，坚守着内心的独立，表现出了难得的自尊意识及独立精神。

交浅不言深

文/薛 峰

我常遇见这样两类人。一类是你才和他见两次面，没说过几次话，彼此一点都不了解，他却和你开很过分的玩笑，说一些在他看来很搞笑实则庸俗无比的话。这种人口才其实并不好，可非要当众展示一下自己所谓的幽默，他不了解你却开你的玩笑，不管你爱不爱听。

另一类人是你刚刚和他相识，他就仿佛把你当成了老友，当成了知己，把他所有的烦恼愁绪以及梦想抱负都告诉你，还有一些鸡毛蒜皮的小事，包括他对某事某人的评价、他知道的一些绯闻等。我也很反感这类人，相交不深，何必讲这么多呢？

苏轼曾说过:"交浅言深,君子所戒。"也许有人说这样做与做人要光明磊落的品格不符,是狡猾不诚实的表现。其实不然。我认为,人有话在心里,该不该对人说,该对谁说,有没有必要说,说到什么程度,也是一种学问。交浅不宜言深应是一种修养,是思维上的一种礼和节。

生活中有几种人只宜交浅而不宜交深:第一种人是吃过几次饭或见过几次面,就把自己心中的不满情绪全部倾诉给你听,这种人往往认识粗浅,只做普通朋友交往就可以了。第二种人是刚把心事一股脑儿地向你倾诉,转过头又向其他人说了同样的话,这说明他对你缺乏诚意和信任,不宜交深。第三种人是专喜搬弄是非,应该与之保持距离,以免陷入是非旋涡。对这些只宜交浅的人,当然也就只宜言浅而不宜言深了。

贪便宜

文／王开林

晚清名士郭嵩焘,于中年失意时,拜访曾国藩,求得佳联一副:"好人半自苦中来,莫图便宜;世事多因忙里错,且更从容。"

贪图便宜的念头害苦甚至害死了不少聪明人。兵家动用谋略,专拣人性的弱点下手,所以欲取先予,欲擒故纵。

春秋末期,中山国有个叫内嗣的部落,智伯想吞并它,可是难度相当大,主要是交通受阻。于是智伯心生妙计,他令工匠铸成一口洪钟,然后派人传谕内嗣的君长,说是决定将洪钟赠送给他,以表示睦邻友好。那年头,一口巨大的铜钟足以令人垂涎欲滴。内嗣的君长赶紧动员部落中的青壮劳力堑岸堙谷,整出一条大路,迎接洪钟。智伯的如意算盘打成了,他的军队顺着这条运钟之路俘虏了内嗣的君长,占领了这块地盘。

只要人性的弱点没有打好"补丁"，相同的把戏就可反复玩成。秦惠王灭蜀与智伯灭内绦可谓异曲同工。路不通，计来蒙。秦惠王叫能工巧匠雕了一头大石牛，放在秦蜀接壤的边境上，每过几天就派人偷偷地在石牛屁股后面码放一堆黄金。这头屙金的石牛很快就令蜀侯动了贪心。于是秦惠王慷慨相赠，蜀侯感激万分，赶紧调集部众，开山填谷，迎接神奇的石牛，结果可想而知。

"贪图便宜，反而没得便宜；不贪便宜，反而能得便宜。"这个道理很多人一辈子都没能深参透悟。

烧出的真相

文／张书宁

北宋时期，许元在造船厂任发运判官。他审核旧账时发现，历次修造官船所登记的用钉数量都远远超出了预计。许元料定造船的官员可能在造假敛财，便想查出真相。

许元来到工地日夜监督，每用一枚铁钉都做好记录，果然一艘新船造好后，用钉数减了不少。他找到造船官对质，官员们狡辩说："每艘船的做工不同，铁钉用量自然也不同，你这样治我们罪根本站不住脚。"许元无奈，又指派手下把船上的铁钉数了个遍，和原先的登记数确实有很大差距。他再次来找造船官，但他们不紧不慢地说："大量铁钉都钉进了船板夹层，你这样数，哪能数清所有钉子？"

造船官们根本没把许元放在眼里，许元越发气愤，决心继续追查。可到底怎样才能数清船上的铁钉，让贪官们无法再抵赖呢？许元冥思苦想，总算想出了主意。他下令拖出一艘旧船，当众点火焚烧，烧完后再从灰烬里把铁钉一一捡出，然后仔细地清算，结果数量仅为登记数量的十分之一，造船官们只能认罪。面对大家赞赏的目光，许元说："要数清小钉先烧掉大船，这并非什么锦囊妙计，它只是考验人的胆量和决心而已！"

在问题面前，决心往往比方法重要。有了"铁"的决心，敢于破釜沉舟，问题就将迎刃而解。

眼光决定生死（外一则）

文／张小平

春秋时，曹国大夫僖负羁的妻子曹僖氏是有名的贤内助。有一年，晋国公子重耳逃亡到曹国寻求避难，曹国的大臣不仅拒绝了他，还处处为难他。唯独曹僖氏眼光独到，对丈夫说："我看重耳迟早要当晋国的君王，那时，他定会讨伐曾对他无礼的曹国，我们也会跟着一起遭殃啊。"

僖负羁一惊，疑惑地问："你为何这么说？"曹僖氏答："难道你没注意他带的三个随从？他们长途逃难而来，重耳累得坐都坐不稳，而随从们却站得笔直。在重耳受到羞辱时，他们也没擅自行动，而是照样守在主子身旁，等待命令，可见这三人的克制力有多强！有这么优秀的随从，重耳不当国君都难呀。"僖负羁觉得有道理，忙问该怎么办。曹僖氏接着说："不妨在他落难时我们帮一把，日后就不会被报复了。"

僖负羁接受了建议，马上安排好饭菜宴请重耳。那三个随从仍然守在重耳身边一动不动，僖负羁心生敬佩，又拿出一面玉璧赠予重耳。果然，不久后重耳回到晋国，当上了国君，并带兵讨伐曹国。念在往日恩情，重耳下令士兵不准进僖负羁家骚扰。僖负羁躲过一劫，对妻子的眼力也钦佩不已。

通常，想要了解一个人，可以通过与之密切关联的人和物来观察和判断，会有更为全面的发现。

不要吵到我的天空

19世纪60年代，青年画家克劳德只身来到巴黎。同样学画的好友大卫听说他来了，建议他去罗浮宫临摹陈列在里面的大师画作。

那天，两人来到罗浮宫，见很多画家已在自己仰慕的大师画作前临摹，大卫也急忙加入他们的行列。克劳德参观完大师的画作，一声不吭地走到一扇窗户跟前，开始眺望远方。3小时过去，大卫临摹完了一幅作品，见克劳德还站在原处，惊讶地问："绝好的学画场所，你怎么不动笔？"克劳德没吱声，仍旧望着天空。

第二天天刚亮，克劳德就把大卫叫醒："咱们再去罗浮宫吧！"可是到了那里，他又守在窗前坐了一整天。大卫忍不住责备道："你是来这里装高雅吗？"克劳德摇了摇头，指指窗外："从这里看外面，能明显地观察到光影的不同变化，真的很神奇。"大卫笑了："哪里没有光影的变化？你这是在浪费生命！"克劳德没再答话。那之后，他仍旧坚持每天都去罗浮宫，对着窗外自画自的。越来越多的人注意到克劳德的反常，经常上前来问这问那。克劳德不想被打扰，便在身后摆了块画板，上面写着：不要吵到我的天空。

克劳德的全名叫克劳德·莫奈。20年后，他以擅长光与影的表现技法而闻名画坛。这位印象派创始人常说："一个人重要的不是在别人眼里做什么，而是自己心里要清楚准备干什么。"

走运的赵襄子，不走运的宋襄公

文／清风慕竹

春秋时，中牟城的守将趁赵简子病故之机，叛变投降了齐国。继承王位的赵襄子在办完了父亲的丧事后，立刻发兵攻打中牟城，但包围还没有合拢，中牟城的城墙突然自行倒塌十来丈。这可真是天赐良机，赵襄子的部队欢呼雀跃，准备立刻发起进攻，没想到赵襄子却下令鸣金收兵。

将士们十分不解，问赵襄子说："城墙自行倒塌，这说明老天爷帮助我们去讨伐这些天理难容的罪人，为什么我们要撤退呢？"

赵襄子解释道："我听叔向说过：'君子不该在自己有利的形势下去欺凌别人，君子也不该在别人处于险境时去逼迫他。'所以让他们将城墙修好后我们方开战进攻吧！"

中牟城内的守将听到赵襄子的这番话，没等大动干戈，便举起白旗投降了。

这是一则让人心生感动的故事。交战的一方讲究信义，不乘人之危，而另一方也懂，于是共同演绎出了一幕喜剧。只是这样的喜剧，并不是总在上演。

也是春秋时，公元前638年冬，宋襄公率军与楚军在泓水（今河南柘城西北）对阵，楚军仗着人多势众，强渡泓水以发起进攻。宋国的司马目夷见状，建议宋襄公说："我们趁着楚军渡河，迎头痛击，肯定大获全胜，快下命令吧！"宋襄公说："不行，咱们是讲仁义的国家，敌人渡河还没有结束，咱们就打过去，还算什么仁义呢？"说话间，楚军已经渡河上岸。楚军可没工夫讲什么仁义，一通鼓响，便势不可当地冲了过来。宋军还没来得及布阵，就被打得大败，宋襄公也中箭，次年伤重而亡。

重义守信，是春秋时的一种文化。哪怕兵戎相见的战争，也都有一定的规则，布阵有一定的程序，交战也有公认的原则。比如那时以车战为主，双方选择好一处平坦开阔的地点，约好时间，抵达后要列好队伍，然后鸣起战鼓，正式开打，这就是古籍里所描述的"结日定地，各居一面，鸣鼓而战，不相诈"。问题在于，当信义的规则不被遵守，就像贵族遇到了流氓，讲信义的宋襄公便没有了赵襄子的幸运，他也成了历史上的一个笑话。

原来，信义如花，不能光看着好看，也得讲究实力，因为世界上的规则都是强者制定的，一味地恪守教条，喜剧的花朵也会变成悲剧的泪水。

不龟手之药

文/常青

《庄子·逍遥游》中记录了这样一个有趣的故事：宋国有一人家，世代以漂洗为业，会做一种保护手不龟裂的药。一游客听说此事，愿用百金来买他的药方。这家人聚集在一起商量："我们世世代代在河水里漂洗，也挣不了几个钱，现在一下子就可卖得百金，还是把药方卖给他吧。"游客得到药方后，便献给了吴王。正巧此时越国发难，吴王便派他统率部队，冬天跟越军在水上交战，药方使得吴军将士的手都没有被冻裂，战斗力大大提高，从而击败越军。吴王大喜，割地封赏了这位游客。

这个故事说明这样一个道理：同样的资源用于不同的地方，其效用的差别非常大。一副不龟手的药方，在百姓家中就是普通的药膏，但有人就会拿它获得封赏，成为诸侯。

这个故事还暗含了深刻的经济学道理：效用的增加是交换的基础。

在游客看来，不龟手药方的价值远大于百金，而对于世代漂洗丝絮的宋国人，卖得百金肯定是笔好买卖，吴王以此药方提升了战斗力从而打败越人，这是将不龟手药方的效用发挥到了极致，因此在这次交易中，交易双方所获得的效用都增加了。

进一步，期望效用是人们交易的源泉。人们在交易中判断"值"与"不值"往往不是根据客观的最大效用，而是根据主观的期望，因为大多数情况下人们并不知道商品的最大效用。故事中的宋国人并不知道不龟手药最后的效用，因此对他而言百金就是他期望的最大效用。而游客的角色如同今天的投机者，虽然他获得的利益远远大于支付给宋国人的百金，但他的获益来自于他发现了不龟手药的最大价值。

墨子如何鞭马打羊

文／禹正平

耕柱子是墨子的得意门徒，墨子一直很器重他，对他的要求相当苛刻。

一天，墨子授课时，一只飞鸟停在窗外的柳树上婉转鸣啼，弟子们纷纷向外张望，耕柱子跟着望了一眼。

事后，墨子严厉地责骂他。耕柱子听了很难过，觉得受到很大的委屈，抱怨地说："我犯的错误并不比别人多，却遭到老师这样大的责难。"墨子听到之后便说："假使要驾驶马和羊上太行山，如果是你，你会选择鞭打马还是鞭打羊？"耕柱子回答："我当然要鞭打马。"墨子又问："为什么要鞭打马而不鞭打羊？"耕柱子回答："因为马儿跑得快，才值得鞭打，而羊却不具备这种特质。"墨子最后说："我责骂你正因为你像马而不像羊，值得批评啊！"

其实，个人的成长与进步也离不开这种"鞭子"的鞭策，只不过鞭策我们的那一记鞭子，有时是一句苛刻的责骂，有时是一次严厉的惩罚，有时甚至是一些鸡蛋里挑骨头的不可思议。

然而，现实生活中，有些人面对这种鞭打，一味地感到委屈，继而意志消沉，慢慢地变得平庸；另外一些人，在鞭打中意识到自己的价值，将鞭策化为动力，扬蹄奋进，执着地登上人生的顶峰。

做一匹被鞭打的马，还是做一只不被打的羊，将是你人生辉煌与平庸的分水岭。

知止的智慧

文/秦 湖

东汉著名经学家马融想要给《左氏春秋》作注，但他看到已经有贾逵、郑众二人作注在先。于是，马融便找来他们的注解阅读。仔细读过之后，马融这才意识到自己不适合给《左氏春秋》作注。他这样评价说："贾逵的注本精深而不广博，郑众的注本广博而不精深。既要做到精深而又广博，就凭我个人的水平，又怎能超过他们呢？"

正是因为马融看到了贾逵、郑众二人注解的"精"和"博"，因此他果断打消了给《左氏春秋》作注的念头，转而去写《三传异同说》，随后又为《孝经》、《离骚》等书作注，后来成就斐然。

东汉有名的词赋家王延寿游览鲁国的灵光殿之后，写出了一篇很有气势的《灵光殿赋》。凑巧的是，著名文学家、书法家蔡邕也游览了此殿，也在写《灵光殿赋》。当蔡邕写到一半的时候，看到了王延寿的作品，不由得大加赞赏，并连连称奇。蔡邕自叹不如，随即停笔，另写其他文章，后来创作出了不少经典的作品。

马融和蔡邕都是大学问家，"知止"是他们共有的人生智慧。

事实上，"知止"不是畏缩和胆怯，而是一种智慧。适时地放弃，不仅需要勇气和胆识，更需要远见。也正是因为懂得"知止"，他们才有精力去做更有意义的事情，进而收获属于自己的别样人生。

逐求·厌离·郑重

文/梁漱溟

依中国分法，将人生态度分为"出世"与"入世"两种，但我嫌其笼统，不如三分法较为详尽适中。

按三分法，第一种人生态度，可用"逐求"二字以表示之。此意即谓人于现实生活中逐求不已，如饮食、宴安、名誉、声、色、货、利等，颠倒迷离于苦乐中与其他生物亦无所异。此第一种人生态度，能够彻底做到家，发挥至最高点者，即为近代之西洋人，其征服自然之威力实甚伟大，最值得令人拍掌称赞。他们并且能将此第一种人生态度理智化，使之成为一套理论哲学。

第二种人生态度为"厌离"的人生态度。人与其他动物不同，其理智作用特别发达，最特殊之点，即在回转头来反看自己。当人转回头来冷静地观察其生活时，即感觉人生太苦，一方面自己为饮食男女及一切欲望所纠缠，不能不有许多痛苦，而在另一方面，社会上又充满了无限的偏私、嫉忌、仇怨、计较，以及生离死别种种现象，更足使人感觉人生太无意思。如是，乃产生一种厌离人世的人生态度。此种厌离的人生态度，为许多宗教之所由生，最能发挥到家者，厥为印度人，其中最通透者为佛家。

第三种人生态度，可以用"郑重"二字以表示之。郑重态度，又可分为两层来说：其一，为不反观自己时向外用力；其二，为回头看自家时向内用力。在未曾回头看而自然有的郑重态度，即儿童之天真烂漫的生活。"郑重"即是将全副精神照顾当下，如儿童之能将其生活放在当下，无前无后，一心一意，绝不知道回头反看，一味听从于生命之自然的发挥，几与向前逐求差不多少，但确有分别。

更深而言之，从返回头来看生活而郑重生活，这才是真正的发挥郑重，这条路发挥得最到家的，即为中国之儒家。此种人生态度亦甚简单，主要意义即是教人自觉地尽力量去生活。儒家最反对仰赖于外力之催逼，与外边趣味之引诱往前度生活。儒家之所以排斥欲望，即以欲望为逐求的、非自觉的，不是尽力量去生活。此话可以包含一切道理，如"正心诚意"、"慎独"、"仁义"、"忠恕"等，都是以自己自觉的力量去生活。

此三种人生态度，每种态度皆有浅深，浅的厌离不能与深的逐求相比。

逐求是世俗的路，郑重是道德的路，而厌离则为宗教的路。将此三者排列而为比较，当以逐求态度为较浅；以郑重与厌离二种态度相较，则郑重较难。普通都是由逐求态度折到厌离态度，从厌离态度再转入郑重态度。即以我言，亦恰如此。在我十几岁时，极接近于实利主义，后转入于佛家，最后方归转于儒家。故非心里极干净，无纤毫贪求之念，不能尽力生活，而真的尽力生活，又每在经过厌离之后。

"恶人"朱自清

文／王崇凤

朱自清在西南联大时期担任文学院教授，兼任学校图书馆馆长。无论在教学上，还是业务管理上，他总是能够坚持原则，毫不含糊，好人也做，"恶人"也做。

据北大著名教授王瑶回忆，朱自清先生当时开的一门课叫"文辞研究"，是关于中国文学批评的专门课程，属于冷门，内容也比较枯燥，没有什么人愿意上这门课，最后报考学习这门课程的学生实际上只有王瑶一个人。尽管只有一个学生，朱自清不但仍然坚持正常开课，而且每堂课都经过精心准备，一丝不苟。

后来朱自清因为教学任务增多，就主动辞去了学校图书馆馆长一职。可就在离任之前，他做了一回"恶人"，决定将一个不称职的馆员辞退，理由是："我不能把确实无法胜任图书馆工作的人留给继任的图书馆馆长，让我充好人而让继任馆长当恶人。"

大师的谦和

文／张雨

启功的书法是难得的墨宝，所以假冒之作颇多，有几家书画店还专卖这种作品。有一次，启功路经一家书画店，便进去一件一件地看。有人认识他，特地走近问道："启老，这字是您写的吗？"启功答道："比我写得好！"惹得在场的人哈哈大笑。

一个叫吴庚舜的青年写了一篇关于白居易《长恨歌》的论文，登门求教于钱锺书先生。钱先生给予了热心帮助，一字一句地斟酌修改。文章发表后，这位青年过意不去，非要钱先生一同署名。钱先生当然不肯答应。在青年的一再央求下，钱先生勉强同意署上一个"郑辛禹"的笔名。为什么要署上这样一个名字？原来，《百家姓》里的"郑"在"吴"之后，天干中"辛"在"庚"之后，古代圣贤"尧舜禹"三人"禹"在"舜"之后。如此三个之"后"，尽显大学者谦逊之精神与待人诚恳之品格。

马一浮不回信

文／龙增华

　　熊十力到杭州疗养，他听说马一浮游学美、英、德、日诸国研究西方哲学回来，将治学重点转向祖国民族传统文化儒学也即六艺，曾借住佛寺，青灯黄卷，三年之内足不出户，广阅《四库全书》三万六千余卷时，便很想见见马一浮。但是找这个人介绍不肯，找那个人介绍又被拒绝。这些人的意思是说，马一浮谁也不见，他还见你？！不得已，熊十力只得自己写了一封信并附上自己的著作，直接寄给马一浮。等了很久也没有得到回音，熊十力就很来气。

　　终于有一天，马一浮去拜访熊十力，熊十力劈头就问："我写信给你，你为什么不回信？"

　　马一浮说："你如果只有一封信，我就可以写了回信。但你附有著作，我一定要把你的著作读完之后才回信，你看，我现在不是来了吗？"

　　马一浮的认真坦诚感动了熊十力，从此，熊十力就把马一浮视为知己。

"听过"是什么意思

文／张君燕

1926年，陶行知在南京中央门外的晓庄创建了一所乡村示范学校。创建伊始，身为校长的他脱下西装，穿上草鞋，和师生一起开荒，一起建草房。在他的倡议和带头下，师生的积极性都很高。

一天放学后，王老师拍着满身的尘土靠近陶行知悄声说："校长，一班的班主任李老师干活儿不认真，把工具都给弄坏了。"陶行知点了点头，说知道了。

第二天，王老师又找到陶行知，对他说："李老师不仅不好好干活儿，还说您的坏话，他对您的倡议很不满，说您是假积极。"陶行知仍是点了点头，没有说话。

过了一段时间，在放学的路上，陶行知碰到了王老师。王老师伸出大拇指跟陶行知说："校长果然教育有方，李老师现在不仅不再说您坏话而且劳动的积极性也高涨了。"陶行知一脸迷茫，问："哪个李老师？""就是我前几天跟您说的呀。"王老师更是一头雾水地回答。

陶行知沉思片刻，而后微微一笑，问："你知道'听过'是什么意思吗？"王老师疑惑地看着陶行知，不知道该怎么回答。陶行知接着说："听过、听过，就是听完就过去了。我们要用宽容的态度去面对别人无心的过错，甚至没必要把它们放在心里，更不必揪着别人的过错不放。"听完校长的话，王老师顿时明白，原来校长并没有找李老师谈话，是校长用自己的行动做了表率，引导和感染了李老师。而这种看似无为的做法恰恰是最有效的方法。

钱锺书摔古铜镜检验典故

文／马红丽

　　20世纪六七十年代，钱锺书开始着手《管锥编》的撰写。其间，他阅读大量的古代文献，对每本书所载的内容都进行了详尽缜密的考疏。

　　一天，他翻阅《太平广记·杨素》篇，对"破镜重圆"的典故心起疑窦，结实的古铜镜怎么会一分为二呢？钱锺书在书房里踱来踱去，百思不得其解。他抬头看到书柜上摆着的一面铜镜，便顺手拿起毫不犹豫就往地上摔。"哐当"一声，铜镜在地上打了个滚，滚到了书桌下边。

　　夫人杨绛听到响声跑了进来，问他："什么东西掉地上了？这么大动静。"钱锺书朝书桌下努努嘴。看到是铜镜掉在书桌下，杨绛赶紧弯腰捡起来，递给钱锺书说："这铜镜怎么会掉地上，这可是你的宝贝呀！"

　　钱锺书顾不上回答，急着察看铜镜是否摔破。左看右看，除了有一些磕碰的痕迹，并没有裂开，便自言自语道："不对呀，怎么摔不成两半？"杨绛这才明白过来："难不成是你故意摔的呀？"钱锺书点头："我想验证一下古书里提到古铜镜一破为二的说法。"杨绛又好气又好笑："你呀，真是个痴老头！"

　　摔一面铜镜，钱锺书还是有点不放心，索性把自己多年收藏的十几面古镜都拿了出来，一个个地往地上摔。这边书房里"哐当"、"哐当"不断，那边杨绛安之若素。不是杨绛不知道那些铜镜的价值，只是她熟知钱锺书的秉性。十几面古镜摔到地上，"了无损裂"，钱锺书这才放心。他认为铜镜绝非如隋代笑话集《启颜录》所说"堕地分二片"那般脆弱，并将自己的实验过程和读书笔记写入《管锥编》中。

　　不过，考古学家和金属材料学家的金相分析认为，古代铜镜是铜配以锡等其他金属铸造而成，使用一段时间后，镜面就会氧化暗淡，就需要重新磨亮。磨得多了，自然越来越薄，铜镜一分为二并非不可能。

但无论铜镜是否能够"堕地分二片"，钱锺书严谨的治学精神，依然值得敬佩。

真诚都会有一点瑕疵

文/马 德

晋都城南迁到建邺后，当时文武百官有个不成文的规定，无论谁履新，都要请一次客，意思意思。

有个叫羊曼的人，出任丹阳郡尹，照例也得请一回。他请客的那天，来得早的人，可以吃到美味佳肴，来得晚的人却只能吃残汤剩饭。而且，宴席上最好的位置，谁来得早谁坐，不分贵贱。

还有一个叫羊固的人，官拜临海太守。他请客跟羊曼不一样，整一天，都是丰盛的美味佳肴，即便来得再晚的人，也不至于吃到残羹冷炙。按道理讲，羊固谁也不怠慢，谁也不冷落，这客请得应该够讲究吧？但《晋书》把这件事叙述完之后，来了一句："论者以固之丰腆，乃不如曼之真率也。"什么意思呢？就是当时的人们议论说：羊固的宴席虽然丰盛，但不如羊曼的人真诚！

人心真是一杆秤啊！处世奸猾圆润者，一眼就被看出来了。你跟谁都好，你谁也不想得罪，看似温暖厚道，实则精明世故。羊固的问题，就是把事情做得太完满了，他超过羊曼的部分，其实都属于心计。临海太守羊固也许不知道，这个世界上，大凡真诚都会有一点瑕疵的，只有圆滑才滴水不漏啊。

不　敢

文／蒋骁飞

有一天，子路问孔子："您和我，谁比较适合带兵打仗？"孔子指着自己答："我适合。"子路反问道："您不是常说我很勇敢吗？"孔子说："可我不仅勇敢，而且还勇于不敢呀！""勇于不敢"的深层含义就是人心中要有所敬畏，敬畏良心、敬畏天理、敬畏法度，要自警自省，守住做人本色。

南北朝时期，北齐有段时间由奸臣和士开独揽朝政。此人沉迷于声色犬马，众官员便投其所好，趁机为自己的子弟们谋求一官半职，许多无才无德的官宦子弟因此得以在京城当官。但也有一个叫崔劼的大臣例外，他把两个儿子都派往外地任职。崔劼的弟弟问他："你的两个儿子如此杰出，为何要将他们派往遥远的外地？这样做是自损子孙的官运啊！"崔劼平静地答道："当今的京城鱼龙混杂，我的两个儿子都是单纯求实之人，即使留在京城恐怕也难有作为，倒不如让他们离开，到条件不好但很清静的地方施展自己的才华。"弟弟仍不依不饶，指责崔劼是个糊涂、迂腐的人，但崔劼不改初衷。几年后，和士开倒台并被诛杀，那些无才无德的官宦子弟有的被革职，有的被法办，但崔劼的两个儿子由于在外政绩卓著，得到了朝廷的重用。

崔劼"不敢"将儿子留在京城谋求权势，体现了一种坚守本心、本色的处世原则。这种原则看似"迂腐、糊涂"，但得到了最好的回报——两个儿子终得以重用。《道德经》第七十三章曰："勇于敢则杀，勇于不敢则活。"意思是：一个人无所顾忌，则充满凶险；有所顾忌，则稳妥灵活。事实上，古往今来，成大事者，都是有所"敢"有所"不敢"的。

《明史·杂俎》中，记载了这样一件事：有一次，明太祖朱元璋向大臣们提出了这样一个问题：什么样的人最快活？众人各抒己见，都不能令朱元璋满意。这时，一名叫万钢的官员奏道：敬畏法度的人最快活。朱元璋听后，连声叫好。心中有尺度，不敢乱来，与怯弱是不同的，它不是畏首畏尾，不是胆小怕事，而是深谋远虑，审时度势。它是为人处世的重要准则，是人生的一种大境界。

不 敢

文/丁 辉

《世说新语》载，石崇每邀客宴集，常令美人行酒，客饮酒不尽者，使黄门交斩美人。王丞相（王导）与大将军（王敦）尝共诣崇，丞相素不能饮，辄自勉强，至于沉醉。每至大将军，固不饮以观其变。已斩三人，颜色如故，尚不肯饮。丞相让之。大将军曰："自杀伊家人，何预卿事？"

按照宗白华先生的分析，魏晋几百年间是"精神上的大解放，人格上思想上的大自由"时期，魏晋人不仅把人心里面的美、高贵与圣洁的一面推到极端，而且也把人性里面的残忍与恶魔性因素发挥到了极致。石崇劝客饮酒，至于以杀人相要挟，偏偏遇上了不买账的王敦，在"美人溅血"面前面不改色。宗白华先生就此分析：晋人的豪迈不仅超然于世俗礼法之外，有时且超然于善恶之外，他们身上那禽兽般的天真和残忍"如深山大壑的龙蛇，只是一种壮伟的生活力的表现"。

在这个故事里，跟王敦相比，丞相王导只是个配角。王导本不会喝酒，因不忍见到美人劝酒不成被杀而喝得酩酊大醉。没有王导的"怯懦"与"软弱"，则无以衬托王敦的"潇洒"与"通脱"。

但我更愿意认同王导，认同那种面对即使是卑贱的生命被蔑视和践踏时的恻隐和悲悯，这才是对待生命的健全态度。相比之下，听任石崇杀人而还能面不改色，甚至还等着看石崇何时会心软的王敦，身上这种

"潇洒"与"通脱"如果也能算是美，这种美是不是有点畸形和病态？

我自小是个胆小的人，经常被村子里的小孩欺负，村子里孩子们打架时的心狠手辣，直到今天想起来还让我胆战心惊。他们的大胆还体现在对待动物的态度上，鲁迅和托尔斯泰都曾写过人鞭打动物的场面，这样的生活经验我也有，且"执鞭"的大多是些孩子，大多只是为了好玩和取乐。每每碰到这样的场面，我都不敢上前。后来读陀思妥耶夫斯基的《卡拉马佐夫兄弟》，里面的一个人物斯麦尔佳科夫给我留下深刻印象。他很小的时候就痴迷于一种娱乐，在树枝上把猫吊死，然后再为猫举行葬礼。我相信这肯定不是陀翁的杜撰和虚构，因为对生命的残忍与冷漠是陀翁童年经验的重要内容。而且我相信，陀翁也像我一样是个胆小的人，对于这种胆大妄为有着纤细的敏感和固执的排斥。

我当然不是在为我的"胆怯"和"软弱"辩护，事实上，这种"胆怯"和"软弱"长时间使我陷入屈辱之中。我也赞同应对恶意的加害给予有理、有节的还击，但问题还有另一面，我也是很多年以后才感到，"胆小"和"软弱"也可能是一个人身上至为可贵的心性和素质？如果"胆小"和"软弱"恰恰包含了对生命的尊重与呵护，那么，能不能说，只有经由这种"胆小"和"软弱"后所抵达的"勇敢"才更靠得住？

追求"强力"固然难，追求"软弱"，在"追求强力"的主流语境下亦属不易。

夏丏尊绝食捉贼

文／汤园林

近代教育家夏丏尊曾经在浙江一师做舍监。看见学生玩狗，他要唠叨一句："为什么同狗为难？"放假了，学生走出校门，他要在后面喊一句："早些回来，别吃酒啊！"学生走远了，他还要踮着脚在后面再补充一句："铜钿少用些！"

因为他什么事儿都管，婆婆妈妈的，大家索性称他为"慈母"。

有一次，一位同学在宿舍里丢了东西，告到夏丏尊这里来，并且说出了怀疑对象，希望夏丏尊去搜查。

夏丏尊一时非常为难，搜查学生铺位，他是万万不肯的，觉得这有辱学校和学生尊严，可是，学生丢失的东西若不找回来，他这个舍监也当得太不称职。为了找到解决办法，他愁眉苦脸地到处找同事帮忙出主意，只不过，这些主意要么他不屑于做，要么太过偏激没法做，思来想去，最终，他决定来个绝食捉贼。

他在宿舍楼外贴了个告示，让偷东西的学生速速前来自首，犯错不要紧，诚实承认依然是好学生，如若不然，便是他这个舍监的失败，是他没有教育好学生，他愿绝食谢罪。学生一日不来自首，他便一日不肯进食。

此告示一经贴出，立即轰动全校，所有人的目光都投到了夏丏尊身上，密切关注着事态发展。夏丏尊说到做到，从告示贴出之时起，便滴水未进。最终，那位偷盗的学生受不了良心的谴责，主动找到夏丏尊承认错误，并交出了所偷的东西。

夏丏尊曾说："教育之没有情，没有爱，如同池塘没有水一样。没有水就不称其为池塘，没有爱就没有教育。"一个真正的教育家一定是心中充满爱的人。

VIII

高一层次看自己

所谓『高一层次看自己』，就是说，假如你是一个普通宣传员，你要以宣传队长的标准来要求自己；假如你是一名基层业务代表，那你就要以县级经理的标准来要求自己，发挥自己的潜能和创造力。

这样，天天给自己加压，开动脑筋，能力就能得到极大提高，工作就会做得更好。

由于你先提高一步要求自己，这样公司提拔你后，你就能很快地适应工作，干得更欢。

自由生活断舍离

文／曹红蓓

断舍离据说是来自佛家的智慧，它有许多不同的层面。前段时间刚好有两个失恋的女孩在咨询，她们对待失恋的方式截然不同。第一个，有意重新去两个人以前去过的地方，独自去做两个人曾经一起做过的事。无意中闻到春风的味道，就会想起当初在这样子的风里，两个人在一起的情景。第二个，她只让自己哭了一个晚上，第二天早上起来就选择性失忆，然后好好去上班了。

第一个孩子怕死。她任性抓住所有的记忆，因为如果拿走这些记忆，她的心里就没有别的，只剩空虚，这空虚和死差不多。第二个孩子怕活。她本有了一处大伤口，她不想要疼痛以及看到流血的残忍画面，所以她阻断了往那个地方供血，任凭伤口附近的组织坏死，她甘愿放弃了部分的生命。

有的人遇到情绪困扰的时候向往断舍离的境界，恨自己不能很好地践行，其实这时候不妨窃喜，不能很好地践行断舍离，说明你跟大多数人一样，更多的是怕死而不是怕活。

新近在白领间还流行物品断舍离的概念。它最初来自日本的一本小书，讲整理房间，就是把用不着的东西该送送，该扔扔，省地儿省心，眼前敞亮。整理术日本人玩得好，一点也不奇怪，就和他们把庭院同禅整到一块儿似的，都是地方给逼的。这种逼出来的境界，就是有限空间里的广阔，有限生命里的自由。我们把心也叫作心房，一个人的房子或想象中房子的模样，往往和他心房的模样相似，因此通过看一个人房子的状态也大概可以评估到他的内在状态。不断地进行物品断舍离的人们，可以说是在主动进行表达性的自我心理治疗，有力气去断，说明其心理能量是充足的。

除了情感断舍离、物品断舍离，还有一种认知断舍离。美国有个自闭症患者，花 20 分钟时间乘坐直升机在纽约市上空盘桓了一圈后，画出了纽约全图，包括每一座建筑物的每一个细节。这样的自闭症患者对细节完全不具备抵御能力，虽然他以上帝视角俯瞰了纽约，但是他心目中没有纽约，只有纽约的无数碎片。世界这么大，说白了，你敢不敢知道得少一点？早上一睁眼就摸手机，求淹没，求粉碎，慢慢地发现自己是操着科学家的心，长着脑残粉的智慧。

为了自由的断舍离挺好，但可能之前还要进行一番评估。评估的内容主要在于，如果去除这些你认为是多余的杂物、记忆和人事情感，你的心里还剩下什么？自由和虚无，实隔一线而已。

祝你不多不少

编译／邓 笛

工作关系，我经常飞来飞去，也就经常会在机场看到亲人或朋友分别的场面。

其中让我印象最深的，是一对父女。

他们在安检门前相拥，这位父亲应该有 70 多岁了，他对要离别的女儿说："我爱你，祝你不多不少。"女儿也回应道："爸爸，我会想您的，我也祝您不多不少。"

一直等女儿进了登机口后，这位父亲才转身离开。他们离别的话语让我感到好奇，也许我的好奇写在了脸上，让这位父亲看见了。他主动对我说："小伙子，你有过与一个分手后可能再也见不到的人说再见的经历吗？"

"是的，我有过。"我说，然后告诉他，"我在父亲病危的最后几天里一直与他在一起。但是，冒昧地问一下，为什么说您与女儿的告别是最后一次呢？"

"我老了，还有病，而女儿居住在遥远的国外，她下一次见到我或许是在我的葬礼上了。"他说。

"请原谅我的好奇，"我问道，"你们分手时说'祝你不多不少'是什么意思呢？"

他笑了起来，"这是我们家族好几代人一直沿用的祝福语了。"他停了一会儿，像是沉思，然后接着说道，"我们希望自己的家人遍尝人间的酸甜苦辣，每种滋味不要太多，也不要太少。"

我不太懂，又问："对待家人，难道不应该予以美好的祝福吗？比如，祝健康、祝幸福、祝顺利，为什么还要祝酸和苦呢？"

老人家注视着我的眼睛，然后一字一句地对我说了起来，像是吟诵一首诗："我祝你沐浴阳光，不多不少，刚好能保持开朗的心态；我祝你遭受风雨，不多不少，刚好能懂得感谢阳光的温暖；我祝你喜逢人生乐事，不多不少，刚好能让心灵获得健康的滋润；我祝你经受痛苦，不多不少，刚好能学会从生活的小事中找出人生的大快乐；我祝你有所获得，不多不少，刚好能让你获得成就感；我祝你有所失去，不多不少，刚好能让你学会珍惜拥有；我祝你与亲朋相聚，不多不少，刚好能让你经受住最后的告别。"

朋友们，在此，我借用老人家的话，对你们也说一声："祝你不多不少！"

记得，就是最好的证明

文/吕 辉

在希腊圣托里尼岛与一位摄影师结为好友，聊天中，他说他偶尔也会为一些新婚夫妻拍摄婚纱照，拍摄过程中他发现一个很有趣的现象。

"每个人都想要拍蓝天、大海、教堂的十字尖顶，以及号称世界上最美的日落。我对他们说，再走下去一点儿，会有很漂亮的巷子和小花，却很少有人愿意去拍。"

"为什么？"

"因为光线合适的时段就只有那么几小时，墙面和小花到处都可以见到，但是不抓紧时间把自己拍进蓝天大海和圣岛独有的风景里，又怎么能向其他人证明自己曾经来过希腊呢？"

在马来西亚沙巴潜水时，一位潜水教练很难过地说，昨天他发现一片正在死去的珊瑚礁。我问他珊瑚为什么会死去，他说因为珊瑚很脆弱，只要采下一小块，很可能一大片珊瑚就会都为之死去。但是即使再三劝诫，仍然会有少数游客忍不住动手去触碰那些珊瑚。

每一个人都觉得，只有抚摸或获得那些珊瑚，才会有"我来过，我看到过"的满足感。彼时我们坐在岸边看日落，他随手在沙滩上写下"I am here"然后我们一起看着这行字被海浪吞没。他抬起头来看我："这样不就很好吗？我不需要做任何事证明自己曾来过，海知道，就够了。"

那个夏天，在瑞士乘坐黄金列车，邻座是两个女人。很快我的注意力就落到了她们身上，因为一个女人始终握着另一个女人的手，不停地在她手心里画着字。我留心观察了一会儿，然后惊讶地发现，原来那个被写字的女人不但是聋哑人，还是盲人。

我问她的朋友："为什么陪她出来？"她说："她希望看到这一切。"我看着她空洞的眼睛，"可是，她并没有办法看见，甚至听见……"她的朋友微笑，"她不需要证明，她知道自己来过，这足够了。"

照片会风化，字迹会模糊，砖瓦会腐蚀。百年之后，除了风声依旧，即便你与我，都早如流沙，散于风里。期盼他人留念，倒不如在经历风景时，用更多的心思去珍惜铭记。

记得，就是最好的证明。

学问的八层境界

文／梁漱溟

第一层境界：形成主见。

用心想一个问题，便会对这个问题有主见，形成自己的判断。我们的主见即使浅薄，也终究是自己的意见。

许多哲学家的哲学也很浅，就因为浅便行了。因为这是他自己的，纵然不高深，却是心得，亲切有味，说出来便能够动人，此时他就能自成一派。

第二层境界：发现不能解释的事情。

有主见，才有你自己；有自己，才有旁人，才会发觉前后左右都是与我意见不同的人。

这时候，你感觉到种种矛盾，面对各种问题，你自己说不出道理，不甘心跟着人家说，也不敢轻易自信，这时你就走上求学问的正确道路了。

第三层境界：融会贯通。

从此以后，前人的主张、今人的言论，不会轻易放过，稍有与自己不同处，便知道加以注意。有不同，就非求解决不可；有隔膜，就非求了解不可。于是，古人今人所曾用过的心思，慢慢融汇到你自己。

这是读书唯一正确的方法。会读书的人说话时，说他自己的话，不堆砌名词，不旁征博引；反之，引书越多的人越不会读书。

第四层境界：知不足。

用心之后，就知道要虚心了。学问的进步，不单是见解有进步，还表现在你的心思头脑锻炼得精密了，心气态度锻炼得谦虚了。

遇到不同的意见思想，我总疑心他比我高明，疑心他必有我所未及的见闻，疑心他必有精思深悟过于我。

第五层境界：以简御繁。

你见到的意见越多，专研得愈深，这时候零碎的知识、片段的见解都没有了，心里全是一贯的系统，整个的组织。

凡有系统的思想，在心里都很简单，仿佛只有一两句话。凡是大哲学家皆没有许多话说，很复杂很沉重的宇宙，在他手心里是异常轻松的——所谓举重若轻。

反过来说，学问浅的人说话愈多，思想不清楚的人名词越多。其实道理明透了，名词便可用可不用，或随意拾用。

第六层境界：运用自如。

如果外面或里面还有解决不了的问题，那学问必是没到家，如果学问已经通了，就没有问题。

真学问的人，学问可以完全归自己运用，假学问的人，学问在他的手里完全不会用。

第七层境界：一览众山小。

学问里面的甘苦都尝过了，再看旁人的见解主张，其中得失长短都能够看出来。这个浅薄，那个到家，都知道得很清楚，因为自己从前也是这样，一切深浅精粗的层次都曾经过。

第八层境界：通透。

思精理熟之后，心里就没有一点不透的了。

心中留情

文／（台湾）星云大师

人是有情众生。情是好，是不好，就看用在什么地方。拳头打人是有罪，拳头替人捶背，就是好事一桩了。那么，我们如何把善美的情留给世间呢？

一、手中留情：一只小动物，不管蚯蚓、蝴蝶，你把它抓在手里，只要稍微爱护它一点，它就能保存性命，这就要看你手中的力道有情无情了。一双手，能给万物生长，也能让万物死亡。播种灌溉，万物欣欣向荣，这是双手的功劳；破坏设施，也是双手的作为。

二、眼里留情：一双眼睛，有时候充满无限的恨意，有时也会留有无限的情愫。眼睛是最能表达情意的工具，要试着收敛、消除不屑的眼神、妒恨的眼光，用一双慧眼、慈眼来观察众生。

三、笔下留情：过去形容政府的文书人员，称为"刀笔吏"。用刀子杀人是有限、有数的，拿笔杀人是无形、无相、无数的。传说有一个杀人放火的恶人和一个专写伤风败俗文章的文化人，死后堕入地狱，阎罗王判恶人十世难再为人，判文化人百世不得超生。文化人对阎王抗议，阎王说：杀人放火，伤害人命，固有因果报应；你所写的文章，破坏人家的信心、善念，贻害无穷。由此可见，笔下留情何等重要。

四、口边留情：口中的语言，善恶、好坏，你一出口，别人必有感受。一句话，如刀如剑，别人不但受伤，必然也会怀恨；一句话，口德芬芳，别人欢喜，你也不会有所损失。

五、脚底留情：我们举步行走，脚底和大地接触，如果能够对地上的昆虫加以爱护，让生命不至于死亡，也是一种留情。平常我们为人带个路，多跑两步，或是替人送个讯息，多走几步，这都没有关系，功德道路就是如此宽广无限。

温柔地消灭敌人

文／陈 方

美国总统林肯曾试图跟他的政敌交朋友，引起一位官员不满，他认为林肯应该利用权力消灭他们，林肯却十分温和地说："当他们变成我的朋友时，难道我不是在消灭我的敌人吗？"

你看，有胸怀的人多有策略。

职场历练多年后，我判断一个人有没有胸怀，标准是这个人是不是过于敏感。经验告诉我，心胸狭窄的人极度敏感，不经意的一句话，你就能把他伤得体无完肤。跟这样的人相处，你需要时时小心，因为他就像一颗"定时炸弹"，你不清楚哪句话不小心会成为导火索，引爆他的小宇宙。

我一直记得那位在公交车上偶遇的陌生年轻人，公交车停靠在某一站，一位妈妈带着一个大约四五岁的小女孩上车，小伙子很快起身让座，小女孩很礼貌地说了声"谢谢叔叔"。小伙子说完不客气，一手扶着栏杆，另一只手开始刷手机。刷手机的那只手有些"刺眼"，手背上有一片片的白斑。小女孩抬头看身旁的妈妈，然后妈妈也注意到了小伙子的这只手。突然，小女孩说："妈妈，你看叔叔的手怎么蜕皮成这样子，看着好别扭啊。"我就站在小伙子的旁边，小女孩话一出口的瞬间，我有些蒙，虽说童言无忌，但这话有点太伤人。年轻的妈妈一个劲儿说"对不起"，小伙子依旧微笑着，没事，真的没事啊，然后，他对小女孩说："叔叔把这只手揣进口袋，你就看不见它了。"

我朝小伙子笑了笑，算是表达一种敬意。我想他一定也饱受那些白斑的折磨，但他很坦然地接受了世俗的挑衅，宽厚地对待着无心的伤害。

其实，很多时候，避讳都会变成压力，既是自己的压力，也是别人的压力。相反，坦荡地接受命运的挑战，释放自己的同时，也让对方有了交流的安全感。

所以，现在如果你问我什么是胸怀，我一定会毫不犹豫说，那就是豁达大度，不敏感，有足够的承受力去接受外界的刺激。

那些勇于承受命运挑战的人，那些不惧外界刺激的人，那些心胸宽广不敏感不自卑的人，无论自身与外在境况如何，他们的内心世界一定是高贵的。他们保持着骑士般的精神，站在孤高的峰顶，俯瞰世界。

人生的海因里希法则

文/[韩] 金兰都　译/路 舟

美国一个保险公司的安全工程师海因里希，在分析了各种生产事故以后，得出一个结论：如果有一起重伤事故发生的话，根据统计，之前因为同样的原因造成轻伤的人会有 29 名，而因为同样的原因或隐患险些受伤的潜在人群则有 300 名之多。

因而海因里希法则又被称为"1∶29∶300 法则"，它是产业灾害预防和风险管理领域中非常重要的理论。这一原则说明，一次大的事故并不是偶然发生的，而是已经发生过 29 起轻伤故障，并且出现过 300 次的"差点出事"的隐患后才发生的。我之所以提到这个法则，是想表达：即便是很小的隐患，也应当彻底解决。

但海因里希法则更可怕的地方，在于人们往往以相反的思维接受它，"不用担心，我已经经历了 300 多次，什么事都没有，就算出事，也不过是 29 次轻微事故而已"。如果毫无警惕性的话，早晚会发生无法挽回的灾难。

我们在生活中，也会重复相同的事情，其中最有代表性的，就是酒后驾车。平生第一次酒后驾车时，几乎没人会超速，或者遭遇无法挽回的事故。这样的事情反复几次之后，"不会有事"的想法就越来越坚定，慢慢的，酒后驾车就变成了常事。殊不知，一旦某天突发"大事"，就可能会给自己和别人带来无法挽回的伤害。这就是海因里希法则可怕的地方。

其实又何止酒后驾车如此呢？成年之后的我们，总会犯下或大或小的过失，如果因为没有出事，就认为以后也不会有事，最终会像奥斯卡·王尔德的小说《道林·格雷的画像》里讲述的那样：如果他的人生中，每当犯下罪行的时候，能够受到惩罚就好了，惩罚可以令人得到净化。一个人向神祈祷的时候，不应说"请原谅我们的罪"，而应说"请惩罚我们的不义"。

相貌出众的青年道林·格雷得到了一幅自己的画像，那之后他本人便不再老去，而是由画像代替他老去，尤其是每当道林·格雷犯下恶行的时候，画像会代替他变得凶残丑陋一点，然而他本人却一如既往的美丽。保留了青春和美貌的道林·格雷，在人生最后的悲惨时刻，才发出这样的感叹：如果每次犯下罪行的时候，都能够付出相应的代价，也许他就不会变得如此堕落。

今天你有犯下平安无事的过失吗？那不是万幸，而是不幸，是你收到的警告。海因里希法则仍在继续，在事故的现场，也在你的人生中。

职场螺丝钉

文/毛 文

网络上有许多人在吐槽：一不小心成为疯狂的螺丝钉，加班、超负荷工作，这样的苦难何时了？于是乎，螺丝钉就被网友们调侃为没有发展空间的职场悲催族。职场螺丝钉一定那么可怕吗？

佳士得拍卖公司的一名门童，每天的工作就是穿着制服为客人拉门。为了胜任这份工作，他花精力认识了全球最有名的人，他一辈子积累的经验让他叫得出任何一个名人的名字。70 岁的时候他受邀参加一个重要活动，原因就是只有他可以叫得出所有名人的名字。这位门童——Gil 先生说："你必须热爱自己的工作，如果你对它永远充满热情，它将带你走到难以置信的远方。"优质螺丝钉的特征是不在乎做什么工作，在乎的是如何做好工作。有位人事专员在一家企业做了很多年，其间遇到过很多跳槽的机会，但因为认可公司的文化和氛围，她一直坚持在自己的岗位上，并且在自己的领域中感受到了越来越多的乐趣，在她 35 岁时被破格提拔为行政经理。做一颗优质螺丝钉，往往能在自己仅有的空间里找到更大的发展余地。

精英就不是螺丝钉吗？很多人在职场初期，尚能认可螺丝钉的工作状态，但随着年龄、经验和阅历的增长，往往认为螺丝钉是一种贬值，对自己对工作失去信心。其实，CEO 们又何尝不是螺丝钉？如果他们不在自己的岗位上起到相应的作用，早晚也会被拔掉。螺丝钉无关岗位高低、职业贵贱，最重要的是一种态度，一种精神，也是一种志向——优质而无可替代。

做优质螺丝钉，必须具备超强的责任心与忍耐心，同时还要不断地提升自己。因为，即使在平凡的岗位上也有可能被更多年轻有活力的螺丝钉所取代。要为自己制定一个目标，尽早成为高品质的无可替代的螺丝钉。

高一层次看自己

文/替 换

刚来公司时，我被分至公司下属一个基层镇里搞宣传，主要任务就是投递报纸和张贴各种宣传画。朋友都劝我别干了，但我没听他们的劝告，因为刚来公司时老总对我说的话令我深受感动，记忆犹新，那就是"高一层次看自己"。

他说，所谓"高一层次看自己"，就是说，假如你是一个普通宣传员，你要以宣传队长的标准来要求自己；假如你是一名基层业务代表，那你就要以县级经理的标准来要求自己，发挥自己的潜能和创造力。这样，天天给自己加压，开动脑筋，能力就能得到极大提高，工作就会做得更好。由于你先提高一步要求自己，这样公司提拔你后，你就能很快地适应工作，干得更欢。

在基层当宣传员的日子里，我不觉得委屈，而把它当作一次检验自己的好机会。我跑遍了基层各家各户，做了大量的调查与宣传，与许多人建立了良好的关系，成功地联系了几笔业务，不久我就被提升为基层业务代表。在任基层业务代表期间，我以县级经理的标准要求自己，将基层组织当作县级公司来管理。首先进行半军事化管理，桌椅板凳摆放整齐，每天准时起床，地板拖得干干净净，以前那种懒散脏的坏习惯不见了；接着制定各项规章制度，每名员工签字同意后，严格执行；员工划片确定业务任务，连续3个月没完成任务者一律自动下岗。由于任务明确，分工到人，奖优罚劣，因此，彻底改变了以前员工那种你不服我、我不服你，整天无事可干窝在家里内耗的恶习，产品销量不断增加。不久，总公司领导下来检查工作，对我的工作极为赞赏，不久，一纸调令，我被任命为县级经理。

"高一层次看自己"，较之以前提出的接受平凡但不甘于平凡更有针对性与方向性。由于提高了一级，所以一切便得从"零"开始，来不得半点虚假，时时把自己逼向挑战自我的境地。

单纯做事更容易成功

文/佚名

为什么成功的人总是说我只是单纯做我想做的事？你以为这是谦虚或者托词，实际上，这个是有科学道理的。

人在追求梦想、事业或知识的时候，总有一个（或多个）动机驱使我们不断向前。心理学家将我们的动机简单区分成两类：外在动机和内在动机。外在动机来自外在的诱因，例如升迁、加薪、奖金等，内在动机则是单纯地"想要做某件事"。

耶鲁管理学院的研究团队日前发表一篇论文指出，如果在追求一项事物时，人同时具有外在动机与内在动机，那么不但达不到激励效果，在事业上成功的概率也比单纯持有内在动机的人要低。

该研究追踪西点军校 1997 年到 2006 年报到的新生，共 10238 名军校生，在开学的第一年，新生会填写一份问卷询问他们加入西点军校的原因，其中包括"工作机会"、"经济原因（西点军校不收学费）"等外在动机和"想成为一名军人"等内在动机，并追踪那些新生哪些人顺利完成了五年的军校生涯，哪些人毕业之后继续服役，还有哪些人获得了较高的军阶。

分析之后的结果是，持有内在动机与事业的成功有正相关，而同时持有内在和外在动机的学生成就却不如前者。

这或许可以解释，为什么我们经常看到社会上许多事业有成的人，他们无论致辞、领奖或是自传里总喜欢提到："我只是单纯做我喜欢做的事！"

准时就是迟到

文/（台湾）赵文达

大家都说："准时是一种美德。"事实上，大多数时候，准时就是迟到。

我的儿子是高中水球队队员，按惯例，第一次练球的时候，教练先召集球员，说明参加球队的权利与义务。我跟其他家长坐在旁边，听到他开宗明义就说："练球一定要早到，凡事都需要一点准备时间。如果准时，就是迟到。"

教练不到 30 岁，虽然年轻，这一句话却说得老练、有智慧。的确，球员在下水练球前，需要时间换衣服、擦防晒油，如果准时到达球场，练球时间可能会耽误 5~10 分钟。对上班族而言，"准时就是迟到"也是言之成理的。如果我们早上 8 点准时到办公室，先打开计算机、跟同事聊上几句，然后把办公的东西准备就绪，开始上班大概已是 8 点 10 分以后了。

现代人生活忙碌，每一天都在赶时间。上班族赶上班、赶开会、赶方案；学生赶上课、赶功课、赶约会；家里有学龄小孩的，更是赶送小孩、赶接小孩……大家都在赶，天天赶，不停赶。

一般人出门，习惯把时间算得刚刚好，路上一有状况，就急得像热锅上的蚂蚁。其实，赶时间的坏处很多，例如，容易发生意外，容易心浮气躁，容易忘东忘西，容易与人冲突……这些，除了让自己的生活质量大打折扣外，还大大影响了心情。

儿子参加水球队已经两年了，年轻教练的那一句"准时就是迟到"的话，改变了我。现在，无论在工作上还是生活中，我每天尽可能"提早出门"。如此轻轻松松上路，纵使碰到堵车，也能从从容容应付。

人所不能者，即是限制，即是残疾

文 / 佚 名

这句颇具哲学气质的格言，是已故作家史铁生在那本著名的《病隙碎笔》中所撰。

关于残疾，世人大多在病痛的日常概念里打转，视之为人间至苦。即使在许多智者那里，也往往取向两极。一种是仇恨它，失明后的博尔赫斯在日记中写尽屈辱："我是它的老护士，它逼着我为它洗脚！"硬汉海明威在病痛晚期，干脆扣响了扳机。另一种则试图将它踏在脚下，失聪多年的贝多芬宣称"我要扼住命运的咽喉"，奥斯特洛夫斯基则借保尔之口说出，"医治一切病痛最好最宝贵的药品，就是劳动"，由此占领道德的高地。

"残疾无非是一种局限。你们想看而不能看。我呢，想走却不能走。那么健全人呢，他们想飞但不能飞。这是一个比喻，就是说健全人也有局限，这些局限也送给他们困苦和磨难。"

常人忌讳提及缺陷，史铁生毫不避短，甚至热情表白，"假若真能有来世，刘易斯的脚是我的梦"，并托人把自己的文集带给他，以至于刘易斯一到中国就急着见他。二人会面时，史铁生对刘易斯说："你送给我的鞋我没法穿啊。"刘易斯立即说："你给我的文集我也看不懂啊。"

那天，媒体报道的标题很耐读："史铁生穿不了的鞋，刘易斯看不懂的书"。或许这正是铁生要表达的：如果残疾意味着不完美、困难和障碍的话，我们每个人都是残疾人。

老教授的悲哀

文／粟庆雄

在深山中，有个老教授带着四个儿子，安静地过着与世无争的生活。当年，这个老教授刚考取博士班时，就喜获麟儿。因为觉得"书中自有黄金屋，书中自有千钟粟"，毕业后就可大富大贵，所以就把长子命名为"钞票"，以示自己的期望。在博士班读了一两年后，他才发现满不是那回事，光靠文凭是骗不了人的，真正重要的是，要有真才实学，才能出人头地。正在此时，第二个儿子又诞生了，就取名"学问"，以示对自己的鼓励。博士班岂是容易念的？必然要经历所谓的"十年寒窗无人问"嘛！所以到老三呱呱坠地时，做父亲的虽已年过"而立"，还在背书包、上学校，好像小学生一般，而毕业仍遥遥无期。伤心之余，就叫老三为"年纪"，以示老大徒伤悲之意。到老幺出生时，父亲已经得到博士学位，并在一家大学堂里教书。为人师表后，这才发现，大学堂的教授，哪一个是在"传道、授业、解惑"？上课时，只是废话连篇，胡说八道而已，学生哪一个在认真地听？因而老四就被取名为"废话"，以表示感慨与失望。当这四个儿子长大以后，他们懒惰的程度却与年龄成正比，愈大的愈懒，愈小的愈勤快。

有一天，老教授交给每个儿子一个箩筐，命他们上山去捡柴，以供烧饭取暖，天黑前回家吃饭。儿子们纷纷离家，老大疏懒成性，立即找了个清静的地方，倒头就睡，天黑方醒，空着箩筐奔回家来。老二出门就找人下棋，直到天黑肚子饿了，才在回家的路上，顺便捡了几根木柴交差。老三虽是找朋友喝酒去了，但酒醒时天尚未全黑，倒也努力地捡了一些柴枝。只有老四，从开始就勤勤恳恳，所以满载而归。

到天黑时，四兄弟都回来吃晚饭。老教授在开饭前，先检查了各人的箩筐，不禁仰天长叹道："天哪！钞票一点也没有，学问只有那么一丁点，年纪倒是有了一大把，废话却有整整的一箩。"老教授看在眼里，痛在心里，免不了伤心地干嚎了几声。山脚下的众猎户闻声，磨刀霍霍地说："怎么？山中又出了一只会叫的野兽？！"

奇妙的喇叭声

文／[日] 星新一

一天傍晚，有位客人来到了博士家，他问："最近，您上哪儿去了？"博士答道："去探险啦！一路上，翻越了许多山林，真是一次非常愉快的旅行！"

"你们的旅行队规模一定很大吧？""不，就我跟向导两个人。"

听博士这么一说，客人脸上露出了惊奇的神色，"这不可能，在途中，遇到可怕的动物怎么办？"

"沿途倒是遇到过许多野兽，不过，把它们赶走不就行了吗？"

"要赶走野兽得好多枪支弹药，光搬运这些东西，两个人也对付不了呀！"

"不，我没用什么枪。"博士站起身来，从隔壁房间里拿出个细长的东西给他看，"我只带了这个，我自己发明的喇叭。"

客人仔细瞧了瞧，它比一般的喇叭要复杂得多。它的顶头上装有小型的电灯，侧面还带有许许多多类似电气零件的东西。

"这个玩意儿能起什么作用？"

"我读过一个唤鸟笛的故事，得到很大启发，就制作了这个与其相反的东西。我把它叫作驱物笛，它对一切动物有效。装在这儿的透镜能辨别对方，会自动发出使对方感到最恐惧的声音。也就是说，把这个喇叭朝对方一吹，对方就会立刻逃走。点上电灯，即使在夜间也能使用。"

"听你这么说，它真可以不用杀伤动物就能使人平安无事！不过，我倒要看看它的效果如何？"

这时，正好一只猫在庭前姗姗而行。博士朝它吹了一下喇叭，喇叭里发出了一种似狗狂吠的声音，那只猫赶紧逃走了。

"真奇妙，这样看来，您这次旅行一定平安无事啦。""是啊。不过，有天夜里，我被一种莫名其妙的声响弄醒了，睁眼一看，啊呀！有个小偷进房间了。当时，叫喊又危险，打电话又挨不着，我真急死了。"

"后来呢？""我灵机一动，朝着小偷吹了一下喇叭，他就慌慌张张地逃走了。"

"喇叭里发出的是什么声音？""巡逻车的警笛声。"

客人赞叹不已："嘿，它的用处还真大呀！你能否朝我吹一下，我觉得不会惊恐。"

"不能那样乱用啊。"博士摇摇头，把喇叭收起来，朝隔壁房间走去。客人正等博士出来，忽然，他听到了时钟鸣 10 点的声音。他站起身对着隔壁喊道："哎呀，已经 10 点了！好像我的表出毛病啦。告辞了！"说完就走了。

博士目送客人远去，笑着道："看来他倒是没察觉出那钟声是从喇叭里发出的……"

不是一个纯粹的人

文／殷 茹

审讯室里，警察正在审问犯人。

这个包是不是你抢的？

是的。

包里的钱呢？

送人了。

送给谁了？

我在路口抢一女子，她身上只有 8 块钱，我嫌少，她说都被老板克扣了，想回家，没有路费，已经在路口站一整天，没有车愿意载她。我看她可怜，就让她等着，我又抢了 50 元送给了她。

有个老乞丐说，你还抢了他一块钱，这事是真的吗？

那不算抢，是借。

说说怎么回事？

因为我太饿了，就向他借一块钱，想买两个烧饼吃。我告诉他我说话算话，既然是借，就一定会还的，他还磨叽，我就从他手里夺了一块钱。走不远，遇到一瞎子，见他比我还可怜，就给了他 5 毛，剩下的 5 毛我买了两个包子。

我们的民警追你时，据说你已经跑了，可后来为什么又回来了？

嘿嘿，那警察没我跑得快，当时天色已经暗了，他只顾追我，没留意身边的车辆。我听到响声时，看到他已经倒在地上，撞他的车跑了，我就回来了，我是当时唯一的目击证人，我知道车牌号，只想回来给他作个证。

警察站起来，在屋子里踱步，转了几圈，猛地一拍桌子：你这个人，怎么这么不纯粹呢？！

人无癖没有戏

文 / 灰 常

明朝有个叫张岱的人说"人无癖不可与交"。有好事者把希特勒、罗斯福、丘吉尔做了对比，希特勒没有不良嗜好，而罗斯福和丘吉尔年轻时都有不良记录且抽烟酗酒，用以说明张岱的理论是成立的。

这句话放在美剧里就是"人无癖没有戏"。据说在确定角色时，导演要给每个人物设计一些奇怪的动作或者爱好，以强化人物性格。我们可以回顾一下《越狱》里的 T-bag、《生活大爆炸》里的谢耳朵、《破产姐妹》里的 Max，都有加分动作。没看过这些美剧的朋友，可以自行脑补一下国产剧《乡村爱情故事》里的刘能和赵四的特征。

在美剧里，有些人物的怪癖是有规律可循的。

如，黑客都爱吃棒棒糖。在我看过的美剧中，印象中除了《疑犯追踪》里的黑客，几乎所有黑客都离不开棒棒糖，经常可见在这些电脑达人盯着电脑屏幕噼里啪啦打键盘时，嘴角露出一根细细的白棍。我可以理解，这大概是想要耍帅，像《上海滩》中的许文强那样，抑或借助这个道具将智慧与幼稚结合起来，以得出一个"宅"的人物特征。

又如，大佬都爱做饭。《越狱》中的女强人好像都露过一手刀功，那个女副总统的出场就是在一个大房子里剁菜。《疑犯追踪》里的俄罗斯黑帮老大擅长煲汤，《迷失》第六季里敲诈 Sayid 的哥哥、把 Jin 抓起来的那个黑帮头目也是热爱厨艺的。为什么要这样设置人物特征？我猜，或许是因为暴力、阴谋与富有温情的料理可以混成一杯对比强烈的鸡尾酒，令人难忘又心里没底。当然，也幸好他们不做中餐，否则一通煎炒烹炸下来，再有范儿也难免一身的油烟味。

再如，超能儿童爱画画。在美剧中超能的儿童很多，但能力最强的小孩一般难以与人类直接交流，所以他们只能通过绘画来传达信息。比较典型的是《触摸未来》和《天赐凯尔》，凯尔的绘画技巧相对奇特一些，他是用笔在纸上戳，就像针式打印机似的戳出一幅素描。这需要有相当的耐力，我曾试过这种绘画技巧，结果戳出一个二维码后就没耐心继续下去了。

在美剧中，有没有没怪癖的人呢？有！如果出现一位衣冠楚楚、举止得当、就像三好学生似的人物，那么基本可以判断此人不是反派，就是即将成为反派。在魔幻剧或漫画改编剧中，这种人物一抓一大把，像《绿箭侠》里主角好友汤米的父亲梅林、《东区女巫》里深情的哥哥 Dash 也是眼看要黑化的节奏。

所以，观众朋友们，对身边那些有点古怪有点冲动的人们多一些理解和支持吧。就算他们有点不良嗜好，只要没对别人的生活构成干扰，就请对他们宽容一些，因为他们也是推动社会进步的正能量。

胡说八道

文／连 岳

有个小孩据说生下来就没说过话，天长日久，父母以为他天生是哑巴，也就认了命——如果是个迷信的人，就会反省自己或自己的祖先干过什么缺德的事。不过在一个崇尚科学的新世界里，人们早已从因果报应的诅咒里释放出来了——说回这个小孩，有天吃饭，他忽然说："汤太咸了！"

父母当然既喜且惊，末了还有点疑惑，于是问他："为什么生了这长久才说第一句话？"

孩子说："在此之前，一切正常。"也就是说，并不需要用到语言。

这不能只当笑话来看。

我们若能只说正确的话，那么就不需要我们说话。"汤太咸了"也是一句相对正确的话，咸淡口味各人不同，也许妈妈尝了觉得一点不咸。所以汤尝起来咸了一点，也属于世界的正常现象，按这个酷小孩的逻辑，这句话也不必说。

我当然不会跟笑话较劲，即使没有幽默感，别人笑的时候我也会假装听懂了笑话。

这个笑话揭示的是自由言说的前提：那就是不必要求你一定说正确的话。美国甚至有专家说，言论自由的一个重要特征就是有种种胡说八道，只能让人说正确的话，那世界上就一句话也没有，或者只有疯子。

哥白尼、伽利略否认地心说，达尔文宣扬进化论，开始都是惊世骇俗的胡说八道，有些人还因此被烤熟了，所以胡说八道一直不属于有价值的东西，把自己说死也因此成为人类社会里经常出现的事件。

哥白尼、伽利略与达尔文几位终得昭雪的胡说八道者却让人有了这样的假设：胡说八道可以，除非你以后能证明自己正确。这个难度很大，大家天天胡说八道，像前面这样的人物能出几个？绝大多数人是正宗的、地道的胡说八道，永远不可能变得正确——据我观察，我所处的社会认知水准正处于这个阶段。你是个批评家的话，一定得是个圣人，说错一句话都不行，更不用说纯粹的胡说八道了。

我希望社会能前进一步，给纯粹的胡说八道以正面意义，批评也罢，发现也罢，许多有价值的东西，起点都在捕风捉影。用法国社会学家迪尔凯姆的话来说，社会学的研究，只有且只能从感觉开始，慢慢校正。

丹麦哲学家克尔凯郭尔写过一个故事，一个疯子从疯人院逃了出来，他想：只要我坚持说正确的话，别人就不知道我是疯子。在现代地理学背景下，"地球是圆的"这个判断绝对正确，于是他见到每一个人都说："地球是圆的！"而这个举动恰恰证明了他的疯癫。

我每天碰到许多人，他们都跟我说："地球是圆的！"于是我每天都祈祷许多次：让人们胡说八道吧，不然他们都像疯子一样只会说正确的废话。

宠　物

文/[德] 维·罗曼　译/黎宇

这一天，热带水果进口商赫尔曼·亨泽尔跟往常一样，到他的恒温仓库去巡视。突然，他大吃一惊，香蕉之间有一条蛇。他断定这是南美洲毒性最强的蛇类之一，他在动物园里见过这种蛇的标本。

这时，他心中萌动过的一个念头再次冒了出来。

亨泽尔的公司是全国最大的贸易公司之一。不过，公司投资的钱属于他的妻子埃尔娜。因此，他觉得自己被判了无期徒刑，在这个被称作家庭的牢房里赎自己的罪。

妻子有个癖好，养各种各样的蛇。因此，亨泽尔想送给她一条蛇。这着实是件漂亮的礼物，谁也不会怀疑是他预谋杀死自己的妻子。

"亲爱的，我给你带来了一件你肯定特别喜欢的东西。"他脸上的笑容足以使一切有才华的演员都生出忌妒，"一条小蛇，它温和、驯良，一旦你跟它交上朋友，它就会像一条忠实的狗一样保护你。"

"谢谢你，亲爱的，让我们来看看这位朋友吧。"

"不，埃尔娜，暂时别打开盖子。"亨泽尔吓了一跳，"先得让它渐渐习惯你。突然见到陌生人，它会发怒。你再等等吧，我得出去一趟。"

亨泽尔直奔他常常光顾的那个小酒馆。

"一个再好不过的不在现场的安排。"他想。喝了几杯酒后，已经过了两个小时，时间足够让那条蛇完成他的心愿了。

他付过账，开车回家。走进房间时，他惊呆了。埃尔娜正在鱼缸前面给观赏鱼喂食，那个装毒蛇的盒子已经揭开了。

"赫尔曼，那个小东西真可爱。"埃尔娜说，脸上洋溢着幸福的微笑。

他绝望地往沙发上一坐。

"当心！"妻子叫道，"你坐着那条小蛇了。"

可是，已经晚了。受到惊吓的小蛇本能地在亨泽尔的腿上咬了一口，立刻沁出一滴血。

"我完了。"亨泽尔浑身痉挛，一头歪倒在沙发上。

伯格医生仔细地检查死者的尸体。

"蛇有毒吗？"埃尔娜问。

医生看着她说："没有，这是一种完全没有毒的蛇。可是由于它身上的花纹，人们常常把它同另一种毒蛇混为一谈，您的丈夫是因为心脏病突发而死的。"

九 诚

文/小宝

我喜欢读历史上的各种骗局。最精彩的，当然是骗子之王维克多·拉斯体格的故事。

拉斯体格生于 1890 年，死于 1947 年。他是捷克人，混迹于美国和欧洲。他穿着考究，有"催眠般的魅力"，会 5 国语言，用过 22 个假名。他什么人都敢骗，什么钱都敢拿，什么局都敢设。

他骗过美国最有名的黑帮大佬阿尔·卡彭，他告诉卡彭，他有大生意需要投资，卡彭给了他 5 万美金（至少相当于现在的 500 万）。他把 5 万块钱锁进保险箱，两个月后，带着这些钱又找到卡彭，平静地说：我生意失败了，但我不能坑朋友，你的钱我一分不少还给你。卡彭大受感动，抽了 1000 块钱给他——他算好就骗这 1000 块钱。

1925 年，他在巴黎顶级的克里雍大酒店以政府邮电部次长的身份宴请 5 位钢材商人。他淡淡地说，政府决定把埃菲尔铁塔拆了，7000 吨钢材卖给你们，你们分别报个价。文化界对这个世博会建筑很有意见，大仲马说，这个建筑令人作呕。莫泊桑说，我们不拆了这个瘦骨嶙峋的金字塔，无颜面对后人。政府一来没钱维护，二来从善如流，你们好自为之吧。宴罢，他又对踊跃报价的商人索贿——扫清了他们最后的一点怀疑，他笑纳贿赂后立刻离开法国。上当的商人后来都不敢报案，这是他一生中最有名的骗局。

1936 年，拉斯体格因欺诈罪被美国联邦政府投入大狱，最终病死狱中。临死前，他给骗子同行留下遗言，一共九条。

一、永远耐心地倾听对方诉说；二、永远生气勃勃；三、让对方先表明政治倾向，然后附和；四、让对方先表明宗教立场，然后附和；五、不要谈论任何疾病，除非对方特别关注；六、不要打听对方的私人情况（最终他自己会说）；七、永远不要自吹自擂，自然明确地显示你的分量；八、永远衣冠整洁；九、永远不要喝醉。

这不仅仅是给骗子的应对箴言。所有积极社交人士、商业谈判人士、对新媒体跃跃欲试者、企图攀龙附凤的人士，这是前辈的度人金

针。其实，社交、谈判、攀龙附凤等等，离大大小小骗局的距离并不
遥远。

猫 疾

文／简书

我有病。

我去医院，医生给我开诊断书，上面写着"猫疾"。

我虚心地问："怎么就叫猫疾呢，没听过啊。"

医生严厉地看着我，眼睛在镜片后面闪光："这是最近的流行病，你
们这些年轻人就是不关注正经新闻！"

我点头哈腰地说："是，是，那医生，这是怎么样的临床症状呢？"

医生问我："你看你是不是特别喜欢猫，你微博的头像是不是也
是猫？"

不错。

"你是不是越来越觉得跟猫比起来，狗什么的就特别的蠢？"

有一点。

"你是不是光看猫的图片，就能消磨一个晚上？还总喜欢转发给别
人看？"

哎，可不是嘛。

"最关键的一点，你是不是根本不养猫？"

对，对。

医生取下眼镜，叹了口气："你看你这是叶公好猫，是病，要治，现在这种人越来越多了。"

我点头，诚恳地说："医生说得对。我回去努力克服，不喜欢猫了！"

医生一瞪眼睛："你说什么呢，这样强迫自己能治好吗？你要去养只真猫，让它好吃好喝，你也就自然能够客观了解猫了，你说对不对？"

我心悦诚服："太有道理了。"

医生微微一笑说："你等会儿，我给你个治疗手册，上面有些新手养猫事项。"

他转过身去，从白大褂下面翘出来的尾巴一颤一颤的。

我也面带笑容。

我真是喜欢猫。

我有病。

分　享

文／孙道荣

一个三四岁的孩子，手上拿着一把糖果。

奶奶慈眉善目地对孩子说，乖，奶奶最喜欢你了，给奶奶吃颗糖，好不好？

孩子歪着脑袋想了想，然后，挑出一颗，递给奶奶。奶奶佯装剥开糖果，递到嘴边：那奶奶真吃了啊？孩子郑重地点点头。奶奶笑着把糖果还给了孩子，奶奶表扬了孩子，孩子笑得很灿烂。

几天之后，孩子又有了一把糖果，外公笑着对孩子说，可以分给外公一颗吗？

孩子看看外公，迟疑了一下，拿出一颗糖果，给了外公。外公一把将孩子抱了起来：外公没白疼你，外公逗你玩呢。外公把糖果还给了孩子，并在孩子的额上狠狠地亲了一口。

那天，爸爸领着孩子到办公室玩，同事们都凑过来逗他。有人看见了孩子兜里有一把糖果，就故意问孩子，你可以将糖果分给我们吃吗？

孩子看看众人，然后看看站在一边的爸爸，爸爸笑着点点头。孩子犹豫了一下，最后，似乎下了很大的决心，咬着嘴唇，也点点头。

同事给每人分了一颗糖，孩子咽了口唾液，小脸涨得通红。

几个同事将糖果还给了孩子，大家都夸孩子，这孩子真懂事，真大方，这么小，就学会了与人分享。爸爸得意地对同事说，这孩子从小就大方。

那天，妈妈带着孩子在小区里玩，碰到一个朋友，也带着个小孩。妈妈对孩子说，宝宝，把你口袋里的糖果拿出来，给小妹妹几颗，好吗？

孩子掏了掏口袋，只剩下最后两颗糖了。孩子将两颗糖都掏出来，毫不犹豫地都给了她。

妈妈开心地夸奖孩子，妈妈的朋友也连声夸赞。

小女孩接过糖果，说了声谢谢，然后，拿起一颗糖果，剥开糖纸，递到口中。

哇——孩子大哭起来，扑向小女孩，去抢她手中的糖果。

妈妈惊愕地看着孩子，宝宝，你怎么啦？

她吃了我的糖果，她真的吃了，呜，呜呜——孩子声嘶力竭地哭喊着。

妈妈赤红了脸，你不是答应给小妹妹了吗？

我是答应给她的，可她真的吃掉了，她为什么不还给我？

妈妈一脸尴尬。

从那次以后，孩子再也不肯把自己的东西分给别人了。

这是为什么呢？孩子的奶奶、外公、爸爸和妈妈，无奈地摇着头。直到孩子长大成人，他们也没搞明白，他们经常挂在嘴边的一句话是，这孩子，小的时候，很大方，很懂事的啊，什么东西都肯与人分享的，他怎么就变了呢？

收回你生命的自主权

文/（台湾）张德芬

一次演讲中，一位听众问道："父母很喜欢干涉我的爱情和生活，该怎么办？"生活中这样的现象很普遍。那为什么父母很喜欢干涉你的爱情？这类父母的心理问题在于，他们在透过你活出他们自己的生命。父母这样做当然不对，因为他们虽然把你带到这个世界上来，却没有尊重你是一个独立的生命个体。

当然，这样的父母也不是只干涉你的爱情，从小到大他们对你应该都是管头管脚、指手画脚的，什么事都要听命于他们。你从小被剥夺了自主权，没有划清自己的界限，所以让父母一再地越权来侵犯你。当你还是孩子时，你无能为力。现在你是成人了，必须学会建立自己内在的力量，收回生命的主控权，否则，你在工作上会不断碰到压榨你的老板、剥削你的同事，朋友也会利用你、不尊重你。

当然，你的配偶一定会和你的父母一样不尊重你，想要主宰你的生命和生活方式。我曾写过一篇文章《温柔的坚持和脆弱的要求》，讲的是我们要学会如何温柔而坚定地和父母或爱人说"不"！刚开始的时候，你会感觉到恐惧，因为你面对父母时，小时候那种依赖父母生存的恐惧心理会浮现，觉得忤逆父母就会性命不保，这是幻觉，你不要被它吓到。接下来，你会感到愧疚，因为你的父母会不习惯百依百顺的你突然有了自己的意见，他们会用威胁、哭闹，甚至生病等方式来夺回他们的操控权。

这个时候你必须坚定但又充满爱地告诉他们："妈妈爸爸，我已经长大了，你们必须尊重我的生活方式，不可以这样干涉我的感情生活。"

如果你能学会面对自己的愧疚和恐惧，不去逃避、转移或否认，就能逐渐收回你生命的自主权，自然就有更多的内在力量。

命运的平衡法则

文／苏芩

有两个人：一个富贵体弱，一个贫穷强壮。

两人彼此互相羡慕。富人羡慕穷人的健康，穷人羡慕富人的财富。甚至，富人愿拿全部财富去换取穷人的健康，穷人愿拿身体的健康去换取富人的财富。

他们的心愿，被一个神奇的医生知晓了。

医生用交换人脑的方法帮他们实现了愿望：富人从此一贫如洗，拥有了健康，穷人从此富甲一方，变得体弱多病。

从那之后，两个人过上了他们渴望的生活。

变成了穷汉的富人，由于拥有了健康，并有强烈的成功欲，慢慢的，财富又重新积累起来，他又再度变得有钱。与此同时，他格外忧心自己的健康状况，身体稍有不适便胡思乱想，担心自己得了不可救治的疾病。巨大的精神压力之下，原本健康的身体慢慢又出现了病症，又过上了之前那种有钱多病的生活。

至于那位变成了富翁的穷人，坐拥巨额财富后，同时又发愁于自己的体弱多病，很担心这辈子会花不完这些财富。想想这些家财可是自己牺牲了健康换来的，若是生前不好好享受，一旦离世就太亏了！于是他开始大把花钱，想尽一切办法让自己过得舒服，不久后，财产便被他挥霍殆尽。由于这段时间他无忧无虑地生活，好心态也带来了好体魄，慢慢的，身体强壮了起来，又过上了之前那种穷且健康的生活。

这就是两个人的结局：虽然经历了种种，最终还是回到了自己最初的样子。

也许你会认为世界不公平。

有的人富足，有的人贫寒；有的人健康，有的人病弱；有的人可以梦想成真，有的人却只能抱憾终生。

这些不公平的背后，一定总有些公平的地方存在：因我们看到的，永远只是真相的一部分。那部分你没有重视的真相，恰恰是弥补"公正天平"的另一只砝码。

你之所以认为"不公平"，也只是因为人为地给形形色色的人贴上了"标签"，拿他们特有的资质去比较自己的非特质。

见识了林林总总，会发现一则规律：世界，总在以一种独特的方式来维持它的平衡。

也许，你拥有的不见得是你想要的，但在别人的眼里，它确实是难得的财富。

这就是命运的平衡法则：它不为取悦你而存在，但它给你的一切，若你不善用，它也不会为你负责。

IX

去 体 验
一个更大的世界

虽然说爬山爬得像个傻瓜一样，虽然说爬上去了被高原反应真的弄成了傻瓜，但是爬着爬着大雾一下子像幕布一样散开，蓝天突然盖过来，你就傻傻地站在那里看着云海和雪山自己跳出来横在面前，那种感觉还是很不一样的。

……

所以要去加倍努力啊。不是为了去换取成功，不是为了去超越别人，是想去体验一个更大的世界。

天文学家眼里的世界

文／海盗河马

如果我们把宇宙按比例缩小，把整个太阳系都收缩到手掌里，那么，相对而言，离我们太阳系最近的那颗恒星比邻星在哪里呢？按比例来讲，它位于我此时站的地方 300 米之外的一座公园内。也就是说，从我手掌到那座公园的一个点，除了一些电磁辐射、引力波，它们之间真的没有别的恒星了。

银河系的密度怎么样呢？你在整个欧洲的范围里只扔两只苍蝇，苍蝇在欧洲的密度也比银河系里恒星的密度大得多得多。

这样看来，天文学家有着超乎寻常的视角。我总觉得，视角的不同，是超越知识和智慧的更重要的才智。如果说天文学家有什么不同的话，最本质的不是数字有多少个零，也不是时间有多么漫长久远，而是天文学家习惯了用一些在生活中特别不常见的视角。这些视角，让平坦的大地变成小圆球，让遥远的月亮近在咫尺，让我们一刻也离不开的太阳变得微不足道，让光滑的表面显示出斑斑点点，让致密变得辽阔空寂，让宇宙变得性感撩人……

天文学家的视角和其他人也有相同之处。

无论我们学了多少年恒星的演化理论，我们还是在告别夕阳的时候充满敬意，因为这一天是我们自己创造的；

无论我们能模拟多么精确的太阳系的未来，我们还是会梦想着那奇妙的旅程就在不久的将来，因为未来是今天的梦想决定的；

无论我们了解多少大分子的结构和生命起源的奥妙，我们看到一朵鲜花盛开、一个婴儿落地，我们还是禁不住感慨万千，因为我们有着摆脱不掉的人性；

无论我们的故事、文化、创造、情感在宇宙面前多么渺小，我们依然觉得，一个生命看待另一个生命，满眼都是奇迹的光芒。

我喜欢你的思路

文／姚瑶

人们常说，性格决定命运，思路决定出路。

深刻体会到这句话，是在某个演唱会上，一哥们儿在粉丝互动环节激动地往台上蹿，在旁人羡煞的眼光中与明星近距离接触。他拿着话筒对偶像说道："我上来是为了我的女朋友，她是你最忠实的粉丝。从你出道到现在，每一张唱片，每一场演唱会，她从不错过。今天终于等到了这个机会！您能和我的女朋友合影吗？"明星十分感动，愉快地答应了。

然后这哥们儿兴奋地对着台下喊道："好了，那么现在谁愿意当我女朋友？"虽然有着莫大的搞笑嫌疑，但是机智的少年哟，我喜欢你的思路。

小区对面有个小店，每天滚动播出的广告就是："老板娘跑了，老板无心经营，清场大处理。"持续一个月以后就换为："老板娘回来了，老板庆祝、打折大酬宾。"下一个月是："老板娘又跑了……"将"老板娘"作为卖点，营销手段一下就甩开了周围几家差不多的箱包皮鞋店儿条街。

人有时候需要一点破局的勇气和精神。前几天看新闻，说淮安市某医院的所有护士一改以往白大褂形象，以空姐制服取而代之。有人会说，医院是救死扶伤的地方，整这些虚的有用吗？怎么会没用呢，穿着护士服的天使姐姐打针的时候，总会让人犯怵不是，这下可好了，空姐制服登场，大家心理阴影不见了，欢乐自然多，这也是提高服务软实力嘛。

再看教育，前有新东方教师热舞教英语，后有校长吻猪立信，无论是教学还是德育，方式越来越新奇，学生笑过之后还能有所深思。这样的做法，或许并不适合大规模推广，但，这并不妨碍我喜欢你的思路。

等待最佳击球方格

文／秦　湖

沃伦·巴菲特是全球著名的投资大师，他的投资业绩有目共睹，无人能及。每一年，巴菲特都要给伯克希尔的股东写一封信。在这一封封貌似平常的信中，就透露了巴菲特的投资秘籍。

在《巴菲特致股东的信》中，巴菲特打了一个有趣的比方："在进行投资时，我向来认为，当你看到某样你真正喜欢的东西时，你必须依照纪律去行动，这就像看泰德·威廉姆斯打棒球一样。"

泰德·威廉姆斯是美国棒球史上最伟大的击球手之一，在《击球的科学》一书中，威廉姆斯阐述了他的击球技巧：将击球区划分成77块小格子，每块格子只有棒球那么大。只有当球落在最佳方格里时，他才会挥棒击球，因为只有这样，才能击出安打；而当球落在最差方格里时（即击球区的外部低位角落），挥棒击球的成绩就会很糟糕。

巴菲特一直对威廉姆斯敬佩有加，他经常把投资比喻成击球：要想取得高于平均水平的业绩，必须等待，直到企业进入"最佳击球方格"里才挥棒。如果投资者经常对"坏球"挥棒，那么他们的业绩就会因此受到影响；很多时候，并非人们认识不到"好球"的来临，而是他们总是控制不住自己而频繁"挥棒"。

原来，纪律、耐心和等待，就是巴菲特投资成功的重要法宝。的确，生命的过程就是一个等待的过程，要想成功，就必须有一份耐心和淡然的心境，也只有那些懂得严格遵守纪律、学会耐心等待的人，才能最终收获到人生成功的果实。

去体验一个更大的世界

文/程 嵩

在成都这个悠闲的城市读了好几年书，那时候只要一出太阳，学校的草坪和茶馆马上就会被潮水一样的成都人民占领。整个下午他们就坐在太阳下面，聊天喝茶打麻将。我觉得这样真是太爽了，为什么我要这么努力呢？

那时住的地方楼下有一家苍蝇馆子，做的宜宾燃面很好吃。我觉得我就这么吃一辈子便宜的川菜肯定也会活得很舒服，为什么我还要这么努力呢？

大二的时候骑自行车出去转山，30多公里的大上坡，海拔2300米到4500米，零下好几度。不巧早上出发又起大雾，能见度不到20米，衣服不晓得是被汗水还是露水弄得一直滴水。出发前我曾豪情壮志地说："这次要征服××山了啊！"出发后变成了："啊，我要回去晒太阳！""呜，我要回去吃燃面、冒菜、蹄花汤、回锅肉、钵钵鸡啊！"

我清醒地意识到：只要放弃努力，生活会立即过得比努力时要滋润得多，那么，为什么还要这么努力？

因为有时候会想："一辈子满足于一个吃回锅肉的地方，那肉夹馍怎么办？那锅包肉怎么办？"

是的，我会想这世界还有很多地方没去过，很多美食没吃过，很多人还没有遇到，很多知识还没有掌握，很多事情还没有想明白。一想到这些，内心就躁动不安，就坐不住。

虽然说爬山爬得像个傻瓜一样，虽然说爬上去了被高原反应真的弄成了傻瓜，但是爬着爬着大雾一下子像幕布一样散开，蓝天突然盖过来，你就傻傻地站在那里看着云海和雪山自己跳出来横在面前，那种感觉还是很不一样的。

高中课本里有王安石的一段话："世之奇伟、瑰怪、非常之观，常在于险远，而人之所罕至焉，故非有志者不能至也。"

所以要去加倍努力啊。

不是为了去换取成功，不是为了去超越别人，是想去体验一个更大的世界。

拥有梦想的人只做证明题

文／和菜头

是安于现在的生活并且学着享受庸常，还是甘冒下坠的风险振翅飞往远方？这是我最近经常看到的问题。说实话，我觉得非常惊奇，竟然有那么多人，觉得现实在一点点埋葬自己的梦想，同时又没有足够的勇气跨出一步。

成功学有一个词：选择成本。选择本身并没有对错，然而犹豫却会让一切慢慢成灰。传统智慧则一直流传着冰冷冷的劝诫：心比天高，命比纸薄。让人打消一切妄念，老老实实过日子。可是，可是远方就在那里，在太阳落下的山背后，在桅杆消失的地平线深处。有人的确远走高飞，而且并没有死无葬身之地。

我想，无论是过哪一种人生，都各有其理由，背后也有种种不得已，问题在于我们总是把生活当作手中的苹果，习惯以光鲜亮丽的一面示人，自己却面对着有虫洞的那面。所以，总的看来，别人手里的苹果总要更好些，却少有人去想别人可能面对着一条更肥壮的虫子。

应当明白，其实所有那些值得上报刊电视的例子全都是特例。在每一双翱翔云端的羽翼下，都有无数失败者。在保持目光向上的同时，应该了解大多数平均的铁律：绝大多数人都要过着庸常的生活。唯一的问题是不曾有人赞扬一个每天下班骑车买菜的丈夫，一个每夜给孩子讲睡前故事的母亲，一个愿意寸步不离、膝下承欢的儿子，一个在沙发上陪伴父母看韩剧削水果的女儿。

媒体赞扬成功者，开列财富榜单，把最多的时间和最大的荣耀给了最少的人。所有这些故事里永远不会问一个问题：你是谁？人人都会说，我要按照自己的心意生活。但是，你又能为你的意愿支付多少成本？

飞翔是一种能力，需要走一段人生路，你才能区分什么是"欲望"，什么是"梦想"。欲望会在清晨醒来后的沐浴中消散，在目睹摩天大厦、宝马香车时重新升起。而梦想却在你被击倒后，依然在前方照耀，让你咬牙含泪翻身爬起，继续追逐。

只有欲望会构成选择题，任何一个选项之下都有你的欲火熊熊燃烧，让人倍觉煎熬。如果认为自己胸怀梦想，那么就在心念一动时去做证明题，证明你愿意为此承担后果，证明你有这个能力把空想变成现实。

拥有梦想的人不做选择题，他们只做证明题。

管它呢

文/连 岳

"管它呢"，是三个让人生更美好的字眼。

我决定自己的事，如果旁人不开心，甚至硬要插一手，答案就是"管它呢"。他们生气？他们威胁不伸援手？他们打差评？由他们去吧。

一个人是一座城堡，得对抗入侵；一个人也是冒险家，必须抵达新大陆。战斗和远航，都需要成本。

大多数人不是富豪，至少在年轻时，并不宽裕，所以，"管它呢"许多人绝对说不出口，事事讨好，三人行，必有我主人，"管我吧"才成精神内核，只有他人高兴，我才有希望。

你一定碰到过那种满脸堆笑、刻意奉承的人，他是一个绝望的、懦弱的人，以为人生充满凶险，只能等着别人帮忙，谁都要哄开心。悲剧的是，反而谁也不在乎他，甚至厌恶他。一是由于他散发出的虚伪味道，没有那么多人值得赞美，也没有一个人的任何事都值得赞美，你一味赞美，必然在多数时候说假话；二是由于他自己贴的三个标签：弱者、弱者、弱者。

有一件事最能体现人性及世界的本质，可以帮助你坚强。想想银行是怎么放贷的：你身无分文，最需要钱，它一块钱也不会给你；你富可敌国，最不缺钱，它反而天天求着你贷款。他人就是银行，再有钱也跟你没有一毛钱关系。

不要指望他人，讨好别人的动机就是指望他人。要指望自己：你是一个强者，全世界不理解又如何？

很多父母害怕孩子"叛逆"，听话的孩子才是他们的最爱。其实不

"叛逆"才是大问题，你得替他做一辈子决定，这意味着他永远弱于上一代，也很难有人喜欢这种弱者。

人在年少时，有所谓的叛逆期，这是进化的暗示。在此时，你有勇气也有时间可供试错，最有资格说"管它呢"。管它呢，那些暮气沉沉的胆小鬼；管它呢，那些试图把手伸进我生活的人，真伸手，就打断！管它呢，我以后只想求自己，不想求别人。

善于利用时间的人，勤奋、积累，有了一技之长，有了更大声说话的本钱，"管它呢"三字真言将庇护一生。反之，有人运气差一点，又挥霍了时间成本，终于得靠别人脸色过活，"管它呢"就不太好意思再说了。

在该说"管它呢"的时期，是该说的，不然，人生的美好就此错过。

外行的专家

文／(台湾) 何飞鹏

一位同事想在天母买房子，请教我意见。因为我是天母通，从小住在天母，每条大街小巷无所不知，所以理所当然应该知道天母的房价。

其实我一无所知，对房价完全没有概念。我如实相告，但他回我："天母你熟，帮我问问看。"我问了几个邻居，他们其实也不了解，告诉我一些辗转听来的讯息，我也辗转告诉了同事。根据这些讯息，同事就在天母买了房子。

住久了之后，同事发觉房子买贵了，一坪贵了一两万元，当时天母房子一坪才十万元多一点。他没怪我，我却自责很深，因我提供了错误的讯息。我检讨是哪一个环节出了错？

结论是，我和邻居都是"外行的专家"，同事问错人了。我们打听来的讯息是中介提供的，而他们习惯把价格说高一些，这样房子好卖，外行的专家害人不浅。

我们都常陷入外行专家的陷阱。我们有问题喜欢问朋友，因朋友可靠可信，不会骗你。但朋友可能无知，如果外行朋友无知却又热心帮忙，那悲剧就发生了。

我们还会误入名人的陷阱。在一些座谈会上，读者经常会问各种各样的问题，有些并非那些来宾、名人的专长，可是他们也勉强回答，答案在我听来很牵强，但读者似乎很满意。太迷信名人，以为名人一定多知多才，那又是一场悲剧。

凡事都要专业，问专家、向专家学习，只是专家要再三确认，不要以为行业相关，就是该行业的专家，也不要以为地缘相关，就是该地的专家，更不要以为只要名人，什么都是专家。而朋友是最危险的专家，他们因为关心，而主动提供讯息、主动协助打听，我们也往往全然信赖，结果是问道于盲，成为外行专家的受害者。

改变你的标准

编译／尹玉生

"那时候，我还是个小学生，和同班的一个小男孩发生了激烈的争吵。我已经记不得争吵的原因和内容了，但我永远不会忘记因为那次争吵而学到的生动而有益的一课。

"那天，老师并没有当场评判我俩的对与错，而是让我俩来到教室的前面，让小男孩站在讲桌的里侧，让我站在讲桌的外侧。在讲桌中央，是一个很大的黑色球形物体。老师问小男孩球形物体是什么颜色，'白色！'小男孩毫不犹豫地回答道。真是难以置信，如此醒目的黑色，竟然被他说成了白色，我俩立即又开始了新一轮的激烈争吵。

"当我俩面红耳赤争论不休的时候，老师让我俩交换了一下位置，然后问我：'告诉我，这个球形物体是什么颜色？'我看了又看，最后不得不回答道：'白色！'原来，这是一个两面涂有不同颜色的球体。'那么，你们两个究竟谁对谁错呢？'我和小男孩同时低下了头。"

爱与人争论，不赢绝不罢休的乔在听完我的故事后，沉思了很久："看来，之所以会发生持久而强烈的争论，是因为争论的双方都认定自己是正确的。你是不是想告诉我，在争论的时候，要站在对方的立场，用对方的眼光看待问题，为对方考虑一下？"

"不仅如此，乔。很多人都把争论的标准定为我是不是正确，是不是有理，而没有把标准定为，这场争论有没有必要，有没有价值，这才是问题的关键。"

18个月后，乔成为一家世界性大公司的执行总裁，更重要的是，他在越来越多的人心目中，成为一个心胸开阔、能够容纳不同意见的极富效率与亲和力的领导者。他说："每当有可能和别人发生争执的时候，我都会深呼一口气，在开口争论之前问自己：'这场争论值得吗？对我、对他人有益吗？'而不再像以前那样，问自己：'我是正确的吗？我能赢得争论吗？'"

原谅便是复原样

文／刘诚龙

　　南北朝有位刘凝之，生活朴素，待人甚宽厚。有一回，他在村里闲逛，过来一位老乡，盯着他的鞋子看。老乡说：我好像觉得你穿的这双鞋子，是我的。刘凝之笑了笑：是吗？这样吧，鞋子我已经穿坏了，我家里有双新的，拿给你吧。这位老乡也不客气，跟着刘凝之去了他家，拿了一双鞋走了。没几天，老乡找到了自己的鞋子，实在不好意思，便亲自上门，把刘凝之那双鞋子"送还之"。刘凝之却坚决不要：您拿着吧，真不用还我。两人推三推四，最后刘凝之也没接受。

　　南北朝还有个沈麟士，当年他隐居故里，与邻里相处甚和美。有一日，他穿着一双厚底棉鞋，在村里散步，有位邻居盯着他的脚不放，对他说：您这双鞋子好像是我的。沈麟士笑了笑：是您的，您就拿回去吧。当下沈麟士脱了鞋子，打着赤脚回家了。原来那邻居的鞋子洗了，挂在围墙垛子上晒，掉到了草丛里。不久，这邻居修整草地，失而复得，心里满怀歉意，来找沈麟士还鞋，沈麟士"笑而受之"。

　　对这两则故事，苏轼评论道："此虽小事，然处世当如麟士，不当如凝之也。"在他看来，沈麟士比刘凝之为人更厚道。

　　人生磕磕碰碰，再好的朋友，都可能发生误会。造成误会的责任人来向你道歉，是真原谅，还是假原谅？是嘴原谅，还是心原谅？判断的标准有一个：是不是恢复原来模样。比如这双鞋子，误认误拿者，再来还，收了，就是恢复原样；若不收，还是原来的状态吗？刘凝之不收，或者是真有气，你还有气不曾消，情谊还会是原样吗？或者是真高尚，但你要显示你的高尚，是不是衬托了他人的低贱？沈麟士接了邻居那双还来的鞋子，是他尊重他人人格的表现：主观上不认为、客观上也不造成他人要白要他那双鞋子的印象。

人生若只如初见，等于没变故人心。两人间若曾有过事，若如了原样，那就可以认定朋友心没变。

吸纳与创造

文／余秋雨

我经常旅行在冒险的地区，一出去就是半年，这些地方多数都是枪声阵阵，哪知道世界信息，所以半年下来不知道文明世界发生了什么。终于有一次，我从芬兰赫尔辛基去北极点，凤凰卫视董事局主席刘先生亲自开车送我。我就跟他说，我已经半年不知道文明世界发生了什么，你能不能利用这个时间告诉我一下。刘先生说这太方便了，我就是研究这个的，后来他慢慢吞吞就开始讲了。很奇怪，他讲了十分钟，说秋雨老师，我讲完了。我说半年的事你就讲了十分钟？他说有些事情当它发生过后，连再讲一遍的兴趣都没有了，它既不好玩，也不精彩。

这个时候我坐在车上有一种庆幸感。我在文明世界的朋友，你们半年内在不重要的信息里面耗掉了绝大多数的时间，而我却在旅行过程当中写了很多书。你们每天在耗费的精力，99.999%和你的生命质量无关，过去就过去了。表面上是你占有了信息，对不起，实际上是它占有了你，是你输了，因为25岁的夏天再也不可能回来，而信息永远像海啸一样滔滔滚滚。你用你非常有限的生命来跟它拼，怎么拼得过？我不希望大家闭目塞听，但是我非常希望大家对于传播的信息不要过度地关注，因为这浪费了你们大好的生命。

我们有一部分人把自己的生命耗费在信息流当中，这个没有办法，因为时代在前进，但是这样的人数能否少一点？你要给自己做一个定位。你不是一个吸纳器，微观上你也是一个大创造者。你说这个文化人比我讲得好，你是没有讲，你努力一下可能比他讲得更精彩。确定自己是个创造者，创造者是不从众，要悟到你自己能做到的东西。

我劝大家摆脱信息的狂流，看看大好河山，看看蓝天和月亮。我们如果把人和自然对话、和内心对话的权利剥夺了，只是用眼看别人的信息，这样文化反而有可能中断。

为什么更多反而是更少

编译／朱刘华

我妹妹和妹夫购买了一套毛坯房。两个月来她的所有话题都离不开卫生间的地砖，陶瓷、花岗岩、大理石、金属和胶合板……可供选择的材质五花八门，我还从未见她这样痛苦过。"选择范围实在太大了。"说完，她双手抱头，又埋首于她随身携带的地砖花色目录中了。

我做过统计调查：我家附近的商店里有 48 种酸奶、134 种红葡萄酒、64 种清洁剂……总共 3 万多种物品，可供选择的种类之多前所未有。

选择多是进步的标尺，有所选择令人幸福。但这也有一个"度"，过多的选择会降低生活质量，专业术语称之为选择的悖论。

美国心理学家巴里·施瓦茨在他的《不满指南》一书里说明了为什么会这样。原因有三：

第一，选择范围太大会导致无所适从。为了做试验，一家超市第一天摆出了 24 种果酱，顾客可以随意品尝并打折购买这些产品。试验第二天，超市只摆出 6 种，结果第二天卖出的果酱要比第一天多 10 倍。使用不同的产品重复进行这一试验，结果始终一样。为什么？因为品种很多时，顾客无法做决定，于是干脆什么也不买。

第二，选择范围大，会导致做出更差的决定。你要是去问年轻人，他们选择生活伴侣的标准是什么，他们会列出所有令人尊敬的特性：智慧、善于沟通和交流、善良、善解人意、风趣和好身材。可在选择时他们果真考虑了这些标准吗？从前，在一座村庄里，年轻小伙子约有 20 个潜在的同龄女性可供选择，而今天，在网络约会的时代，他有数百万名潜在的女性伴侣可供选择。选择如此之多，男性的大脑干脆就将各种复杂情况浓缩成一个标准——好身材。

第三，选择范围大，会导致不满。你如何能够保证从 200 个选项中做出完美的选择？答案是：你不能。选择越多，你在选择后就越没有把握，因而也就越不满。

怎么办？请你在端详面前的选项之前，仔细考虑你想要什么。请你写下你的标准，并务必遵守它们。你要明白，要想做出完美的选择是非理性的，因为事情的发展永远有无数种可能性，你就满足于一个适合你的“好答案”吧。在生活伴侣这件事上也是如此，只有最好的才适合你吗？在存在无限选择的年代，情况恰恰相反：适合你的才是最好的。

“电话恐惧症”背后

文 / 李松蔚

“电话恐惧症”成为一种越来越普遍的现象，不少人一听见手机铃响就头皮发麻。是因为社交恐惧吗？不是，很多害怕打电话的人，并不怕写邮件、发短信，也不回避当面交流。

跟邮件、短信比，电话有更高的强制性。铃声一响，我们就要即刻回应。有害怕电话的人说，可我发短信即收即回时也没感到压力啊？但你至少知道自己有放下来的权利。选择权会让我们感到安全，我可以"选择"卷入到这个压力里，也可以"选择"暂时地逃避一下，这念头就算想一想，也能让人喘一口气。

在所有沟通方式中，电话是最高效率的。尤其是工作电话，拨号出去，不管对方正在干什么，立刻就要建立对话。

"现在，尽快，就这样，多谢，拜拜。"这让人压力暴增，因为停无可停，退无可退。这就是胁迫感：除了回应，别无选择。

你可能以为，老板让我去办公室聊聊，比起老板打电话给我会更具有胁迫感。事实上，面谈会比电话更温和。电话中的冷场特别尴尬，一旦没了声音，就彻底是空白。而面谈的情境中，我们不说话时，可以喝喝茶，可以假装思考或是望着对方苦笑，这些互动可以填补没有声音的尴尬。

恐惧电话的背后，恐惧的是那种生硬的、催促的、有胁迫感的互动。我们主动给别人打电话，也像主动去侵犯别人的生活一样，会有潜在的焦虑感，尤其是对领导或长辈等地位更高的人。对这种焦虑，我们最常见的表达是："这时候打电话不太好吧？"——早上起床，太早；工作时间，人家万一在开会呢？晚上，太晚了可能休息了；周末，大周末的就别打扰人家啦……所以一般情况下，不是太着急的事情，我们都会先发短信：方便接电话吗？这就把选择权送给了对方。

电话铃声之所以让人紧张，是因为我们会被胁迫卷入一段人际关系，而这段关系是冰冷而缺乏弹性的。电话铃声变成了导火索，我们的生活变成地雷阵。同理，我们也抗拒打出电话，去胁迫别人卷入和我们这样的关系中。——当意识到这一点的时候，富有弹性的人际沟通就显得尤其重要。

日常的一条短信、邮件的一声祝福、QQ上的几句打趣，都不再是无足轻重的"碎片化社交"，它们常常让我们松一口气，体会到人与人之间并不只有冷冰冰的任务和安排。如果有条件，我们最好能找到重要的人，时常面对面交流分享：聊聊天，泡泡茶，谈谈理想和人生。人与人的妙趣，光凭三言两语的电话怎么足以领略？就算是打电话，也可以试着煲一碗水米交融的电话粥嘛。

身体的回响

文/吴伯凡　梁冬

有一本书叫《疾病的希望》，书中一个重要的观点就是，尽管病症给我们带来了许多痛苦，但从另一个角度来说，疾病如实反映了我们身上的种种业障。业障是一种心理状态，当我们对某些东西有障碍的时候，我们不能全然接受，导致内心起了冲突，结果就生了病。

比如说"星期一综合征"，很多人一想到周一要上班就非常恐惧，甚至会胃疼，他们内心抗拒，却又不得不去上班，心理的不良反应就引发了生理的不良反应。刚开始这种感觉可能只会在星期一出现，但它带来的影响可能使感觉扩散到以后的每一天，久而久之，身心就产生了病变。

很多疾病都是精神性的。人们常常把想法、情绪与自己的身体割裂开，认为疾病是由物理或外在因素引起的，但是在临床上，人们的身心问题难以完全割裂开。同样是下大雨被淋了，情侣们不会有大碍，而失恋的人就可能因为负面的感受引发感冒，原因在于有时疾病不光有外界的诱因，还有内因的呼应。

有一种说法是，癌症在某种程度上是一种自我掩饰的自杀，是一种针对自我的阴谋和诡计。有的人对生命已经产生了厌倦，但又因为恐惧或顾及家人，不愿意做出自杀的行为。

而当周围的环境发生变化，使他放弃了内心的抗拒时，病症就消失了，因为在他的潜意识里，他已经不想死了。

现在很多白领都有亚健康的问题，劳累和压力是一个原因，但这还不足以对生命构成威胁。如果外界让你做的事情是你想做的，不管压力有多么大，只要能够平衡，也是合适的。但是如果外界让你做的事情和你内在想做的不一致，你们之间就会形成一种对抗关系。

一旦形成了习惯性的抵抗，就会造成两个结果：一是自身会陷入身心的紊乱当中，二是这种内在的抵抗会大大降低工作效率。很多人加班并不是因为任务重，而是因为拖延，在临近最后期限的时候，高强度地调动所有的能量来完成任务。一两次的急中生智可能会产生一种超常发挥，但如果老是想超常发挥，就肯定会对身体造成极大的损害。

这里有一个小故事可以提供注解。有一天，一位90多岁的老先生在外面下棋，忽然他的邻居急匆匆跑过来，说老先生家着火了。老先生问："着了吗？"邻居说："着了。"老先生就说："着了还急什么。"于是继续下棋。一个人能够长寿也许跟他吃什么东西没有关系，关键在于他的心智模式是不是全然接受。

一秒钟变角色

文／吴建雄

我经常在上飞机前玩的一个游戏就是，假设在飞机上遇见一个和我一模一样的男人，假设我坐靠窗的位置，他坐过道的位置，中间是我喜欢的那类姑娘。那么，你会和那个和你很像的人怎么 PK？你要通过怎样的方式才能获取那个姑娘的芳心？

我曾经拿这个问题问过身边的朋友，有人说，直接表白，用十国语言表白；有人说，直接问她要联系方式；也有人说，从见面第一眼就开始和她说话，滔滔不绝，不给对方一个机会。

那么，我的回答会是怎样的呢？

两招。利用先天优势和女孩调位，这样排列顺序就变成，她靠窗，我在中间，世界上的另一个我在过道，这样，对方的机会就没有了。

其次，不和女孩说任何话，而是下飞机后，帮她搬运行李，在那个过程中，问她要联系方式。

这样做，一是改变了局势，二是改变了自己角色，从一个萍水相逢的乘客，转化为一名友好的乐于助人的绅士。这两点，对于企业竞争来说很重要，从主动到被动不一定局限在时间差，也体现在定位的区别。

接着，我们进入另一个游戏。

假设你是一个在理疗机构服务的盲人按摩师，机构里一共有 5 个人，这时一个客人来了，他需要在你们 5 个人当中挑选一个为他服务。他拿不定主意，这时他开口要求你们介绍下自己。这时，你会怎么吸引他的关注，让客人选你为他服务？

我身边朋友的回答如下：

"我会跟他说我服务过的明星，这样他会更放心，也觉得很尊贵……"

"我会跟他说我家里有重病父母，我需要他的同情……"

我的答案是：先仔细听他的声音，判断他来自哪里，用他熟悉的家乡话问候，并且对他说，您的家乡一定是个很美的地方，如果可以，在我服务您的时候，和我分享下它。

我的问题则来源于自己的亲身经历，当一个老男人用蹩脚的粤语和我说"内后（你好）"的时候，我选择了他。

在那一刻，我不把他当成一个盲人按摩师，而把他当成一个朋友，一个可以与我分享故事的人，他看不见我，我会安全，我可以和他说很多事，他是个优秀的聆听者。

以上两则游戏，其实都是在说一个道理，角色的变换往往会转劣势为优势。

听到你在就好

文／路文彬

按照西方的礼仪，双方在做面对面的交流时，总该用眼睛直视着对方的眼睛才好。因为那是你尊重对方的表示，是你在认真聆听对方话语的证明。而华夏民族似乎没有这样的谈话礼仪，我们只是一味讲求洗耳恭听。为了这洗耳恭听，那听者竟然常常是低着头的，于是，自然也就无法直视对方的眼睛了。

后来，渐渐地便开始有人非议国人的这种说话习惯，弄得我们仿佛压根就不懂得谈话的礼节似的。其实，相比于西方，我们这个民族自古就是一个最长于倾听的民族，我们对"宁静致远"的崇尚，对"沉默是金"的信奉，所表达的无不是之于倾听的热爱。

说到本质，听觉的内涵是谦逊的。事实上，若是没有了这样谦逊的情感，听便只能沦为一种外在的形式。即使话语进入了我们的耳朵，它也仍旧难以抵达我们的心灵。

迎取对方声音的应该是我们的耳朵，而非我们的眼睛。此时此刻，我们的心灵之门正在向对方敞开，我们丝毫没有心不在焉。况且，话语交流过程当中那专注的眼神，又能在多大程度上保证我们不分散倾听时的注意力呢？

倘若我们能深深领会听觉的真谛，还有我们那根深蒂固的倾听习性，便不难明白，在听取对方的讲话时，我们确实是不愿盯着对方的眼睛或面孔的。毕竟，听觉的谦逊与专注造就了我们高度敏感的心性，而视觉在本质上又是富有好奇与急切的进攻性的，故此，我们注定不好意思将这种目光直对他人的眼睛和面孔。我们与生俱来的腼腆以及含蓄，实际上恰是同我们的这种视听习惯息息相关。所谓的羞感，也只能在这种倾听的过程中得以生成。我们倾听着，羞涩着，这羞涩更与我们心存敬畏紧密相连。

很难想象，林黛玉在听贾宝玉说话时，会一直目不斜视地瞪着他的眼睛。每每想到这一情景，我不由得忆起徐志摩的那句诗来："最是那一低头的温柔，像一朵水莲花不胜凉风的娇羞。"就是在这低头旁顾的娇羞之中，那不知何处安放的目光款款诉说着旷世的深情。岂在朝朝暮暮的两情相悦，诉说的难道不正是这样一种缱绻？听到你在就好，又何须看个清清楚楚？牵挂用的不是眼睛，是耳朵，否则，在那伸手不见五指的黑夜，我又如何能够感知到你的一举一动？因为坚信听觉的力量，故而我们再也不用惧怕思念，执着的思念最终又成全了我们无可比拟的耐心。

说实话，我们这个民族的许多优点，都是来自于它对耳朵的倚重。

别着急把高考埋了

文／毛 尖

高考结束，网上狂转一条注意事项：考上大学的同学注意了，千万要和没考上或弃考的同学搞好关系，等大学毕业了好去他们的公司打工。

铺天盖地的高考控诉中，这条"注意事项"蛮正能量的，而且，似乎为了证明此"事项"的公理性，有人还贴出两份名单，第一份名单是：傅以渐、王式丹、毕沅、林绍棠、王云锦、刘子壮、陈沆、刘福姚、刘春霖，第二份名单是：李渔、洪昇、徐文长、顾炎武、金圣叹、黄宗羲、吴敬梓、蒲松龄、袁世凯。哪一份名单上的人你比较熟悉呢？嘿嘿，第一份你都不认识吧？但他们全是清朝科举状元；第二份呢，落第秀才们。

第一份名单不如第二份有名，所以，没中举的人有希望了！

这些，作为高考后的一种心理缓冲，挺好，可让人觉得奇怪的是，不少批评人士一边拿着这两份名单痛斥高考，一边又歌颂着牛津的才子状元们。

说实话，第一份名单里的人，我大都也很陌生。不过，我上网把这些人的生平业绩给检索了一下，发现这些人，有些是一代名相一代清官，有些是一代史学家一代文学家，最不济的也修过国史，参与编纂过《康熙字典》。因此，即便从"修身齐家治国平天下"的最朴素正道来看，第一份名单上无疑有更多的人做出了贡献。但是，历史的拓扑学显然在当代发生了一些突变，或者说，采用了新规则和新术语，比如在关于高考的问题上，就一味在那里痛诉中国高考的种种"荒诞"，而全然不想，如果没有高考，大学各自为政的话，又会产生多么恐怖的荒诞，千千万万的贫寒子弟，拿什么去自主招生啊？

因此，盲目地批判高考，盲目地拿着牛津哈佛的"自主精神"来反思高考，势必带来更深刻的教育危机。毕竟，要批判高考太容易了，青春的日子，可怕的考场，谁提起来谁都可以倒出一肚子的苦水，惨烈点的，还有血有离别。但是，乡村中学，没有什么思维强大的老师，死记硬背可能跟高考一样，还是最公平的法则。去年火热的《中国汉字听写大会》，来自甘肃那些偏远地区的孩子，他们能一路杀到中场，靠的什么，"每天早上5点起床，一直背字典，背到晚上11点"，这就是他们仅有的方法和可能。因此，在暴风骤雨般的语文改革呼声中，我倒是觉得，千万不能快，尤其千万不要拿外国思路来洗盘中国教育。

而说回到前面提到的名单，第二份名单中的人，也至少是秀才出身，排比一下，差不多也就是我们的二三本线，第一份名单中的人如果是学霸，第二份名单中的人也绝不是学渣。因此，比起那些只知道激情澎湃跟风乱喊的"高考改革派"，我觉得网上一个孩子的态度更朴实：高考结束当天晚上，我把教材装了一麻袋，在楼下的小花园里埋了。第二天，老师给的标准答案下来，我一估分，晚上扛个铁锹去小花园又给挖出来了。

我的态度就是，别着急把高考埋了，弄到后来，重新挖出来，总是惹一身灰。再说了，想想那第一份名单里的人，都不简单。

学会止损

文／子沫

很偶然听一个搞金融工作的人说到，这么多年来，我关于人生一个最深刻的体会就是无论赢了还是输了，都要学会一个字：认。这才是正常的心态。很多人就是纠结在这个"认"上，不接受输，不接受失败停顿，心情郁结，心态一坏，很多事态就越来越恶劣，损失越来越大。很多人不会止损，学会止损是一种能力。

我就见过很多不会止损的人。一位认识的朋友听说一个地方搞促销，她大老远倒两趟车去买了一件毛衣，回家后又觉得品质不好，想去退。那一天，我正好碰到她，我说，你跑了这么远的路去买，再说是促销品，买了就认了吧。你已经耗了这么多时间，再去重复折腾，还要耗时间，如果别人不退，你还得耗去心情，实在不划算。但她还是坚持去退，果然就出现了我说的情况，别人说促销品不能退，她跑了这么远，岂能认？于是，两人你一句我一句争论起来，非常不愉快，衣服好歹是退了，但她后来说，心情很不爽，回来时正遇上晚高峰，不小心被车剐伤了腿，雪上加霜，损失更大。典型的没学会止损，怕吃一点亏的结果是吃更多的亏。

生活中的小事处处需要有止损能力，一位朋友给我讲了家里的这么一件事。

她家小孩一天和同学闹了小矛盾，先生回到家，她开始不停抱怨，因一件小事找碴，两人越吵越厉害，连晚饭都没吃，一家人水深火热……她连着几天提不起精神。后来，她跟我说，生活中经常会犯些愚蠢的错，本来不愉快的只是一件小事，可是没学会及时止损，一件事带出另一件事，没完没了，情绪损失越来越大，还波及一家人，实在是太不划算。你说，如果那一天，我能转念一想，小孩本人已经不愉快了，我调节一下情绪，弄两个好菜，一家人谈谈心，交流化解一下，该是多么愉快的一个晚上。

可是置身事中，往往是意识不到的，不及时止损，缺口只会越来越大。

让我静一静

文／苗 炜

罗伯特·威戈是一个英国作家，娶了一个埃及太太，自1993年起经常去埃及旅行，他喜欢迷宫一样的哈里里大市场，喜欢奥登宫附近的酒吧，开罗是一个嘈杂的城市，永远喧闹。罗伯特逐渐感受到噪音的危害，他说，城里的声音会让他感到脑子坏掉了，即使在深夜，他也无法享受安静。

2004年，他去了一趟德格拉干谷，那是离开罗最近的一片沙漠，从沙漠中回望开罗，大城市上空的雾霾就像是一口浓痰。两天的旅行让他认识到，沙漠大概是世界上最安静的地方。随后他和一位朋友前往撒哈拉，他们在沙漠里停留了一周，要应付昼夜温差——夜里沙漠中气温在零度以下，白天则高达30度，但他们享受到了宁静。

之后，他买了一辆车龄16年的丰田陆地巡洋舰，开始了自己的旅游业务——拉着游客进沙漠。老"陆巡"开起来有很大的响动，不过它在沙漠中停下来的时候，让人更加意识到宁静的可贵，游客们在沙漠中找到了宁静，也看到了最壮观的夜空，他们变得沉默而虔诚。

有一次，美国的甲骨文公司派来10名高级管理人员到沙漠中"拓展训练"，他们在沙漠中徒步，彼此看不见，完全沉浸在沙海中。这样的旅行并非所有人都能接受，有的高管抱怨自己患上了"沙子过敏"，有的说自己在沙漠中犯了痔疮，更多的人是感到了茫茫沙漠中的恐惧。罗伯特最成熟的旅行线路是穿越大沙海 Great Sand Sea，那是一片 11 万多平方公里的沙漠，比英格兰的面积略微小一点，要穿越过去需 27 天。在这种寂静之旅中，罗伯特说，你的神经会发出刺耳的声音，你要想办法让自己安静下来，你会注意聆听内心深处的微妙信号。

然而，你真的受得了绝对的寂静吗？英国作家帕克斯在 2006 年出版了一本小说叫作《克里夫》，主人公原本过着喧闹的生活，忽然要去寻找宁静。他飞到了阿尔卑斯山，开始冥想的生活，那里海拔 2500 米，空气稀薄，除了风声别无声响，他却感到血液向耳朵涌动，头脑中的动静越来越大，外界的声音减小了，但内在的声音却震耳欲聋。帕克斯说，我们或许会寻找寂静，但实际上我们害怕真正的寂静。真正的寂静中没有语言、没有思想、没有字词，人们很难控制思维。在寂静之时，人总会变得思绪万千。外界嘈杂时，我们不会注意到内在的声音，但到了宁静的地方，你会发现，内在的声音会吵得你不得安宁。绝对宁静时，一个敏感的家伙会被自己流动的意识吓坏的。

美国明尼阿波利斯市有一间"绝对安静"的房间，是一家名为"奥菲尔德实验室"的声学公司打造的专业消音室，消音效果达 99.99%。据说这里能达到负分贝，置身其中能听见自己的心跳、胃肠蠕动、肺的起伏。吉尼斯世界纪录将这个实验室列为世界上最安静的地方，谁能在这里待 45 分钟，就能得到一箱吉尼斯黑啤酒。据说，挑战者很少能待到 30 分钟以上，我们平素的感官太依赖于声音了，我们需要声音来判断方位，保持平衡，真待在那个实验室里，很多人会出现幻觉。

许多时候，我们只是想静一静，而不是想要绝对的宁静。

专心思考，胜过慢跑

文／东方力夫

在生活中我们会发现这样一个奇怪现象，很多爱钻研思考的人并不经常锻炼身体，但他们却也很少感冒发烧，难道说思考问题可能会增强人体免疫力？

最近，美国威斯康星大学对这个现象进行了专门研究。他们邀请149名同龄健康志愿者参与了一项对比实验。研究对象被分为三组：第一组除了正常的饮食起居外，白天主要从事研究思考工作；第二组除了正常的饮食起居外，每天定时进行一次慢跑锻炼；第二组没有任何专门的思考和锻炼任务，纯粹过悠闲生活。持续8周的实验结束后，志愿者就可以恢复以前的生活状态了。

在此后的8个月里，研究人员对这些志愿者进行了跟踪调查。结果显示，第一组人生病的天数，仅仅是第三组人的24%，第二组人生病的天数则是第三组人的52%，而且第一组和第二组人可让急性呼吸道感染病的患病时间和严重程度，相对于第三组分别减少50%和40%。

实验结果表明，专心思考如同锻炼，会实实在在提高人的免疫力，且效果甚至超过了慢跑。此前的一些研究结果也显示，专心思考能改善情绪，缓解压力。

那么这种神奇效果产生的奥秘何在？美国研究人员认为，这是因为专心思考本身会产生一种激发人体能量的良好效应，典型的例子就是著名的"瓦伦达效应"。瓦伦达是美国一位著名的高空走钢索表演者，他表演时从不采取安全防护措施，但每次都能成功，秘诀就是高度专注。遗憾的是，瓦伦达在一次重大的表演前，总是不停地对妻子说，这次太重要了，不能失败。这一患得患失让他不能专心，所以不幸导致失足身亡。这反过来证明，专心致志真的能产生良好的生理效应，激发人体潜能。

我国研究人员认为，专心思考本身就能产生避免引"病"上身的健康效应。因为人体健康其实是心理、精神、社会适应三方面均处于和谐所产生的一种状态。但人生在世，总有各种各样的困难和烦恼产生，会让人的喜、怒、忧、思、悲、恐、惊这"七情"产生过度偏激的变化，因此会引发疾病。而专心思考某一问题时，会避免七情产生偏激，从而发挥保护心理平衡的作用，避免引"病"上身。

今后，人们应当重视这种另类锻炼方式，把读书、思考、研究等活动，也当作一种日常养生方式，这才是智慧的选择。

跑步时，该听点儿什么

文／修红宇

跑步时，该听点儿什么？

不是什么样的音乐都适合跑步时听。英国的运动心理学家通过研究发现：每分钟的节拍数（BPM）在 120 ～ 140 之间的音乐是运动的首选，因为这样的节奏与人的心跳速率吻合，能让跑步者产生"美的感觉"。而如果运动节奏与音乐旋律同步，可以让运动者需氧量减少 7%，而激励感强的音乐具有消除疲劳的功能，能将耐力提高 15%。

据说，埃塞俄比亚长跑运动员格布雷西拉西耶之所以能创造世界纪录，就是因为他根据爵士乐天王约翰·保罗·拉尔金的歌曲《Scatman》来把握节奏，这首歌非常符合他的目标步频。

该怎样测定一首歌的 BPM 值呢？比利时的运动专家们认为：如

果想跑步加速，就听嘻哈音乐；如果想跑步减速，就选爵士乐。总之，旋律变化多端的曲子适合悠闲地跑，强音、重音明显的曲子适合痛快地跑。

村上春树的选歌法是：跑步训练时听摇滚乐，像"疯街传教士"，而慢跑时听有着简单而自然节奏的歌曲，像"清水合唱团"。酷爱跑步的"五月天"乐队主唱阿信，曾在自己的博客中公布了一份"跑步歌单"：有"枪花"、"Mr Big"、"Magic Power"的歌，也有"五月天"自己的歌，还有阿信担当制作人的歌手丁当、SHE 的歌。跑步时因为有这些歌的陪伴，阿信说："枯燥的时光，转变成了曼妙的旅程。"不过，旅程中闪现出的"广告牌"，有一点点煞风景。

还有跑友将可选择的跑步音乐分为三类：快歌、劲歌和紧拉慢唱的歌。如果用咖啡来比喻的话，快歌是香浓的摩卡，劲歌是灌顶的 Espresso，紧拉慢唱的歌是顺滑的拿铁。有喜欢"拿铁"的跑友，选张震岳的《就让这首歌》来跑步，在短短的 3 分 47 秒之内，随着歌词的递进起伏，经历了跑的小憩、蓄势、加速、调整、冲刺、放松的全过程，他由此总结："一首富于故事或情绪变化的歌曲，能让人跑出'情节'来。"

然而，并不是只有听着歌曲，才能跑出"情节"。斯诺克天才奥沙利文也是一位跑步爱好者，有一天，他实在找不到该听的音乐，就摘掉耳机。而不戴耳机的跑却给了他不一样的感受，让他明白："出去跑步的意义在于聆听鸟鸣，感受脚撞击地面的节奏，这对我是一种心理治疗。"

你是柏拉图主义者，
还是亚里士多德主义者

文／薛巍

英国诗人柯勒律治曾说："一个人要么是柏拉图主义者，要么是亚里士多德主义者。"

亚里士多德主义者往往是硬心肠、讲逻辑的怀疑论者，也是可靠的朋友。柏拉图主义者则往往离群索居，是心肠软的利他主义者。下面的10个问题，帮你测试自己是他们中的哪一个。

首先，你养猫还是养狗？亚里士多德认为，人类是天生的社会性动物，狗也是，狗最符合真正的朋友标准。而猫和主人之间的关系是精神性的，猫骄傲的个性体现了神的神秘，令每一位柏拉图主义者着迷。

你习惯在线支付还是用支票乃至当面支付？亚里士多德主义者安于享受新技术，总是想办法把生活变得更便捷高效。而柏拉图主义者往往对变化持怀疑态度，他们会认为老办法是最好的。

你每天会制订待办事项清单，还是更喜欢相机行事？亚里士多德主义者喜欢按部就班，柏拉图主义者则认为，只要关注大方向，细节会自行到位。

你喜欢什么球队，棒球、篮球还是足球？篮球和足球赛都在规定时间内进行，棒球则不是。亚里士多德认为，时间是计算运动和变化的主要指标，柏拉图主义者则认为生命中重要的是永恒，因此喜欢篮球和足球的可能是亚里士多德主义者，喜欢棒球、网球或高尔夫球的人更可能是柏拉图主义者。

你小时候想当摇滚明星还是电影明星？亚里士多德认为戏剧十分重

要，柏拉图则认为音乐最重要。如果你想成为摇滚明星，就是柏拉图主义者；想成为电影明星，则是亚里士多德主义者。

当拿到新的电子产品时，你是先读说明书，还是试着自己弄明白？亚里士多德主义者喜欢整齐的逻辑过程，先读说明书的可能是他们；认为别人的指导会局限你的探索，则可能是柏拉图主义者。

如果你的汽车是混合动力或纯电动车，你就是柏拉图主义者，环境保护是现在的柏拉图主义者的主要追求。如果你的车是一辆SUV或皮卡，这说明，跟环境相比你更关心自己的需求，这是亚里士多德主义者的道德观。如果你有不止一辆汽车，你更有可能是亚里士多德主义者；如果你根本没有车，则更可能是柏拉图主义者。

如果你是基督徒，你可能是柏拉图主义者；如果你相信进化论，则应该是亚里士多德主义者。

你经常参加投票，还是认为投票是浪费时间？对亚里士多德主义者的政治观念来说，投票很关键，柏拉图则对民主政治持怀疑态度。如果你认为参与投票改变不了什么，你就是一个现代柏拉图主义者。

吃比萨时，你是先吃面皮还是配料？亚里士多德主义者会先吃面皮，延迟获得满足，欣赏用餐过程。柏拉图主义者会先吃配料，他们认为要尽可能享受生活中简单的快乐，因为谁也不知未来会怎样。柏拉图不是享乐主义者，但他是唯一把哲学讨论设定在酒桌边的思想家。

星巴克赚钱的奥秘

文 / 佚 名

尽管白领们源源不断地为星巴克掏出大把金钱，但是星巴克却没有因此对他们心慈手软，而是出于利益驱动，定制了一套特殊的服务标准，目的就是把白领们从店里"赶走"，这是为了餐饮企业的盈利关键点——提升翻台率。从一进门起，星巴克就设置了各个环节缩短顾客在店内的逗留时间。

在购买阶段，门店需要为顾客挑选商品的时间付出代价。好在对咖啡饮品来说，白领本来就不会花大量时间做选择。而星巴克咖啡饮品种类设置上也尽量精简，将同品类咖啡不同制法去重后，饮品不超过 30 种，食物仅 10 种左右，也没有什么组合、套餐之类的繁复搭配，顾客做起选择非常容易。

来到使用阶段。一般咖啡店的做法是尽量满足顾客"舒适、温馨"的要求，于是不少顾客一杯咖啡进店，坐到天荒地老，非但没有提升翻台率，还挤占了其他销售机会。为此，很多咖啡店选择提升客单价的思路，搭售周边商品等手段曲线救国，效果却因店、因地而异。

星巴克的做法是，让顾客感到不舒服。店内的装修一改咖啡馆深沉温暖的色调，而是简单清爽、线条硬朗，不会让人觉得是舒适的休闲场景。座位安排别有用心，专门使用一些木质椅、高脚凳、墙边桌等不甚舒适的家具，让人无法久坐。细心的话，还能感觉到，星巴克的冷气通常比其附近的店铺温度要更低些。以为这是福利？大错特错，其实是让人不舒服，催你买完咖啡快走。美国的星巴克甚至为汽车族新添了外卖窗口，你干脆别进店，完全麦当劳化了。

一般咖啡馆的堂食会给顾客提供瓷杯，不喝完也带不走，顾客在店时间自然变长。而无论即食还是外带，星巴克一律采用纸杯包装，顾客可以随时将咖啡带走。

所以与其把星巴克定义成咖啡馆，倒不如说它是个咖啡便利店。相较之下，同为大型连锁品牌的 COSTA、太平洋等，在店内悠闲地上网、阅读的人们都要更多。

慢阅读的风情

文／杨 葵

网上流传过一个文字游戏："研表究明，汉字序顺并不定一影阅响读。比如当你看完这句话后，才发这现里的字全是都乱的。"这游戏对做编辑的人大概无效，反正我是刚看前四个字就发现有错，不过，肯定也有很多人没这么细心。当年学英语，有专门的速读训练，最快速度读出大意即可。一般人的阅读，尤其是网上阅读，正是这样的"速读"。

一般来说，每个人的阅读都是速读和细读并存。从书的角度而言，有的完全经不起细读，比如很多畅销小说、随笔合集，粗翻翻还行，细读会发现太水了；而又有一些书，速读完全读不出好，简直是暴殄天物，比如刚读完的这本《方丈记·徒然草》。

这本小书据说在日本家喻户晓，大致相当于中国的唐宋八大家。《方丈记》作者鸭长明生活在十二三世纪；《徒然草》作者吉田兼好生活在十三四世纪。前者 50 岁出家做了和尚，后者也是个和尚，出家时 30 岁上下。

以前曾读过周作人翻译的《徒然草》部分章节，并未留下太多印象，只记得很淡、很枯。去年，编辑同行高山出版了李钧洋先生的译本，书做得很漂亮，拿到手立刻读了，仍无被打动之感。

这两天北京连日阴雨，窝在家里无意间挑了这本重读，不想这一读完全不一样，突然就字字入心，欲罢不能。

两次阅读感受如此相左，主要在于阅读速度。前一次读得太快，像旅人只顾赶路，无暇驻足欣赏沿途美景，而这本书字里行间美景密布，无数细节动人心魄。若想被打动，必须付出时间和耐心，读得慢一点，再慢一点。

　　比如这样的段落——"清早眺望往来冈屋的船只，感到自身如那船后白波，恰盗得满沙弥风情。傍晚桂风鸣叶，心驰浔阳江，效源都督琵琶行。有余兴，和着秋风抚一首《秋风乐》，和着水音弄一首流泉曲。艺虽拙，但不为取悦他人耳。独调独咏，唯养自个心性"，如速读，就是一堆华丽句子堆砌，必须细读才会读出其中不断用典——万叶歌人满誓沙弥有诗句"把这世间，比喻着何？简直就像那黎明划出港的船，无迹可寻"，所以文中才说"盗得满沙弥风情"；白居易长诗《琵琶行》里写到"枫"，而日语里"枫"字发音同"桂"，所以文中会说"桂风鸣叶，心驰浔阳江"……如此丰满充盈，不细读如何领略？

　　以审美为目的的阅读，往往是细读，或者倒过来说，恐怕也只有细读，才能达到审美的目的。

　　在今天这样以更高更快更强为主流价值观的社会，作家写作面临的现实之一是，你费九牛二虎之力推敲文字，使其更精练，但是读者没有那份耐心，他们反而会喜欢那些"水货"，因为那些多余的废字废句，正好适合了一目十行的粗心。

　　"速读"和"水货"就像一对黑白双煞，"速读"流行，"水货"才有市场，"水货"反过来又助长"速读"的流行，问题是，我们干吗要读得那么快？

像动物一样读书

文/青丝

古今中外，都有人把读书喻为像是动物取食，如美国作家杰克·伦敦有"饿狼"读书法，作家秦牧有"牛嚼"和"鲸吞"法，刘心武也说过"狼、蛇、牛、猫"四种动物的攫食读书法。我试为拓展阐释，以期为更多的人所认识。

"狼吞"就是最常见的略读，目的在于扩大自己的知识面，一如饿狼进食，不辨精粗，贪食无厌。因略读的取径须宽，每本书只能有系统地阅读，尽量求得客观的认识。这种博览涉猎的读书方法，除了扩大知识的范围，训练自己的判断能力之外，还能建立起读书的广博兴趣。"狼吞"是读书的基础之法，可增广见闻，摸索门径，避免阅读的"偏食"。

"蟒噬"是在博览的基础上进行扩展，遇到不懂的地方，不妨先行跳过去，就像蟒蛇吞噬猎物，留待日后慢慢消化。2013年，有出版社做社会调查，《红楼梦》被列为"死活读不下去排行榜"的第一名，也就是众多年轻读者不谙"蟒噬"之法的缘故。因为《红楼梦》书中的人物关系很复杂，很多人读的时候，不是先了解故事的梗概，等到对内容有了概括的印象，再去研求人物的对应关系，而是一上来就非要弄清楚谁跟谁是什么关系不可，如此一来，自然厌读。

"牛刍"是故书不厌百回读，把书研透读通，使之烂熟于心，就像牛吃草反刍，可以随时提取运用，并且能举一反三，触类旁通，不断地加深体会，增进理解。朱熹尝曰："病中抽几卷《通鉴》看，值难置处，不觉骨寒发耸，心胆欲堕地。向来只作文字看，全不自觉，直枉了读他古人书也。"他病中无聊，随手抽出几册《资治通鉴》阅读，突然发现一些原来未能正确理解的内容，不觉周身发冷、头发竖起，有心胆都要随时掉出来的感觉，由是感叹，之前简直是白读了古人的书。"牛刍"就是建立在熟读的基础上，由此及彼，豁然开朗，达到"通"和"悟"的境界。

"鸡啄"是学会把书中内容与日常生活相结合，就像鸡啄米，读一点，实行一点，将两者完全融于一体，因为思想和学问，就是在这样的融合过程中逐步形成的。北宋理学家程颐说："读得一尺，不如行取一寸。"就是倡导思、行结合，学会用所学解释身边的一切。明代薛瑄说："读书原无他法，只是知一字，行一字；知一句，行一句。"也是持相同的见解，凡读懂书中一字一句，就照着去做，当积累了很多的心得，对于生活的理解就会有不同。

人生在世有很多世俗的乐趣，但是能再多有一项读书的兴趣，也就等于播下了一颗快乐的种子。

看见草色，看见孩子

文／黄亚洲

这是写作电视剧《历史转折中的邓小平》时了解到的细节。

这位画家最先讲到的是看见青草，最后讲到的是看见孩子。

后来我才知道画家邓林大姐的腰不太好，她不能在高大的沙发上久坐，更不要说直挺挺地坐一小时。但在这天下午，她硬是在这张高高的沙发上坐了近一个半小时，她指着相邻的一张沙发说，老爷子每天坐的就是这一张。她说的老爷子，就是她的父亲邓小平。

这次聊天的话题纯粹集中在邓小平的生活起居领域，邓林大姐也爽快，说但凡我知道的我都说吧。

"看见青草"，是说邓小平同志总是头一个看见庭院里的草色绿了。

草色的发绿是不容易看见的，近看更是看不见。常人看见的只是熬过了整整一个冬天的衰草，仍在寒风中微微打战，常人只说：啊，这个冬天这么长呢。

但是邓小平说，哟，你看草都已经绿了。

他欣喜地指着左边、右边与前方，对身边的人说。有一年是对身边的女儿说的，有一年是对身边的警卫说的，这时候谁在他身边，他就指点谁看春天。

小平同志每天都在这面积有两亩大的庭院里散步，上午 10 点一次，绕 10 个大圈，下午 3 点一次，也绕 10 个大圈。他一边想着国际国内的大大小小的事情，一边眼望着脚边与远处的青草。

青草最初的那种朦朦胧胧的绿色，肉眼是很难看出来的，只有在某种角度下，大片地望去，才能突然发现一种近乎鹅黄色的淡淡的浮云般的绿，所谓草色遥看近却无。而每一次，庭院里的这种最初的绿色，都是邓小平先发现的，这时候他就忽然站下来，很开心也很认真地对正好在他身边的一个人说：哟，你看草都已经绿了。

我们经常唱《春天的故事》，唱"有一位老人在祖国的南海边画了一个圈"，其实，在"画圈"之前，这位老人的心里早已有最初的鹅黄般的绿色了。

青草的颜色就是蓝图的颜色，小平同志的思维是超前的。

我感动于邓小平目光的犀利，而且，是在那样的吹拂不止的寒风之中。

"看见孩子"，则是指邓小平同志看着孙辈时眼睛里发出的光芒。邓林大姐十分诗意地说：他一看见孩子，眼睛里就有一种特别柔和的光。邓林大姐马上又解释：这句话是我说的，只是一种形容。

我倒觉得，这不是形容，而是一种实在的叙述。一个戎马一生"三起三落"的老人，一看见孩子双眼就发出柔和的光，是特别容易理解的，也是特别真实的。

邓林大姐说，当上午 10 点过后，也就是当邓小平看完大沓的文件之后，她的母亲卓琳有时候就故意把几个孙辈都"集中"到邓小平办公室，任孩子们满地滚啊爬啊疯成一团。其中有个特别调皮的还会像孙猴子一样直接从窗户里蹦进来，卓琳就想以这种局面让丈夫得到片刻的"休息"，而且卓琳还事先准备了"道具"。这是特意为邓小平准备的，是一只粉色的塑料盒，里面放着糖果、饼干，以便让邓小平接下来拥有更为愉悦的动作：来来，爷爷给你吃块糖！来来，爷爷给你吃块饼干！

邓小平一边分着盒子里的糖果，一边还不忘幽默地感叹一声：我呀，就这么点权力。

邓小平的"这么点权力"，多么的可贵。一个老人最可贵的品质，就是看见孩子会眼露"柔和的光"。说到底，我们存在的意义就是为了下一代的健康存在。上一代人的这种"柔和的光"，不仅使下一辈感到温暖，整个社会都会产生暖意。

而且，看见孩子随地滚爬，甚至看见有不合常规的动作，譬如像孙猴子那样从窗外跳入，也照样不减少"柔和的光"，照样把手伸进那只粉色的塑料盒中去摸索，照样取出慈祥和甜蜜，这就是一种境界了。

总之，能首先看见草色泛绿的人与总是能用柔和眼光看待后辈的人，肯定是伟人，也肯定是平常人。

伟人与常人，通常总是同一个人。

英国人一生只用一个包

文／曹 劼

清晨，伦敦桥上总是蜂拥走过大批西装革履、手拎黑色或棕色公文包走进金融城的当地人。细加留意就会发现，他们全身上下的行头多是售价不菲的名牌，但手拎的公文包却都是旧款，有的甚至明显能看到脱线、表面皮革剥落的"惨象"。

这些抽得起雪茄，开得起豪车的英国人为什么在包上这么"抠门"？其实这和当地社会文化非常有关系。越是社会地位高的人，越不经常换包，因为看起来破旧的公文包恰恰体现出他们的社会地位稳固，值得信赖。

有趣的是，在伦敦的一些老字号皮革店，你能够淘到一些破破烂烂的公文包，虽然表面斑斑驳驳，但铜质搭扣总是被店主擦得锃亮，一个个整齐地摆放在橱窗里。不要以为这些破包只能卖个"白菜价"，恰恰相反，有些比商店里卖的新包还要贵。

金融城的一位老银行家告诉我，最早银行家的经典个人形象就是"穿着一身干净但不会是崭新的西服，脚踏一双擦得锃亮的皮鞋，手里拎着破旧的公文包"。因为所有顾客都愿意相信和自己打交道的银行家都是每天忙于奔波，用顾客的投资去为顾客谋得更高回报，而自己仅仅取得为数不多佣金的人。如果看到银行家们个个光鲜亮丽，手拎贵重皮包，难免会有一种"羊毛出在羊身上"的威胁感。

正是因为在走向职业生涯的第一天就下定决心，这辈子只用一个公文包，很多英国年轻人对自己的第一个包非常重视，不惜花费小半个月工资购买，对这样一个成本不菲的包自然是珍爱有加，走到哪里都带着。

公文包里装的东西更是五花八门，满足出门在外一天所有可能的需求。曾经有一列从伦敦开往曼彻斯特的火车车头的雨刷器突然失灵，令火车无法在滂沱大雨中继续前进。这时，一位工程师乘客从自己的包里找到一些强力胶，以职业经验担保可以拿来粘雨刷器应急。虽然火车最后还是宣布取消班次，但这位工程师的大胆建议还是赢得了乘客们的掌声。

无业的马俊河

文／莫小米

有一个年轻人，出生在沙漠里。

他的村庄，在沙漠深处。村民每天早起做的第一件事情，就是在门口扫出一条路，推开半夜降临的沙子，让自己走出去。

村里的年轻人越来越少，升学、打工，谁不想逃离呢？那地区的升学率高得出奇，可以远走高飞呀。

他也一样，升学、打工，成都、昆明，越走越远……他又不一样。8年前，只因听人说，他的家乡将要湮灭，他毅然折回家乡，带头种植梭梭，治理沙漠。在女朋友与治沙之间，他选择了后者。

他做得很成功，每年数百亩地递进，最初种下的梭梭已经成林。他叫马俊河，他的家乡在甘肃民勤。马俊河的志愿者，成千上万，遍及全国。

去沙漠看他，他黝黑而辛劳，一笑开，洁白的牙。

我早已写过马俊河，今天重提，不是想再赞颂一遍，是因为我听到了一段对话。

"马俊河是什么单位的？"

"哦，他不属于哪个单位。"

"他是否挂靠在什么机构？"

"没有，但当地政府很支持。"

"那他有固定收入吗，靠什么生存？"

"没有固定收入，有一些基金会资助。"

"那他是无业了？"

……

我被惊着了，无数领着薪水混着日子的人，是有业的；为着理想，开创事业的人，是无业的。在我们周围，持这观念的人，不在少数吧。

给予与奖励

文／马宏杰

在卢旺达，中国义工下了卡车以后，看到一位瘦骨嶙峋、衣不蔽体的黑人男孩朝他们跑来。义工顿时动了怜悯之心，转身就去拿了车上的物品向小男孩走去。

"你要干什么？"美国义工大声呵斥，"放下！"

中国义工愣住了。美国义工朝小男孩俯下身子，"你好，我们从很远的地方来，车上有很多东西，你能帮我们搬下来吗？我们会付报酬的。"

小男孩迟疑在原地，这时又有不少孩子跑来，美国义工又对他们说了一遍相同的话，有个孩子就尝试从车上往下搬了一桶饼干。

美国义工拿起一床棉被和一桶饼干递给他，说："非常感谢你，这是奖励你的，其他人愿意一起帮忙吗？"

其他孩子也都劲头十足一拥而上，没多久就卸货完毕，义工给每个孩子一份救济物品。

这时又来了一个孩子，看到卡车上已经没有货物可以帮忙搬了，觉得十分失望。美国义工对他说："你看，大家都干累了，你可以为我们唱首歌吗？你的歌声会让我们快乐！"

孩子唱了首当地的歌，义工照样也给了他一份物品："谢谢，你的歌声很美妙。"

中国义工看着这些若有所思。

晚上，美国义工对他说："对不起，我为早上的态度向你道歉，我不该那么大声对你说话。但你知道吗？这里的孩子陷在贫穷里，不是他们的过错，可如果因为你轻而易举就把东西给他们，让他们以为贫穷可以成为不劳而获的谋生手段，因而更加贫穷，这就是你的错。"

一封奇异的信

编译／邓 笛

从前，一个男孩爱上了一个女孩，可是，女孩的父亲竭力反对，不让女孩与男孩见面。男孩想给女孩写一封信，但是他知道，女孩的父亲一定会拆开看。于是，他写了下面这封信：

我对你的爱

已经成为过去，而我对你的憎恶

与日俱增，每次我见到你，

我甚至连看一眼都不愿意。

我只想对你说一件事情，

离我远一点吧，请千万别想着还要

嫁给我，我们上一次的相见

是那么无聊乏味，你再也别想

让我迫不及待地要再次见到你！

你是一个自私自利的人，

如果我们结婚了，我相信我会感到

我们无法过下去，我也不会在婚姻中找到

幸福，我的心

已经装了别人，再也不

属于你。没有人

比你更贪得无厌，除你之外的任何女孩都

能在我的生命中取代你。

你不要再抱任何非分之想了！

我愿意对天发誓。求求你，

别再烦我了！更别幻想

嫁给我，你的回复

只会让我生厌，现在只有我新交的女朋友

对我非常重要。相信我，

我已经不在乎你了，更别指望

我爱你

果然，女孩的父亲把信拆开看了，知道男孩不再爱他的女儿了，他感到很高兴。他把信拿给女儿看，希望她就此与男孩一刀两断。但是，女孩看了信后，心里也非常高兴。你知道为什么吗？请你一行隔一行地看，就知道原委了。爱是任何人也挡不住的。

不普通的普通人

文／鲁 人

认识她的人，基本不知道她做过的那件事，有知情者欲散布，她必一律制止。知道那件事的人，则根本不知道她姓甚名谁。

至今，我们只知道她出身书香门第，父亲是位画家。1966 年"文革"开始前后，27 岁的她尚无正式工作，除了跟父亲学画兼做助手，还跟一位老师学钢琴。由于她的钢琴老师曾与傅雷的儿子傅聪同窗，使她有意无意地关注到敬佩已久的著名翻译家傅雷，正是由于这关注，改变了她的命运。

1966 年 9 月，"文革"开始不久，备受凌辱的傅雷夫妇愤然弃世。身背右派、反动权威及其家属的罪名，这对夫妇死后竟不准留骨灰。这个消息，让她的心情沉重而复杂。她又探听到傅雷的两个儿子，此时一个在英国不能回来，一个在北京被打入"牛棚"，其他亲戚也多受牵涉无法出面。于是，她决定要出面保护这对夫妇的骨灰，便冒充傅雷的干女儿到了火葬场，用她的真诚说服了工作人员，将傅雷夫妇的骨灰带回家暂时保存，之后又与傅雷的一位亲戚将骨灰安置在公墓中。

她不但保存下傅雷夫妇的骨灰，还给周恩来总理去信，反映傅雷夫妇蒙冤之事。信，落入造反派之手。造反派为此兴师动众，大肆追查，以"现行反革命"的罪名将她拘押。然而，审讯一通终于未得到任何有价值的材料，只得将她释放。不过这件事让她的身份变得不清不楚，给她的生活蒙上了驱不散的阴影。直到 1979 年，傅雷平反，她才真正摆脱了身上的精神枷锁。后来，傅聪回国，几经周折打听到她的住处，向她表达谢意，她却平淡地回答："何必说谢！何足道谢！"她曾对采访者说："我不愿人们知道我的姓名，是我在傅雷这件事上的一贯宗旨。"因此，对于她的过去人们知之甚少，对于她的现状，也只知道她年逾古稀，独自居住在上海远郊，生活平淡而平静。

在那个人人自危的年代，连傅雷的亲属都不敢出面取回逝者的骨灰，为之鸣冤更是连念头都不敢产生，而她这位与之无亲无故的柔弱女子却挺身而出。她义无反顾地做出了那个抉择，将自己置于险恶之中。没有抱怨，也没有自以为有恩于人，而是一直固守自己单纯善良的信念，几十年没有改变，没有让它惹上尘埃。

老子说：上善若水。她即若水，润物而不争，温柔而不屈，纯粹而不变。相信不论今人后人，说起她，都会感到一种温暖慢慢地弥漫全身，浸透心骨，历久弥新。这一切源自她身上散发出的对生命的敬畏和悲悯，以及她所拥有的勇气和人性的高贵。

出其不意

文／[俄] 谢尔盖·萨弗琴科夫　译／李冬梅

"您就是希望能在您女朋友生日那天手捧鲜花出其不意地出现在她面前，给大家一个惊喜，是吗？"奇日科夫又问了一遍客户。奇日科夫在一家提供节日庆典、生日聚会、婚礼策划等服务的公司工作。

"对，"客户回答，"我就是希望我出现的方式别具一格、与众不同！"

"您女朋友住在几楼？"

"十楼，顶楼。"

"我建议您乘坐直升机，然后从直升机上直接降落到阳台上。"

"这个办法已经用过了，过新年时用的。"

"我们用绳子把您从楼顶放到阳台上，由登山运动员全程护送。"

"这个办法也用过了，三八节时用的。"

"那您沿着消防梯爬上阳台怎么样？我们先跟消防警察联系好，再让他们开一辆消防车去。"

"也爬过一次了。"

奇日科夫沉思了片刻。

"您当一次蜘蛛人吧，"奇日科夫又想出了一个办法。"您手脚都戴上吸盘，花束您就用嘴叼着。"

"蜘蛛人也当过了。"

奇日科夫又想了想，"这样吧，您走进门洞……"

"然后呢？"

"直接坐电梯上十楼，按门铃。"

"就这么直接按门铃？"

"对！您想象一下，您的女朋友和客人们正焦急地等待着您的到来。他们一会儿往窗外望，一会儿往阳台上看，一会儿到垃圾通道旁去等您，万一您在那些地方出现呢。说不定他们连马桶都翻了。可您呢，就从门进来了，他们怎么也没料到！"

"是啊！真是出其不意！我自己怎么没想到呢？我该付您多少钱？"

"您过虑了！只出个主意不收费。"

其实与我无关

文/（台湾）张曼娟

恋人之间的话语是很微妙的。同样一句话，有时听起来伤人，有时听起来却很贴心。比方这一句："其实，与我无关。"恋人请你帮忙喂狗，你说："其实，与我无关。"对方必定认为你已失去热情。恋人兴高采烈与你分享他的成就，你说："其实，与我无关。"你们差不多该谈分手了。这句话充满自私自利的冷漠与绝情，应该会登上恋人最不想听的话语前十名吧，可这句话却曾救赎了我的一对情侣朋友，让他们相爱许多年。

同样创作也攻读学位的爱妮，是我多年的朋友，她试过好几次不同类型的恋爱，想找到一个终身伴侣，却相当不容易。当她的恋人发现她在创作这个领域的光彩与深度，意识到她并不只是个"教师"而已，便会滋生许多的怀疑与恐惧，"我都不知道你的脑袋里在想些什么，我不明白你这些文章是怎么写出来的，我觉得你好陌生，这种感觉很奇怪。"那些男人的台词差不多类似，并无新意。

开始的时候，爱妮会努力解释，创作只是她生命的一部分，比较专业的那个部分，与他们的感情生活并无干系。"科学家的妻子都能了解他的发明吗？医生的妻子都能明白他的手术吗？"爱妮沮丧地问我。

我猜想，男人发觉自己不能理解女人脑袋里的世界，便会感到挫折吧。

爱妮后来遇见一个学历低却很诚恳的男人，他只是爱着眼前的女人，懒得管她的创作："你的文章，我没看懂，但我觉得你的写作其实与我无关，我只要爱你就好了。"这男人研读过爱妮的作品后，突然开悟了。

直到现在他们仍深深相爱着，"无关论"是我近来听过最有智慧的爱情哲学与态度。

八卦和道德

文／蓝莲花

这世界上有没有不说他人闲话的人？如果做一个社会调查，答案很可能是没有。

我们每个人每天谈论得最多的往往是别人，我们和别人谈明星出轨，谈名人的各种逸闻趣事，也谈朋友、邻居的私事，并不管他们在不在场。而且，被谈论的人不在场时，我们聊起来更放松，虽然背地里议论他人隐隐有一种罪恶感。

针对人类这种根深蒂固的癖性，犹太教的智慧书《塔木德》发出了神经质的训诫："不要说你朋友的好话，因为尽管你从他的优点开始说，最终可能会说他的缺点。"

但我们还是爱八卦。

即使不看《恶习的美德：为粗鲁、八卦和势利辩护》这本书，我也能举出一些八卦的好处。对个人而言，八卦有助于我们了解他人，了解社会，这是毋庸置疑的。通过八卦，你了解别人是怎么行事的，以此来调整自己的行为。可以说，八卦是一种建立社会规则的有效途径。而对社会来说，八卦可以维护共同体的道德准则。在一个熟人社会，一人做了坏事，这一消息的迅速传播，有助于其他人提高防范之心，从而把坏人赶出共同体。有学者研究指出，八卦最初的目的是为了赶出不劳而获者。

另外，八卦对维护我们的心理健康也相当有益，比如在职场受了委屈，你一腔怒火，碍于情面憋住未发，此时要是有人愿意听你八卦一下老板，你胸中的乌云可能瞬间散去。人类在社会化的过程中，不可避免会承担许多社会角色，按照这个角色的要求——也就是戴着人格面具行事，面具和真实的内心之间存在着紧张，八卦有助于我们消除紧张，让我们与人格面具保持健康的距离。

八卦的另外一个功能也特别吸引人，八卦能拉近与他人的距离。在社交场合，和陌生人搭讪的一个有效方式就是八卦。谈论大家共同关注的人和事，谈话者可以迅速地感到双方有共同的爱恨情仇，一下子就产生了亲密感。

然而为何道德家们总是反对八卦呢？"不可背着人说闲话。"这一道德训诫仍然相当权威有力。《恶习的美德》的作者、阿尔弗雷德大学的哲学教授埃姆里斯·韦斯科特指出，这是因为有很多"恶八卦"存在。"恶八卦"是说不道德的八卦。经过作者的精心梳理，他认为下列八卦都是坏八卦：故意说假话，即使说的是真话，但明显损害了他人的权利，且这种损害不会直接带来社会好处。

按照这样的标准，我们谈论克林顿的风流韵事，议论安吉丽娜·茱莉和布拉德·皮特的婚礼是无害的八卦；我们把邻居家保姆吸毒的信息告诉邻居，是值得肯定的八卦。

X

那些
眉清目秀的日子

那些

世界太大，生命这样短，要把它过得尽量像自己想要的那个样子才对。

我也总算是懵懵懂懂地尾随着别人的轨迹，拼命跟跄追逐了些路，才最终停下来，清楚地知道了，自己想要的是什么。

玫瑰为开花而开花（外一则）

文／张丽钧

独自坐在玫瑰园里，想着关乎玫瑰的心事。

这么繁盛，这么美艳，但我却不想说，她们是为了答谢园丁而开花；也不愿说，她们是为了酬酢惠风而开花。还是诗人说得妙：玫瑰为了开花而开花。——的确，对一朵玫瑰而言，开花就是一切。

我曾是个"目的主义者"，以为有"目的"的行为才是有价值的。当我将自己摆在一朵绝美的花面前，我就像一个强迫症患者，本能地要拍照。从哪一天开始，我背弃了那个浅薄焦虑的自我？我已经学会"零负担"地欣赏一朵花，驻足，心动，玩索，然后带着感动离开。

《民国老课本》里有篇课文，通篇只有四句话："三只牛吃草，一只羊也吃草，一只羊不吃草，它看着花。"——你瞧，它看着花，是因为它有灵性，是因为它注重生命的精神趣味。可惜，这只可爱的羊从课本中走丢了，取而代之的是"羊的肉可以吃，奶可以喝，皮、毛可以穿"。——"目的"登台之后，"情趣"只能黯然退场。

我曾多次跟同行分享那个"孔雀与作文"的故事——语文老师讲了一则故事让大家找论点：雄孔雀都非常珍爱自己漂亮的尾巴，每日必梳理呵护，生怕有丝毫损伤。猎人知道这一特性就专找雨天捕孔雀，因为下雨会将雄孔雀的大尾巴淋湿，孔雀生怕起飞会弄伤羽毛，故不管猎人离得多近也绝对一动不动，任人宰割。很快，一位"学霸"发表高论了："可以从两个方面入手。一则孔雀，贪慕虚荣，因小失大，忽略整体，只看部分……二则猎人，善于抓住时机……"老师听后，点头赞许。可怜，他们陷入了"实用即至善"的泥潭。

"美"那么轻，"目的"那么重。"目的"这个幽灵，时刻都在明处、暗处招引着我们，让我们做稳它的信徒。对"美"盲视，几乎成了我们的"家族病"，"实用即至善"成了太多人的共识。被"目的"劫持的我们，心灵干枯，嘴脸丑陋。

谁能引领我们走出那个精神委顿、扭曲的自己？谁能引领我们赞赏玫瑰为开花而开花、孔雀为美丽而美丽，成全自己那颗拙朴本真的心？我想，除了我们自己，大概不会有别人。

三把美人尺

美术老师带来很多仕女图，微笑着问大家："能看得出它们的优劣高下吗？"

看那一幅幅丹青，工笔也好，写意也罢，功夫都着实了得；再看那画中女子，或倚或坐，或颦或笑，或赏玩或歌吹，都美得令人心醉神迷。我试图按老师的要求为这些画作分一下类，却又实在无从下手。

老师说："我给出一个标准，你们可以按照这个标准去操作。仕女图大致可分为三个档次：悦目，赏心，牵魂。好，下面你们再试着区分。"

老师这把尺给得好，刚才还混沌不堪，突然就云开雾散了。

我首先找到了"悦目"类的。那是一些养眼的女子，云鬓花颜，却仅有"浅表性"美丽，且又美得呆、美得冷，让你觉得，伊充其量就是个画中的人儿，你不可能生出与之亲昵的冲动。她的美，是平面的，薄薄一层，吹拂可散。

再寻"赏心"类的。那些女子，除却容颜姣好，通身散发着温润光泽。她是有温度的，并且她的心里盛满了芬芳心事。你会忍不住猜想她的来路，猜想她目光后面摇曳着怎样旖旎的故事。她的美，是立体的，由外而内，密致坚实，光阴亦难剥蚀。

"牵魂"类的画作仅有一幅。画中女子，似人非人，似魅非魅。眉眼吊得高高的，清逸典雅，见之忘俗。风，打从她飘举的衣袂中来，轻掠你的颊。看她抚琴的手，那么生动，仿佛被袅袅的乐音缱绻地宠了，指纹中溢出水秀山清。这女子，分明是为了入众生之梦而生。她的美，具有高渗透性，足以"映带左右"，烛照人生。

悦目的，赚走我一个眼神；赏心的，赚走我一串叹赏；牵魂的，赚走我一世怀想。

这把尺，不仅适合衡量仕女图，世间美人，不也同样可以做如许衡量吗？

尚留一目看梅花（外一则）

文／王太生

金石篆印，是锋利的刀刃，在坚硬的石头上游移，留下的印痕。

清代"扬州八怪"之一的汪士慎，在他人生晚年，一目失明，仍为人作画，并自刻一枚闲章，云："尚留一目看梅花。"

一个人，在他只剩下一只眼睛看世界时，为何独爱梅花？

一个"看"字，牵引出他内心的豁达与牵挂。

汪士慎在扬州以卖画为生，擅长画梅，随意勾点，清妙多姿。他常到城外梅花岭赏梅、写梅，文人孤傲高洁，一朵梅花始终在眼前跳跃着，不离不弃。

我们在生活中，看到什么？看到的是功利，看浮华与热闹，而忽视精神层面的东西。"看"，是一个人的神态，这个世界有太多好看的色彩和形状，有的人，左顾右盼，东张西望。

我在俗世，不喜欢看到那些冷漠和傲慢的眼神，而崇敬谦卑、温和的目光。梅花有朴素的美，一个人像梅花一样散淡地活着，他的生活是这般闲云野鹤，一双眼，看到美的无比绝伦，内心有大欢喜。

"看"，是一种内心深处的牵挂。看一看这美好的世界，有爱和梅花。一个人喜欢看田畦里的露水，看那些野花闲草的果实，看一缕炊烟在山间飘散，看一只昆虫在南瓜叶上弹跳而去，他的世界宁静而美好。

美国作家海伦·凯勒说过，假如给我三天光明，第一天，我要看那些友好的人们，看他们的善良、温厚与友谊。第二天，我要在黎明起身，去看黑夜变为白昼的动人奇迹。第三天，我将再一次迎接黎明，寻找新的喜悦。

"看"的时候，心无旁骛，那是一种内心温柔抚摸，犹水流过青石般柔软舒适。"尚留一目看梅花"，看到的是这个世界的美和善，以及它最本质的东西。

鱼在水中飞

春天里，朋友邀我去旅行。我以前并不认识朋友的朋友，更不认识那个请我喝酒的陌生人。在那个接风的酒宴上，我和那个人谈得很开心。那个人喝多了，酒宴散后，他说他家住在附近，一个人独自步行回家，走得很远了，还回过头来，步履踉跄地倚在一根电线杆下，老远冲我招手，又招手。我想，如果是在唐朝，那时候，我大概是在船上，那个人在岸上，我们隔着一段距离，就这样挥手而别。现在想来，一个陌生人请我喝酒，这其实是朋友与朋友之间的能量释放传递。

有些事情，你根本料想不到，比如，鱼在水中飞。

我在大山里的水库，坐在一条船上东张西望。那一座座林木葱茏的小岛，像一个孩子的小脑袋露出水面。石头上的树木，像孩子硬邦邦、齐刷刷的板寸短发。它们以前是一些山顶，建水库后，山被淹了，山变成了水中小岛。从前，一只鸟，从这座山到那座山，要在山谷里飞，现在山谷沉没到水里去了，就变成了鱼在水中飞。

鱼在水中飞，这条鱼，从这棵树到那棵树，从这座岛到那座岛；从前是鸟飞行经过的轨迹，现在变成这条鱼在飞。所不同的，鸟用的是翅膀，而鱼用的是鳍和尾巴——鱼在水中飞，一副笨拙的样子。

有些事情，你根本料想不到。从前我在老城里住，房子拆了，搬到郊外。一条河填了，在原来的河上建了房子，一个乡下人，替他的儿子在城里买了房子。20年后，我住的地方又要拆迁，我要搬到从前那个乡下人的村子附近。如今，那个乡下人，住在我从前住的地方，我搬到他以前住的地方。一个巧妙的时空切换，他变成了城里的一棵树，我变成城外的一株庄稼。

有些事情，你根本料想不到。想到了，就不叫意想不到，就像鱼在水中飞；鱼经过的地方，从前是鸟的飞行的空间，鱼飞的深度，是鸟的高度。水中也有爱情，两条鱼在天光云影里飞。

你，且美且独立

文／李辉

我们总是担心这世界美得还不够，于是我们喜欢锦上添花，比如"春江花月夜"。

春江花月夜，断句，自然是"春江、花月夜"。——这江，当然是春天的江了；这夜，当然是花香月明之夜了。春天的江多澎湃多深情啊，花香月明的夜多浪漫多合时宜啊。

我却倾向和欣赏另一种解读。

台湾美学大师、作家蒋勋先生，在他的《说唐诗》一书中认为，"春江花月夜"应该断为"春、江、花、月、夜"。"这是五个独立的名词，它们应该是并列关系，不是主从的修饰关系。"他说，"我不喜欢用春天形容江水，也不喜欢用花朵月亮形容夜晚，因为它们各自独立，并且有各自独立的美。"

是的，世间万物，独立且各有其美，不必借助修饰和形容，更不必依附于其他。

只是，俗世里的我们，总觉得自己不完美，或者不如别人美，所以，停不下一颗追逐甚至贪恋的心。我们树立榜样，希望有朝一日，那些修饰别人的美好词句也能用来修饰自己；我们总想把那些金光闪闪的代表成功和高贵的标识，移植装饰于自己周身，让自我的形象更加明亮、璀璨。

追逐美好固然美好，唯愿在追逐中不失自己、不忘本真。

就像这样一幅美妙情境——春天、江水、花朵、月亮、夜晚，互为风景，彼此欣赏。可是，你看，有谁因为谁停止了奔流？有谁因为谁忘记了绽放？有谁因为谁紊乱了圆缺？

我想，当有一天，你也成为人群中受人瞩目的风景，能于千万人中辨识出你一身的，是你微笑和成熟的面孔；能于千万个灵魂中独立出你一人的，是你根植于内心深处的平和且高贵的性格、修养、思想。

你自身的美好，只与你的本真有关，与形容无关，与修饰无关，与自身以外的世界无关。

就像，如果你是一条江，你的不舍昼夜奔流赴海，与春无关；如果你沉醉于夜，那份安详和静谧，与花月无关。

你，且美且独立。

美好是因为我们（外一则）

文／黎武静

生活有没有兴味，全在于你有没有给它足够的重视。

同样一碗方便面，有人喜欢煎了荷包蛋，再加以青菜，简单的泡面也吃出百般花样。旧同窗某人喜欢把火腿肠细细切了，放在面碗里，那种认真细致的劲头，连旁观的人看了，都陡然而生一种生活的兴味。

泡面本就称得上是"应付"的一种吃法，忙中填饱肚皮草草应对，再加上吃得潦草，很容易吃得凄凉，连自己对着一碗泡面，都能心生感慨：真是寥落！

郑而重之地对待，是一种生活态度，可以让本来局促的场面，变得隆重而珍贵。比如那碗旧同窗的泡面，让人多年后依然念念不忘。一碗泡面尚如此，何况其他？

就像自家的宅院，没有雕梁画栋，没有别墅园林，也能布置得一室温馨。挂几幅喜欢的画作，买满架心爱的图书，喝一杯中意的红茶，饮些许让人微醺的美酒。自家宅院自家乐，有许多赏心悦目、动人心魄的细节。

喜欢这个地方，不管它有多少平方。就在这儿占地为王，每一步空间都有自由的遐想。亲自拟订它的布局，亲手布置它的结构，擦亮每一个角落，关心每一个细节，处心积虑想要每一处都与众不同。

认真爱上的人，会成为爱人。认真爱上的房子，会成为一个家。

美好之所以成就美好，是因为我们对待它的态度。窗台上的盆栽无人怜惜，盈盈新绿也躲不过枯萎。殷殷相待，梦想也能开花，照亮精彩的未来。

你的时间和心血不会白白浪费，它们一直都在，它们能量守恒，你用了什么样的心，就会开出什么样的花，就会得到什么样的果。

这春秋循环不已，生生不息，就是人生的兴味。

爱不释手书的眉

为什么我们要去图书馆借书来读呢？除了"书非借不能读"的古训之外，其实还有一个更贴近的缘由，套一句柳屯田的艳词：其奈风流端正外，更别有系人心处。

买来的书都是未经世事的天真，空白的过去和单纯的未来，是一个可以设想的阅读体验。而图书馆里的书，却如同游历四方的旅人，眉间写着风霜，行囊里装满回忆，字里行间都藏了许多故事和乐趣。那些故旧的纸上染着岁月的昏黄，常有一些浅浅的眉批和侧批，真真"字如其人"。

第一个让我喷饭的，是一个长我多年的仁兄留在专业书籍上的眉批，龙飞凤舞的几个大字，铅笔写成，像一枚随性洒脱的印章，偏偏内容带着几分滑稽："此文已抄作随堂作业，勿再抄。某年某月某日某专业。"是该夸他自负的聪明呢，还是笑他善良的懒惰？

让我念念不忘的一个短短的眉批。那是一本普通的评论集，令人郁闷的是评论者都喜欢拿自己喜欢的某本名著与《红楼梦》相较，上来一句就是"堪比红楼"。对于心爱之物，怎舍得拿他者做标尺，因为私心里多半觉得独一无二，举世无双。于是看到眉批里银钩铁划一句嘖语直抒胸臆："拿某某比红楼，不啻无盐比西施。"短短几个字，看得满心欢喜，恨不得浮一大白。

趣事多得数不清，在一本武侠小说的最后一页，空白处歪斜着五个字，"他中的毒呢？"当场醍醐灌顶地笑趴在床边，连我都忘了前面还有这么一桩子事呢，天哪，这人也读得忒认真了。在这个溢彩流光的夜晚，一本无趣的小说加一个认真的读者，让人分外难忘。

也曾见过风马牛不相及的眉批，与书的内容毫不相干，却在书眉边突兀地来一句："我未成名君未嫁，卿须怜我我怜卿。"十分漂亮的集句诗，集罗隐和冯小青的诗，意外地妥帖自然，那人随意地写在边角，或许若有所思，像不经意吐露的青春的忧伤。

书如人生，在人生的边上写着我们光阴的故事，页页流年。

爱了就会活过来

文／（台湾）蔡康永

我听说天上的星星，多到够我们每个人找一颗，托付我们小小的名字。但，我要一颗那么大的星做什么呢？我宁愿把我的名字，托付给地球上另一个小小的名字啊。

喜欢你，就会在想起你时微笑，至于你是否明白我微笑的原因，我一点也不在意。就像风很舒服时我也微笑，太阳很舒服时我也微笑，而风和太阳就跟你一样，不会明白我微笑的原因。我怎么对待风和太阳，就怎么对待你。

你以为你对他的想念，已经到了极致了，已经不可能想念得更多了，结果，在某一个意想不到的时刻，你又成功地，比原来想他的程度，再更多想念他一点点。

恋爱的纪念物，从来就不是那些你送给我的手表和项链，甚至也不是那些甜蜜的短信和合照。恋爱最珍贵的纪念物，是你留在我身上的，如同河川留给地形的，那些你对我造成的改变。

我有时看着一个空洞无聊的房间，什么也没发生，只是渐渐地，有阳光从窗外照进来，然后房间的那个黯淡角落，就忽然被这阳光，渲染出金黄灿烂的光泽。那时我就会想，再怎么无聊的人生，也会有某一个角落，在某一个上午，被爱情照亮呀。

所谓"失恋"，并不只是失去一个恋人。所谓"失恋"，是你因这个恋人，而写的诗，而拍的照，而想象出来的幸福，而变成的那个比较好的自己，一下子都失去了依据。就像你正在盖一座城堡，而那人离开时，把城堡底下的土地一起带走。

你为爱受苦，就算苦到如行尸走肉，也难以因你一斤的苦，而增对方一丝的甜。对方没有因你受苦而快乐，就没理由觉得亏欠你，也就难有理由想报偿你。很遗憾，你的受苦，难以被感激，只可能遭忽视、遭避讳、遭嫌弃，因为无人因你而获益。所以，苦完必须的量，就让这苦，深埋成人生的矿吧。

便　当

文／米　周

一

满月的时候，在阳台上放一只碗，等一小会儿，就可以得到一碗月亮。把这碗月亮倒进西瓜汁里，你就得到一杯月亮西瓜。月亮冲淡了西瓜的甜腻，清凉可口。也可以去超市买一小瓶微风，和月亮西瓜兑在一起，喝到嘴里荡漾不停，不过小心，月亮隔夜就不新鲜了。

二

雨落下来，记得收集一大罐子，在阴凉的地方不断地搅拌，一直搅拌到固液分离——就像法国人制作奶酪那样。倒掉上层的水，剩下下面的固体，就叫它雨酪吧。早上拿来一片全麦面包，挖一勺雨酪抹在上面，轻轻咬下去，满嘴都是云彩的味道。

三

七八月的时候，找一张干净的纸，放在床边晒太阳。晒过之后，轻轻抖一抖，就能收集到好多金粉，那是太阳粉。冬天的时候用太阳粉煲汤，只要一点点，就让人喝得身子暖暖的。记住，上午 8 点的太阳粉味道刚好，午后的太阳粉很辣，四川姑娘也许爱吃，傍晚的太阳粉就没什么味道了。

四

冬天最冷的时候，我会去找我一个做厨师的朋友，求他告诉我一道菜的做法。他说了，声音却被冻起来，我没听到。他只好找到一个饭盒，把声音放进去。我带着装满声音的饭盒飞奔回家，烧热了油，把饭盒里的声音倒进油锅，"刺啦"一声，翻炒几下，出锅的正是朋友说的那道菜。

五

早上手机闹钟响起的时候，把手机放到杯子上，就能接到流出来的深黑色现磨闹铃音乐。闹钟响得越早，接到的闹铃就越多。喝的时候，你可以来个意式的，也可以来个美式的；你可以选择加糖或者加奶，也可以什么都不加。但无论怎样，重要的是，现磨闹铃一定要趁热喝。

六

每年七八月份，总会看到许多家长站在榕树下，拿着录音机录下半斤知了的叫声。来年快高考的时候，把这叫声放出来，新鲜如初。家长们就会准备一斤米，和叫声混在一起，放上足够的水，熬出美味的"知了粥"。吃了知了粥的学生进了考场，什么都知道，不小心打嗝，味道还是"知了，知了"的。

七

在海边度假的时候，记得找天气好的傍晚对着大海拍一张晚霞的照片。把照片沿着海平面分开来，上半部分橘红色的晚霞切丝，过热油炸脆，下半部分海水切块过热水焯熟。等凉下来之后把两者拌在一起，加少许香油调匀，清咸爽口。记得小心取出照片中海面上的小船和游人，不然会硌牙，影响口感。

与物为春

文/梁冬 吴伯凡

催生生命、呵护生命的气息，这就叫春气。满室皆春气时，人就会感觉很舒服。有的人家里一走进去就能感觉到那种看不见、摸不着的生机，据说这种房子就会很好。有的公司也是这样，一进到公司里就能感觉到从经理到员工散发的春气，这样的公司就比较景气。

春天和秋天的温度差不多，都不冷不热的，但是性质完全不一样，因为它们的方向不同。从中医的视角来看，春天的时候地气是往上走的，秋天的时候地气是往下走的。所以，在春天没有风的时候，风筝也能放起来，而秋天没有风的时候，风筝就放不起来。秋气是杀气，在中国古代，被判了死刑的人都是秋后问斩，而春天是不杀人的，因为天地有好生之德，春天是万物生长的季节。

"与人为善，与物为春"说的就是这个，就是说人的内心里要有暖洋洋的气息，而且这种气息可以温暖到消融周围的人。

苏联作家康·帕乌斯托夫斯基曾经描绘了一个与物为春、令周围人如沐春风的人，他有一篇小说叫《夜行的驿车》，主角就是童话作家安徒生。安徒生非常敏感，能从对方说话的腔调判断对方是一个什么样的人。在这辆漆黑的驿车里，他与三个姑娘相对而坐。其中一个女孩说："您看看我呢？"安徒生说她是一个非常善良的姑娘，在田里干活的时候会有小鸟歇在她的肩膀上。她旁边的那个姑娘说："真的，就是这样的。"安徒生接着说："将来你会有很多很多的孩子，他们每天都欢天喜地地排着队到你面前领牛奶喝，然后你一遍又一遍地亲吻他们的脸。在任何情况下，你都是散发出春天般微笑的姑娘。"直说得另两位姑娘惊呆了，因为那姑娘就是这样的人。

与物为春的人会让身边的人觉得温暖，会让周围的环境非常和谐、友善，甚至连鸟儿都会歇到肩膀上。人缘好的人，不仅人缘好，物缘也好，与人、动物、周围的一切都是相生的，与物为春就应该是这样的。

向冬天示弱

文／嵇绍波

教室的前面有一棵树，树冠蓬松，枝叶浓密，四季常绿。这棵树下面有一丛低矮的灌木植物。开始注意这些植物，是在冬天的一个早晨。

那天我正在教室里给学生做思想工作，要求他们不要贪图安逸，要有向困难宣战的勇气，不要等到白了少年头，枉自叹息。说完我心中一动，不禁将目光移向教室外面，做有意的探寻。

正是数九天气，植物们大都干枯枝残。忽然，我的目光被一抹绿色吸引住了，在这棵常绿树下面枯萎的灌木丛中竟然挺举着几簇绿叶，分外耀眼醒目。因为这几簇绿叶，这一丛沉睡的灌木顿时活了起来。瞬间我被这些不畏严寒的绿叶感动了，信手一指不假思索地对学生说，做人就要像这几簇绿叶一样，无论遇到怎样的霜冷雪寒，都不向冬天示弱。

讲完以后那几簇绿叶很快就被我淡忘了。第二年春天，我在校园里欣赏春天的美景时，无意中发现常绿树下那一丛灌木中有几簇不协调的枯黄叶子，低头细看，才想起它们正是去年冬天停留枝头不肯谢去的叶子。

一般落叶植物是春发冬藏，而这几簇叶子却是冬荣春枯。我仔细地观察了这几簇叶子所处的环境，正好是在常绿树枝叶最茂盛的下方。生物老师说，这里的环境比较温暖，所以它们才会在冬天努力地绿，向寒冷叫板。但由于这几簇叶子在冬天耗尽了能量，春天里只能选择死亡。

面对这几簇在春天里枯死的叶子，我重新向我的学生解释，每一种生命都有它的自然规律，向冬天示弱是落叶植物的法则，任何违背自然规律的行为，都会受到自然的惩罚。做人有时也是这样，在困难面前不哀不卑，在默默等待中修炼自己，蓄势待发；当春天到来的时候，抓住生命的精彩，大开大放。

花开的时候吵到你了吗

文／王学富

有一个禅师，收了一个年幼的徒弟。这小徒弟很聪明，也特别喜欢别人赞扬他，夸他如何聪明。不管他有什么好的想法，或是做了什么好事，他都会去告诉所有的人，也就得到许多人的赞扬。

有一天，师父送他一盆含苞待放的荷花，对他说：今天晚上，你仔细观察这盆里的荷花，看它们是怎样开放的。

小和尚很高兴，心想，一定是师父看他最聪明，才让他观察荷花。于是，他捧回这盆荷花，整整一个晚上都坐在那里，全神贯注地观察荷花，他看到了一朵朵荷花绽放的全部过程。

第二天一大早，他急不可待地去见师父，手舞足蹈地向师父描述他观察到的荷花绽放的各种细节。

师父听完，问他：花开的时候吵到你了吗？

小和尚听了，寂然无语，若有所悟。

最好的教育，就是让生命自然绽放，如塘里的荷花，如野地里的百合。但这绽放，是出于内心的需求，是自然的表现，却不声张，不夸饰，不炫耀。

过于追求别人赞扬的人，他们的所作所为，不是出自内心的意愿，而是把关注转向他人的反应。他们呈现出什么好，就四处观望，喧哗不已，为了引人注目，得人赞赏。如果没有受到关注，没有得到赞赏，就觉得没劲，就不想开花了。

他们的心思不放在绽放上面，却总在担心"别人会怎么看我"。这样一来，他们就慢慢失掉天然的动机和力量。有许多人自幼是在赞扬声中长大，到了后来，他们的自我不再绽放，反而变得枯萎了。

因此，对于生命成长来说，最重要的是内在品质，而不是外在装饰。

那些眉清目秀的日子

文／七堇年

世界太大，生命这样短，要把它过得尽量像自己想要的那个样子才对。

我也总算是懵懵懂懂地尾随着别人的轨迹，拼命跟跄追逐了些路，才最终停下来，清楚地知道了，自己想要的是什么。

英语谚语说过，一个人的牛肉可能是另一个人的草。

我以前不懂，常追着爱吃牛肉的人跑，气喘吁吁，以为牛肉很好，后来发现，我其实喜欢吃草，幸好我发现得早。

我喜欢走路去街市买便宜的果蔬。我喜欢节俭带给我的生活感受，那么的踏实。因为节俭意味着，快乐可以来自很小的事情。

我喜欢遥远的旅行。

喜欢一个人的时候。

喜欢母亲的饭菜。

喜欢夜晚来临。

喜欢黄昏时一座空旷的公墓，而不是所谓的香榭丽舍和折扣奢侈品。

我明白自己将会，而且能够，自由而安静地写字，并活着，有良好的独立性和方向感用于旅行和生活。

每一天醒来，看到自己都是健康的。

每一天睡着，都知道自己想要的已经得到。

冰箱里有面包、苹果、牛奶，柜子里有衣服和书，桌上有电脑。

每次回家母亲都能为我做好饭菜。

刷牙的时候看到镜子里的脸依然很年轻。

明日仍有太阳，且明日在自己手中。

在知道了人间有那么多苦难之后，你不会懂得我有多满足。

如果活得高尚些其实更容易，为什么不呢？

表　达（外一则）

文／安妮宝贝

有时人不能表达自己的感情。

说出它来，就如同把一个赤裸的婴儿，袒露在他面前。他抱起也好，放下也好，不理不睬也好，伸手扼杀也好，你都没有防备及抵御的能力。因为你爱他，你执意脱尽遮蔽，退却心智，弱化意志，以必败的姿态，出现在他的面前。你爱他的时候，就已经是他手下的俘虏。谁先爱，谁爱得更多，即使再步步为营，一步走在前，便全盘皆输。

男女之间的爱情，其本质，是一场政治或战争，也许比这一切更为无情。

保全感情的途径，在于退而守之。剧烈表白，强势逼近，纠缠到底，诸如此类的姿态，无非是把自己推近自尊的悬崖边缘，进退都是两难，无法给予自己过渡。失去或从未得到过一个人，倒是其次的事情，翻来覆去折损的心该如何来收拾。

成年人在感情之中得到的慰藉，不管是友情、爱情，还是亲情，都需要让它沉堕到黑暗之中，保持静默不语的容量。它不发散，才具备内核。若没有内核，则只是一个概念。在日常生活之中，这概念很容易被退化成一种功利性的心理需求，一个用以把玩的工具。功能有很多，例如谈资、流言、炫耀、是非，种种。

因觉得它的存在是端然的，并且严肃，一拿出去说，它就有了嫌疑。

真实的感情是浑然天成的，单纯的，自然并且简单。

植物一样的人是好看的

植物一样的人是好看的。他们经历独特，但所言所行，丝毫没有浮夸。待人真诚实在，有一种粗率的优雅。人生观是开阔而坚定的，自成体系，与世间也无太多瓜葛。若看到不管是何种职业的人，在人群面前表演欲望太过强盛，用力通过各种媒介来推销和演出，便觉得动物性的一面太过明显。功夫做足，野心昭显，昌盛踊跃，最终不过是普遍性的平庸。

　　能够产生联系的人，似乎总是自动出现，而当他们出现的时候，也总是能够自然地识别。好奇盲目的社交年龄过完之后，心里的喜与不喜已经清楚分明，欲望也不沸腾。知道生活中所真正需要的关系，不过是那么几人。若没有与之保持长久关系的心得，那么见与不见，好与不好，都是无所谓的事情。

　　无论男女，我比较喜欢那种心绪安静而说话准确的人。通常人语言拖沓、逻辑不清，是因为交流的背景中隐藏了太多的借口、谎言、禁锢、虚荣。真正知道自己在想什么以及要什么的人，可以简洁而坦白地应对外界，他们是鞘中之剑，从不故意露出锋芒，却能在瞬间断除自己与他人的瓜葛。

　　一些人喜欢故作兴奋状，五的事情，觉得有十那么多。一些人喜欢内藏自己，十的事情，觉得不过是八。我倾向后者，这样可以保持平静和后退的余裕。

　　他们在房间里高谈阔论，我在院子里看着三棵杏花树，心里仿佛完成了一首诗。天边晚霞已落，不如找个地方喝酒。

清　闲

文／文东

　　传统的艺文修养，总离不开两个字：一曰清，二曰闲。

　　清是淡泊的意思。所要淡泊者，一为名利，二为事功。淡泊名利，是比较容易做到的，有的人还能淡泊到"清高孤傲"的程度，不容易做到，甚至不容易想到的，是淡泊事功。大凡从事一艺的人，当技艺达到一定程度后，就不免会起一点"雄心"，或者要起颓振衰，为往圣继绝学，或者要独辟蹊径，开宗立派，总之心里会想，我一生从事此艺，毕竟要在艺史上留下一点痕迹。此愿一发，即是起了"事功之心"。在此之前，他可以潜心艺事，冥然忘机。在此之后，他就不得不操心局面，劳碌冗杂了，心神不能再专一，情绪也时时波澜起伏，其于技艺，已无法潜修，而遑论精进乎？这种状况，归结起来，也就是有了"得失之心"。此得失之心，与追逐名利之辈的得失之心，本质上是一样的。因此，仅有淡泊名利之心是不够的，还要有淡泊事功之心，此二者，要淡一起淡，否则终归于徒劳。

是以淡而后才能清，清而后才能养——养心、养意、养艺。知识与技术，要修；心与意，则要养，合起来，就是修养。有修无养，会沦为匠人；有养无修，则只是票友。匠人以艺为生计，票友以艺为娱乐，是皆不妨也。倘在艺事上有卓越的境界的追求，则非兼修与养于一身不可。

既不萦心于名利，又不迫切于事功，人也就闲了。闲是状态，也是心态，不上班，不打卡，不守门店，不事稼穑，闲得一尘不染，当然是最好的啦。旧时候在家苦读四书要考秀才的读书人，日常就是这种状态，家里人供养着他，还相互嘘唇不要打扰他。若在这种状态下潜心艺事、涵养性灵，是非有大成不可的。然而今日非官非富、不僧不道的诸众，为生计虑，不可能闲得这等彻底，好歹也还是要打打工，课课徒，糊一张受之父母毕生相伴的口。劳作既不可免，就只好换个法子来闲，怎么闲？心闲，即陶诗所云"结庐在人境，而无车马喧。问君何能尔，心远地自偏"。心如何能闲呢？这需要放弃名利之想，放下事功之心，不纠缠于权谋，不拘局于朝夕，纯粹单一，圆融浑穆，无所为则无所不为，简言之，就是要淡泊。淡泊了，就清；清了，就闲了。

故凡艺能、艺德、艺境种种，其实都是从清、闲二字中来的。

以上端就艺事而言，倘要做企业家、政治家，则不必清闲，也不得清闲了。

巨　虾

文／[新加坡] 尤　今

清晨，在东京一家餐馆的展示柜里，我的两个孩子对着一碗日式炸虾汤面啧啧称奇。让他们惊奇的，是躺在汤面上的那只虾——超级长、特丰满、极端肥。虾头和虾尾，由碗口意气风发地伸出去，有得意万分的自炫意味。

我嗤之以鼻："一条塑胶虾，居然哄得你们眉开眼笑！"长子反驳："一碗面，只有一条虾，标价 1500 日元，如果是假的，哪会这么贵？"我叹气："你不晓得这种商业手腕吗？这么大这么长的虾，世间哪儿去寻！"长子据理力争："没见过，不意味着不存在！"

我坚持己见，笑他未见世面。他不肯收回成见，说我固执如石。很遗憾，当时时辰过早，餐馆尚未营业，我无法以实际行动来证明他的无知，只能以一句"我吃过的盐比你吃过的米多"来鸣金收兵。

后来，在其他的餐馆，看到同类的塑胶展示品，全都中规中矩，每碗炸虾汤面的标价也都由 600 到 800 日元不等，那种"巨无霸型"的，绝无仅有。偶尔旧话重提，长子依然拘泥于自己本来的看法："虾小，当然便宜；如果是巨型大虾，自然得收双倍的价钱！"

过了几天，到筑地大渔场去逛。长子忽然驻足于一个摊子前，发出了石破天惊的喊声："妈！看！看！"

我一看之下，马上瞠目结舌。为数不多的虾，娇贵地躺在一个敞开的木箱里，超级长、特丰满、极端肥，和那天在东京展示柜里看到的展示品一模一样。这时，长子那句话突然闪进了脑际："没见过，不意味着不存在！"站在这巨虾前，我面红耳赤。

许多时候，吃过的盐比别人吃过的米多，只能证明自己患上肾脏病的风险和机会比别人大而已！

台湾的人情味

文／王 伟

尽管海峡两岸民众同种同文，但不少事物的语言表述大相迥异。例如大陆人口中的猕猴桃、地铁、盒饭、台球、手机、短信、鼠标，被台湾人称作奇异果、捷运、便当、撞球、行动电话、简讯、滑鼠，如果不预先做好功课，还真有鸡同鸭讲的感觉。

乖巧的台湾人很会照顾别人的感受，在一些隐讳的、负面的事物上往往婉转地换一个说法，冰冷生硬的气氛也会变得温暖灵动起来，充满了浓浓的人情味。

生离死别：死亡——往生(前者系大陆用词，后者系台湾用词)，死不是 game over，而是新的一轮开始；下葬——上山，不管在世时得意不得意，人总是要往高处走的；鬼——好兄弟，都称兄道弟了，还有什么恐惧的？流产——落胎，叶落归根，肥水不流外人田；离别——暌违，分开总会久违不见面，用不着孤寂感伤；死机——当机，己所不欲勿施于人，电脑也不喜欢死这个字。

学校教育：盲人学校——启明学校，尽管眼睛看不见了，但还要点亮一盏明灯；聋哑学校——启聪学校，无声世界总有边界，找到开启另一个世界的门；慢班——放牛班，不要着急上火，牛跑得再慢也会到达终点；挂科——当掉，考试不及格就像典当一样，可别忘记准备好赎当；班主任——班导师，老师是学生的引路人，没必要和官职挂钩。

人体生理：麻脸——猫面，麻子长在谁脸上不影响美容？当然是猫脸上喽；弱智——智障，别嘲讽贬低人家，谁这辈子没碰到一点障碍？痴呆——失智，迟缓愚笨只是表象，智能减退才是本质；愚昧——憨昧，你信不信，未经开化的人都是老实人；神经质——脱线，思维不正常的人，道理上跟火车脱离线路是一样的；假肢——义肢，尽管不是货真价实的原装货，但却是不可或缺的好伙伴。

日常生活：穷人——待富者，每个人都能成为富人，只不过有些人还没到时候；小卖部——福利社，买卖再小不丢人，照样是惠泽民众的福利事业；残次品——瑕疵品，本来是可以合格的，就差那么一丁点儿；二手车——中古车，用不着嫌弃人家用过的东西，古董可都是被人用过的；出丑——漏气，已经够丢人了，就不要直白地讲出来；老幼病残孕专座——博爱座，受让者如沐春风，让座者引以为豪。

曾有人说"台湾最美的风景是人"，其实，这种美是由内而外的素质美，具体到一句话、一个词，多一点慈悲，少一点冷漠，就能给别人很大安慰。

地球只有一个我

文／沈嘉柯

有一种宇宙观是许多人常常使用到的心灵药水。

人生失意，诸般失落，因此去攀登高峰，比如珠穆朗玛，或者仰观天文，看看星空。看着看着，宇宙多么浩瀚，星空多么辽阔，世界太过广大，个人的一点点烦恼又算什么呢！因此，感觉到内心平静了。但是，返回到喧嚣城市里，返回到复杂人际关系中，返回到膨胀欲望追求里，就继续开始痛苦。

这种宇宙观，不是不奏效，只是，好像总透露着治标不治本的味道。

而另一种宇宙观，便是：地球只有一个我。

朱德庸漫画《绝对小孩》里其中一章是：上课的时候，老师说，我们只有一个地球，所以我们要好好爱护它。披头想了想，举手说，老师，地球只有一个我，所以你要好好爱护我。

只有一个我，也只有一个你，在这个蔚蓝色星球上。

所以，你、我，都是最重要的，需要彼此好好爱护，需要自己好好爱护自己。限定涵义是：爱护身体，保持健康，被爱护心灵，被好好爱。

而爱护自己的宽广涵义，还包括，我们必须良好地完成一整段的人生。在完成的这个过程中，体验是最重要的。去体验所有的快乐，去体验所有的悲伤，去体验考试失败，去体验工作落后，去体验夜半观星，去体验雨中接恋人，去体验等待放学，去体验用功投入，去体验失恋憔悴，去体验斗志高昂……去尽可能多地体验人世间的事情。

在种种体验里，我们的人生获得最大意义的完满，每一种经历，都被赋予意义。

这样的宇宙观，是不是更加贴近我们的灵魂？这种宇宙观压根就丢开了治标和治本。不必治标，因为痛苦是生命必要的构成部分，与快乐相互映照。不必治本，因为我之为我，独一无二，生命只此一次。即便地球在宇宙里连恒河一沙都算不上，但地球只有一个我，宇宙也只有一个我，必须爱护这唯一的有时限的存在。本着推己及人和人类社会互惠互利原则，因此应该彼此爱护。

我爱我自己，所以，我必须好好完成我自己的人生。

当一切渐渐慢下来

文／[加拿大] 尼尔·帕斯理查　译／赵燕飞

时间是一个幻觉。

宝贝，我们在旋转，旋转，旋转。电子在我们高大的血肉之躯里旋转，电子在又大又潮湿的岩石里旋转，电子在明亮皎洁的太阳里旋转，电子在深邃漆黑的星系里旋转，电子在无边无际的宇宙里旋转。

这种永不停息的旋转有时太让人犯晕，所以我们试图为我们混乱无章的生活，设置某种精巧的秩序。我们在厨房壁橱上挂起日历，划分出每日每周每月。我们策划着星期六晚上的活动，星期天早早熄灯睡下，星期一早上出发去上班。看到了吧，现在我们已经用分、时、日、周、月、年、一生，代替了旋转。

当然，也许为疯狂的生命设置一个日历，就像是在龙卷风里放置一张纸巾，但是，如果没有了结构和常规，我们就只能无目的地永远游荡下去，你明白我的意思吗？

不，不，不，我们需要秩序，我们想要秩序，我们渴望秩序，我们热爱秩序。秩序给了我们生日、纪念日和理发预约。秩序给了我们下课铃、烤蛋糕的香味和全家人的圣诞夜。秩序给了我们图书馆的阅读、节假日的祝福和夏天的长周末。秩序给了我们很多。

但有时慢下来远离秩序一点儿也挺好。

有时，在潮湿的小河旁，在点点星辰下，搭一个皱巴巴的帐篷，和你心爱的人露营，不是很棒吗？有时，在一个下雪的周末，窝在家中，蜷缩在褪色的灯芯绒沙发里，不是很棒吗？有时，换上一条宽松的卡其短裤，套上一件明亮的衬衫，飞到一个遥远的岛屿，只为了躺在炎热的沙滩上，面朝蔚蓝、亮晶晶的大海，不是很棒吗？

　　有时，退一步，看看云儿和天空，不是很棒吗？

　　有时，让思绪自由飘荡飞远，不是很棒吗？

　　有时，闭上眼睛，任时光飞逝，不是很棒吗？

　　有时，忘掉时钟上的指针，做一个白日梦，不是很棒吗？

　　感觉妙极了！

自己就是一种祝福

文／[美]威尔·鲍温　译／陈敬旻

　　在葡萄园里，当一棵葡萄树开始成熟，便会散发出一种其他葡萄树也能接收到的振动频率、酵素、香气或能量场。这棵葡萄树在向其他葡萄树示意：该是改变、该是成熟的时候了。当你在言语及思想上，都颂扬着自己和他人最崇高、最美好的一面，你只要表露原本的自我，就能向周遭所有人示意，该是改变的时候了。

　　我常常想人类为什么喜欢彼此拥抱。当我们拥抱时，即使只是短暂的刹那，我们的心也会互相曳引，我们会提醒自己：地球上只有一个生命，一个我们共享的生命。

　　如果我们不刻意去选择自己要过什么样的人生，就会跟着其他人的脚步混沌度日。我们常跟着其他人随波逐流，却没有发现自己在依样画葫芦。我父亲年轻时经营我祖父的一家汽车旅馆，那家旅馆的对面是一家二手车行，而我父亲设法和车行老板达成了一项协议：汽车旅馆晚上的生意若很冷清，我父亲就会去车行，把十几辆车移到旅馆的停车场。不用多久，汽车旅馆就会充满付费的旅客。经过汽车旅馆的人会推论，如果停车场空荡荡的，这家旅馆一定不太好；但要是停车场停满了车辆，经过的人就会觉得这是适合住宿的好地方。我们都会跟着别人走。

大约凌晨三点，我被我们牧场上嚎叫的那群土狼叫醒。刚开始的嚎叫声起自一只小狼，然后才扩散至整群土狼。很快，我们的两只狗吉布森和玛奇克也加入了嚎叫的行列。不久，我们邻居的狗也开始嚎叫，最后嚎叫声从四面八方涌来，传遍山谷，附近的狗都加入了。那些土狼制造了正在扩散的涟漪。没一会儿，我又听见嚎叫声从几里外的各处传来，而这一切皆始于一只小土狼。

你是个什么样的人，将在你的世界里造成影响力。以往，你的影响力可能都是负面的，因为你可能有抱怨的倾向。如今，你则在为所有人设立乐观的典范、打造更美好的世界。你是人性大洋中的一道涟漪，在世界上引发着回响。

你自己就是一种祝福。

像喜欢春天的小熊一样

文／[日] 村上春树

"喂，喂喂，说点什么呀！"绿子把脸埋在我胸前说。

"说什么？"

"说什么都行，只要我听着心里舒坦。"

"可爱极了！"

"绿子，"她说，"要加上名字。"

"可爱极了，绿子。"我补充道。

"'极了'是怎么个程度？"

"山崩海枯那样可爱。"

绿子扬脸看看我："你用词倒还不同凡响。"

"给你这么一说，我心里也暖融融的。"我笑道。

"来句更棒的。"

"最最喜欢你，绿子。"

"什么程度？"

"像喜欢春天的熊一样。"

"春天的熊？"绿子再次扬起脸，"什么春天的熊？"

"春天的原野里，你一个人正走着，对面过来一只可爱的小熊，浑身的毛活像天鹅绒，眼睛圆鼓鼓的。它对你说道：'你好，小姐，和我一块打滚玩好吗？'接着，你就和小熊抱在一起，顺着长满三叶草的山坡'咕噜咕噜'滚下去，玩了整整一天。你说棒不棒？"

"太棒了。"

"我就是这么喜欢你。"

SPA 的启示

文／莫 晴

某天我去 SPA，那个服务员不小心把一瓶精油都倒在我身上了，小姑娘非常非常抱歉，我一个劲跟她说，没关系，真没关系，我只是怕你这瓶精油太贵，你们要赔本了，我这衣服不值钱的。小姑娘说，姐姐，你真的是个好人。后来跟她聊天，小姑娘放松了很多。

我跟她开玩笑，说：当每个女人脱光了衣服来这里 SPA，你们怎么判断谁是潜在客户，因为你要办会员卡，需要营销，但是做 SPA 的女人就是全光着走进来的。她笑笑，跟我说：其实我们只要闻一闻这个女人身上的味道，就能判断出来。我很是好奇地问：怎么判断？她说：比如你一进来，我就知道你用什么价位的香水，好的香水和不好的香水差别很大，我们天天闻，一闻就知道。她又说，假设不用香水，我们闻你的身体和头发，都能闻出来，好的头发护理和身体护理，味道不同。我们每天都在做美容，不同产品的味道很容易区分。我忽然就觉得特别有趣，她说得很对，干哪行爱哪行，做美容的就是可以对味道敏感。那么，一个银行客户，穿着衣服，带着包，有香水，有车钥匙，有气场，作为银行柜员的我完全可以在他进门那瞬间，就做好分类了，再分类营销。

我那天夜里觉得很开心，这是堂很好的课，所以要敞开心扉地跟可能的人交流，每个人都可以给你很多启示，这是真的。

爱能防堕

文／（台湾）张曼娟

小学二年级的男生对班上的女生说"我长大以后要娶你"，谁会把这样一句话当真呢？纵使他们真的是两小无猜，形影不离，依然会成为同学们取笑的对象。但是，长大之后，一切就会改变了吧？或者，渐渐地忘掉了吧？

然而，小学五年级时，男生因为家庭因素突然搬家转学，从此就与女生失去联系了。而后，女生改了名字，像是一个崭新的人那样，过着新的生活。男生曾找过女生，用的是旧名字，始终没有找到。

直到 14 年后的某一天，女生在 Facebook 上寻找到男生的名字，并且发出讯息，询问他是否是自己认识的那个人？男生给了这样的回复："我一直在找你。"他们相约见面，发觉一直都把彼此放在心上，虽然隔离了十几年，从未见面，神奇的是，爱却静静地在心里生长着。

这是与 facebook 有关的浪漫爱情故事，相信必然会流传好一阵子。网络啊，并不只是戕害青少年的身心，或是造就许多宅男与怨女，还能穿梭不可能的相逢，令有情人终成眷属。

14 年后再相逢，男生成为英挺的陆军军官，女生则是有着甜美微笑的房产公司秘书，就像是拍偶像剧那样，连他们的职业和形象都那么优质。如果，他们并不是这样的优质男女呢？如果他们在成长的过程中堕落沉沦了呢，再相见已是面目全非？

或许是因为心中有爱吧，有着爱的盼望，便有着向上的想望，于是不肯堕落，也不会堕落。

优雅的失败

文 / 古保祥

一次学校组织的演讲比赛现场，小选手们摩拳擦掌，家长们也是步步为营。

由于是预选赛，输者将直接被淘汰出局，因此，现场的气氛剑拔弩张。看到孩子们争先恐后的面孔，我突然间觉得这样的设计是否过于残酷，这么小的孩子，却要如临大敌般地接受命运的煎熬。

一个打扮得花枝招展的小姑娘第一个上台，母亲并没有风风火火地跟在她的后面，而是安坐在原位上，用目光送她上了舞台。说句实话，小姑娘有些怯场，背好的台词念得七零八落的，表情纠结，尽管评委们尽量人性化，带头鼓掌以示鼓励，但小姑娘还是失败而归。铁定的结果：她一定无法进入下一轮比赛。

按照规定，所有参赛选手均要在比赛结束前上台谢幕，无论你是输还是赢，因为学校要锻炼孩子坚毅的品格。参赛选手过半时，一些注定无法进入复赛的孩子与家长们早早地铩羽而归，现场的掌声冷清了不少。

蓦地回首，发现那个小姑娘正坐在化妆区的椅子上，而她的妈妈正在竭尽全力地为她梳头、化妆。小姑娘问妈妈："人家都走了，我们也走吧。我不要零花钱了，因为今天失败了。"妈妈笑了，一点儿也没有沮丧："一会儿还要谢幕呢。上台的时候别慌，优雅些，举止大方得体，要穿着最漂亮的衣服上台谢幕。"妈妈只字未提失败的字眼，在与小女孩的对话中，尽是对美的赞扬与优雅的解释，小女孩的脸上毫无失望的表情，等到最后上台时，她竟然第一个冲上了舞台，笑得比成功的选手还要甜美。我敢说，她虽然未进入复赛，但她的笑容与美丽，已经成了当晚绝对的主角，许多人记住了她的优雅。

让孩子从小不对失败恐惧，自由、潇洒、笑容满面地面对失败，或许比明白何谓成功更为重要，因为人生遭遇失败总会比成功要多。摔倒也有摔倒的姿势，从容摔倒，不沉沦，不丧志，揉揉膝盖，在受伤的地方打个补丁。

优雅失败，有些掌声是送给失败者的。

"死党"有秘诀

文／苏 芩

看台湾小说，常看到一个词：死党。

古文中注释：死党，尽死力于朋党也。

而今，死党，专指至交好友，大家常说的"哥们儿"、"姐们儿"。

只是，听遍了"我兄弟"、"我姐妹"、"我闺密"……之后，还是觉得：死党，真是个让人听着惊心动魄的词。一份跟生死牵上关系的交情，才真够味！

但是，能交到死党，靠的什么？很简单：好心肠加一点坏脾气。

总听不少女孩讲："我那个好姐妹脾气真是糟糕，动不动就教训我！"

但是问她："那为何不与她绝交？"

她也会吓一跳："绝交？！没那么严重吧！虽然脾气坏一点，但我知道她是真的好心为我。"

瞧见了吧，中国人都认为"良药苦口"，一个能让你苦口的朋友，才不会让你苦心。

很多人总觉得坏脾气的人都没朋友，可去现实中看看，恰恰相反，反而是那些好好先生乏人问津。

因为，愤怒有时是解决问题的良方，当你不满意，要懂得大声说出来。

当然，这里的"坏脾气"不是真正的飞扬跋扈，要坦白说出你生气的缘由，就事论事，而不是故意找碴儿发脾气。

只懂得微笑的人，交不到"死党"。

在交友的范畴里，永远永远，对方希望看到你真实的一面。

你的愤怒你的坏脾气你的忍无可忍，在对方眼里，是你的底线。

一个能让人看清"底线"的人，对方才能放心地与你交往。

当你生气时，不要总想着克制，大声对她（他）说："喂，我很生气！"

没准，这就是你们交情的开端。

幸亏遇到你

文／王　纯

我总在想，这个世界上的人何其多，能够相遇是多么不容易的事，而别人和你遇上并有交集的机会，简直和中大奖差不多。不过，总有一些从天而降的人，走进你的生命中。

那年，我初涉职场，总感觉茫然无措。我的搭档是一个刚毕业的男生，也给人青涩之感。我心里暗想，这下可惨了，两个没有经验的人在一起工作，肯定要状况百出。而且我听人说，职场凶险，应该心存戒备。工作中，我时时处处表现出有所设防。让我没想到的是，他却很热情，工作上的看法、经验会毫无保留地告诉我。

有一次，我们工作中出了点小失误，他竟然把责任全都揽下来。我渐渐开始信任他，也学会了与人相处之道——只要真诚对人，就能换回同样的真诚。不久后，我们的工作被大家认可了。我很欣慰地对他说："幸亏遇到你，不然我还以为职场深不可测、危机四伏呢。"他笑笑说："也幸亏遇到你呢！你让我学会了沉稳内敛的态度，也养成了做事有条理的工作习惯。"

我的性格内向，却有一个性格外向的闺密。她喜欢玩，总是拉着我参加聚会、跟着驴友出游等，因为有她，我的生活丰富多彩起来，而且还结交了很多朋友。她颇有些得意地说："我就是你走向外面世界的桥梁嘛！"我笑了，说："幸亏遇到你，不然我的生活多么单调。"她也笑着说："幸亏遇到你呢，在你身上，我学到了好多。你没发现，现在我喜欢上了读书、听音乐了吗？"

我虽然心细，但生活细节上并不讲究，什么变着花样给家人做早餐，或者把一家人的衣服熨得平平整整之类的事，我总是不屑于做，而老公却是个居家男人，他喜欢做菜，喜欢给家人展示他的厨艺。不仅如此，他还能把衣服熨平，甚至针线活儿都做得不错。我说："幸亏遇到你。"他答："可不是嘛，幸亏遇到我，换了别人，你的日子都没法过。不过呢，遇到你也是我的幸运，你不是那种功利的人，从来不给我压力，让我生活得很轻松。"

如果有幸遇上谁，彼此都有"幸亏遇上你"的感觉，相互欣赏，惺惺相惜，实在是人生幸事。他们是上天送给你最珍贵的礼物。

一定是在恋爱中认识无常的

文／陈思呈

有一天他突然不理你了。

其实之前也谈不上理你。你们只不过比一般的同学多了些偶然的对视。你坐在班上第二排，他坐在第六排，总有那么几次回头，刚好碰到他的眼神，慢慢地变成一个有所期待的游戏。某天放学，他刚好在你家附近碰到你，然后他知道了你家地址，在你爸妈戒备又好奇的眼神中，邀请你跟他们几个男生一起去打羽毛球。

你们的交情也就这样了，但是你知道他喜欢你。你每天晚上飞快地做完作业，想早一点躺到床上去——睡前时分，便可以独自尽情地把白天的一切细节回味一遍。他今天放学路上和你说了句什么话，你停单车的时候，不小心把头撞到铁栏杆，他伸出手来似乎很想摸一摸你的头，但又意识到不合适，毕竟你们连手都没牵过呢。

可是不知从哪天开始，他不太理你了。

他不约你打球了，你回过头去捕捉他的眼神，他没有回应。你意识到你们之间未被命名的额外的情谊，已经被偷偷修改了性质，他成为路人甲。你在每天入睡前更加仔细地回味自己的一切，想找出破绽，可找不到答案。

最初你想象，过几天如果他又恢复了热情，他又开始找你了，那么你一定冷笑着说："哟，你还记得我啊？"然后骑着单车绝尘而去，他一定会猛踩单车追上来解释。可是这个想象终于没有上演，时光越过越远，看来它永无上演的机会了。

一定是他遇到什么无法解释的事。其实如果他喜欢上别人倒也好了呢，你想。却没有发现这样的线索。最后你猜，很可能是他突然感到了畏怯。

你怀疑，一个人拥有的魅力只够维持那么一段时间。那场恋爱的雏形也许是凭借着一点幻觉才得以进行，也许是某天，在你过于热切的眼神中，在你过于频繁的小纸条中，那点幻觉在他的头脑中突然破灭。

从那个时候起你已经看到生活的神出鬼没，仿佛在瞬间理解了世间男欢女爱的总和。

被故事影响的人

文／李松蔚

我在大学做心理咨询时，来访者多是优秀的大学生。他们当中的大部分并没有诊断意义上的心理障碍，仅仅是觉得不开心，要找心理老师聊聊。他们在世人眼中都是天之骄子，却常常流露出焦躁、懊恼和挫败，对人生怀有强烈的不满。

"这学期又过去这么长时间了，我还是……"他们常常这么抱怨。

这句话背后的意思是，他们心里存在一个"估值"：过去了多长时间，理应取得多大的成就，否则，就是哪里出了问题。这种对生活的规划，应该是冷暖自知的东西，但这些年来，却逐渐有千篇一律的趋势。"学霸"是其中受到广泛认可的关键词，似乎有越来越多的学生认为，如果自己的人生大戏不能按照"学霸"的剧本出演，那一定是自己的失败——而不是剧本选错了。

"学霸"传说的盛行，有社交网站的推波助澜。通过网络，学生们的眼界大大开阔：某甲把学习计划精确到每分钟，本科期间就发表了

SCI 论文；某乙一边念书一边创业，还未毕业就已坐拥百万身家；某丙收到若干常春藤名校的 offer——还应该添上一笔：某丙刚上大学时英语极差、眼界极窄，说起出国大家只当他痴人说梦。这种故事的迷人之处在于，它为读者提供了超强的代入感：我的英语还没那么差，我的眼界也没那么窄，我的人生凭什么不能有更高的成就？

他们理所当然地把这些传奇当作自我衡量的标杆，再心甘情愿地用它们打击自己。

学霸传说在社会上的版本，则是形形色色的致富神话，两者的故事逻辑是完全一致的。这在两种现代传奇中都已形成固定的套路：起初必定是一穷二白、让人绝望的，住在没有手机信号的地下室，吃泡面，受到各种冷言冷语的羞辱，然而非常拼命，每天只睡 3 小时……最后另起一节，"几年后的现在"，功成名就、飞黄腾达就任凭想象了。毫无疑问，它很吸引人。我们会发现，坚韧、乐观、充满激情、不眠不休，每一段网络传奇，都能看到这些品质的影子。智商、外貌、家世背景等先天禀赋的差异会被有意忽略，偶然的机遇因素也不会被大书特书。读者更希望在故事中看到一个普通人，不聪明也不漂亮，甚至有一点被人看不起，只是凭着自己的努力一步步征服天下。这样的故事才会在普通人的网络里生生不息——仿佛得到了命运应许的安慰：他行，我就行！

今天，写手为我们搜集来自全世界的励志人生，精心加工，力图使我们相信那就发生在身边。网络的放大作用又让这样的传奇显得比比皆是，堪当每一个普通人的人生范本。相比之下，真实的生活是多么让人失望呀！

坚强的与脆弱的

文／雍 和

　　由于孕妇的特殊身份，我每次出门，总是得到陌生人的让座和帮助。有一天我进了地铁车厢，扶着门口的立柱站着。在门口第一个位置坐的是一个高大的年轻男人，也许人人都觉得他那个座位应该是我的，但他似乎没有看见我。他旁边的一位女士眼看车到站，可能担心上下车的人挤了我，就站起来让我坐了她的位置。不巧的是，站台上又进来一个背着孩子的妈妈，站在我开始站的那个位置。车一开动，她就不得不艰难地用一只手去扶车上的立柱，只剩下一只手保护背上那个睡着了的胖孩子。人们似乎觉得还是门口那个男人该让出座位吧，过了一站了，车上也没有别的空座位，那对母子还保持原来的样子。不知是否怀孕给了我很平和的心情，我宁愿相信那个男人有他特殊的理由在那天不让座，但我实在觉得那位母亲比我这个孕妇还难，就拉她坐了我的座位，我继续站到原来的位置。

　　下车了，由于身体沉重，我走得很慢。我看见那个男人也下了车，他竟然走得比我还慢，而且似乎忍着巨大的疼痛。我觉得我需要给他一个表白自己的机会，就问他是否需要我叫人帮助他。他很感激地一笑摇了摇头，并没有说话。

　　我只好走了。在电梯快把我送到出站口的时候，我不放心地回头看了他一眼，他还在离电梯几米的地方，靠着水泥墙坐着。

　　我也没有再回去，只是对地铁门口的警察说，那里有个人，似乎有困难。

　　一位孕育孩子的母亲，她用自己骄傲的姿势告诉全世界她正需要帮助，但对于一个看似强壮的壮年男人，他似乎只有被期待付出。然而，谁也不知道他偶尔的巨大隐衷，甚至有些隐衷一直压迫着他，但他开不了口，或者他被限定了角色，或者他本性刚强，或者他甚至是一个不能表白自己痛苦和需求的哑巴。

那件事情，让我反省了我和所有陌生人的关联，更让我反省了我和所有亲人朋友的相处。以前，我有一种观点认为，谁让我变成最软弱最笨拙的女人，谁对我的爱就是最深厚的。我也那样看待我的一位挚友给我的情谊，也许因为他在我心中一直是强大的和可以依赖的，我在生活中遇到最棘手的麻烦事时都会想到他。但在地铁事件之后，我放弃了原来的观点，反而觉得要处处去体察给我坚强后盾的人，体察他的脆弱之处，并把自己的某种坚强回报给他。

爱她就多提醒她

文／秦湄毳

曾经的曾经，我和他谈恋爱，在他最好的时候，在我最好的年纪。

所有恋爱中的女人，都会变小，他却不让我变小。

同一宿舍的蓉，有了男朋友之后，饭也不会打了，开水也不会提了，更不要说敢像以前那样拿着毛毛虫吓唬人了，见到一粒小蜘蛛，她就吓得哇哇大叫，啊呀哭哭了；一起上阅览室的馨，坠入爱河之后，就坠入了男朋友的怀抱，资料不查了，阅览室不去了，自己的论文、阶段作业，都要男朋友帮助搞定，所有的文字书写，也由男朋友代劳；一同爬过山、划过船，一同洗过衣、晒过被的青，谈了恋爱之后，泥泞小路走不过了，山坡不高也上不去了，需人背、要人扶，衣也不会洗了，被也扛不动了，娇滴滴地要人代洗衣物、代晒被褥……

看一圈小姐妹小美女都如此这般享受享福，我也答应了他的"一枚邮票倒着贴"，痛下决心回复他"三枚邮票并着贴"，一个含蓄说"爱你"，一个含蓄应答"同意"。

一个长途打过去，他声音都激动得抖着，却不能答应替我捉笔写一篇小小的论文，用他硕士论文的边角料足矣。他沉沉的声音，坚定地充满爱意地拒绝，"自己的事情自己做，不能这样。"再要撒娇发嗲，他就说了，"不许和别人一样变小。"两天后，我收到一堆他快递来的论文撰写资料。

我的周围有他的耳报神，他的信一封封砸过来，"没去傅老师家报论文，一周都没去晚自习，天天在寝室里玩昏了吧？"我委屈得掉眼泪，"去了我也看不进去书。"电话那端，他无言，半晌他说："其实我也一样，可是——"他又加重语气，轻轻说："要克制自己，不能沉溺。"我终于呜呜地哭起来，他总算"乖乖宝贝"地宝贝我一回，挂电话的时候，还是说："去阅览室吧，我也去。"

真是受不了他的理性，暑假聚一起的时候，跟他说："分手吧，你太冷血。"

他却拉起我的手，一只水笔把字写在我的手心里，"其实你不懂我的心"，这是当时很时髦的一首歌的名字。

我没理他，顾自走开，从此分手。

多年以后，他写在我手心里的字，在我的心里也没影踪的时候，我已为人妻，为人母。

日子磨蚀了青春，岁月磨砺我的一颗心，从女孩子到小妇人，我终于明了，真正的爱情是成长，真正的爱人是风雨同舟，真正的生活是一起面对，共同担当。生命路上，谁也担当不了谁，亲情如此，爱情更如此。

多年以后，我看到，依赖成习惯的蓉，离婚后，哭都哭不出来，她说，自己已经习惯把支点放在他的身上；什么都不会的馨，无奈诉说，什么都得学，什么都得做，生活工作都得自己打理；青苦笑着说感言，恋爱时候，他那些能耐都是"装"的，其实婚后，什么都"逼"着我去做，他连袜子都不洗……

是了，那时太年轻，我真的不懂，不懂那样一颗希望我能一起成长，共同担当的，爱心。

如今的我，担当自我，也担当家庭的一份责任，先生说，依着我，不要靠着，万一我打盹，一闪身体，会吓住你。所以，爱你，提醒你，我可以靠，你最好不要靠。

眯起眼睛，阳光下感叹，爱情里，一时变小虽是可爱，却经不起时间的磨砺，成功的爱情，不要以爱的名义"变小"；爱她，请提醒她，跟上你的脚步，你的感觉。

打开广播听鸟叫

文／郭贝蒂

在电视媒体如此发达的今天，在英国热爱广播节目的却大有人在。以 BBC 广播电台为主的英国广播频道，仍旧在民众心目中占有非常重要的地位。

最近有一个有趣的事情发生，英国民众在转台时无意中发现了一个全部内容只有录播各种鸟叫的电台。

原来，这个名为 Bird Song（百鸟之声调频）的电台早在 1992 年就首次出现过，曾在英国国家广播数码频率作为一个临时频道被播出。当时，它的上线是为了之后古典音乐频道的正式上线作为模拟无线测试信号而用。

在 2003 年到 2005 年，这个临时频道在不知不觉中获得了稳定的收听率与听众群，在频道被关闭后，甚至还有不少听众不满地进行抗议。

2008 年当原本专注文化舆论及娱乐、内容轻松有趣的 Oneword 频道改版时，这个 Bird Song 频道又再次被用来当作临时电台衔接过渡。结果 Brid Song 的回归引来了将近 50 万听众的追捧，收听率甚至喧宾夺主地超过了身为正规电台 Oneword 的收听率。为此制作单位不得不专门为 Bird Song 频道建了一个网站，好让英国民众们在其下线之后也能继续收听百鸟之声的内容。

今年年初当 Jazz FM（爵士频道）面临调整的间隙，百鸟之声又再次上线了，隔天果然在知名的 Reddit 论坛 British Problem（英国问题）版块上被人们热烈讨论起来。

虽然有少部分听众抱怨打开电台后家里的猫被鸟叫整得精神分裂，或者指出那些有点令人毛骨悚然的树木断裂声响让人不舒服，但也有专业爱鸟人士说短短半小时就分辨出了 12 种不同鸟类的歌声。绝大多数听众都认为"这没有一句人声的临时电台在某种程度上完胜所有当下的其他电台节目"。

百鸟电台，难得这样一份宁静与祥和，给习惯了机械人工声响的我们一剂清醒剂，好像提醒着我们，无论多么忙碌，也该找份时间静下心来，好好听听来自自然的真正音乐。

咖喱店里的人生哲学课

文／[日] 近藤大介

一天早上，一位厨师打扮的印度人在我的东京住所附近发宣传单，热情地说："今天我的咖喱店开业，欢迎您来捧场。"

当晚，我便找到了这家小小的咖喱店，店里没有客人，那位发传单的印度人悠闲地站在吧台后面，我问："是不是快打烊了？"

"第一天开业，中午只有两位客人，晚上只有您一位。"

"为了庆祝你的店隆重开业，我再点一瓶啤酒，咱们一起喝吧。"我抱着安慰他的打算说道。听我这么说，他露出了一口白牙，笑着取来了啤酒坐在我对面。

借着这个机会，我问了一个一直以来百思不得其解的问题："为什么你们印度人那么喜欢吃咖喱呢？"

"不吃米饭或者馕会饿肚子，但米饭和馕都没有什么味道，光吃它们很难下咽，而咖喱就是最简单的下饭菜。"他直爽地回答。

我有些吃惊地说："这和日本料理有点不一样啊。"

他再次露出了满口白牙："是啊。我真是无法理解，你们日本人为什么会在填饱肚子这件事上费尽心思呢？我觉得日本人和中国人在做菜方面简直就是一模一样！中国人也喜欢把菜做得奢华绚烂。这到底是为什么呢？"

我再次愕然。因为在我的印象中，日本人和中国人有着很大的区别。于是，我追问道："那在其他方面，你觉得日本人和中国人还有相似的地方吗？"

"在'不说谎'这个方面也很像。我的父母一直教育我说'人之所以有一张嘴，一是为了吃饭，二是为了说谎'。所以在我的意识中，吃饭和说谎是一个人能够活下去的两大要素。可是，日本人和中国人竟然从小就被教育'说谎是不对的'！"

我完全说不出话了，只能听他继续说下去。

"日本人和中国人最相似的地方就是'过于认真'。印度人认为人生不过就是一场游戏，而日本人和中国人做梦都想着飞黄腾达、大富大贵。印度人在垂暮之年开始惬意地思考来生，而日本人和中国人在临死之前还在想着赚钱，这就难怪日本人和中国人会经常争执不休。"

原来如此。但是印度不也拥有强大的军队、核武器吗?

"这只是印度 12 亿人口中的极少一部分，绝大多数印度人都在游戏人生——吃咖喱、午睡、看电影、跳舞、睡觉……如此反复，乐此不疲。人类不同于大象等动物的地方在于，人类可以玩耍，可以享乐，但是日本人和中国人竟然认真到了近乎死板的地步，你们真是在浪费人生啊！"

我连做梦都没想到，在一家简陋至极的印度餐馆里，我能聆听到一堂如此独特的人生哲学课。可是，坦白地说，我也永远不会再踏入这家店半步了——这位"为了游戏人生而迫不得已工作"的印度大厨做的咖喱饭实在是不太好吃。以后，我还是去"把菜做得奢华绚烂"的日本料理店或是中国料理店吧。

清晨的气息

文／[美] 西格德·F.奥尔森　译／程　虹

荒野中的清晨是享受嗅觉的时光。在清晨的空气还没有与风和刺眼的阳光掺和在一起之前，筛选出它那纯正的气息，此时无论你在何处，都能发现值得记忆的东西。

不久前的一个清晨，我沿着湖畔的小道边散步边听着春天的声音：潺潺的流水发出的"叮咚"声响，刚刚融化的泥土浸透渗出的呢喃。红翅黑鹂在香蒲丛中啼叫，双领鸻在草地上哀鸣。麦加香脂树上的大花蕾刚绽开坚硬的外膜，周边一英里内皆是飘浮的芬芳。

追踪着香气，我走到一片浅河湾尽头的茂密树丛中央，让自己沉浸于袭人的芳香。当我在手掌中搓着一把花蕾时，空气中充满了颇有些刺鼻的香味。

我最喜欢的香味之一是黄昏时分，那薄雾浓云中的湿地酸果蔓之味。这让我回想起采摘酸果蔓的日子，那时一座座小山丘都因它那深红色的果实而变得华美艳丽。当然，还有它那秋天的古铜色和春天的翠绿。

最绝妙的气味是松树、云杉及香脂冷杉混合的气味。某个清晨，从雨后的山地和溪谷中飘过来混着香脂的空气恰似滋补良药，令人神清气爽。我不由得想到，我所知道的一座城市中飘浮着的是工业污染和煤炭燃烧的气味，在那里，人们鲜能享受到在无人居住的荒野中呼吸空气的快乐。

就是在那座城市，有一次我路过一个木材场，阳光下，从木材中散发出的树脂味令我驻足。刹那间，城市消失了，我又回到了荒野，在城市中心捕捉到的这些许树脂的香味恰似炎热中的一缕清风。

树脂的香味是我们生活背景的一部分，是我们的祖先在其他大陆的松树林中林居生活的一部分。这种气味充满了我们的潜意识，它所唤起的回忆与我们古老的生活是如此密切相连，无论在远离野外的城市生活多久，都无法彻底抹去。

在所有树脂的香味中，香脂冷杉似乎最具激活生动回忆的魔力。当我走过一片香脂冷杉时，总是在手掌搓着一些松针，尽情地吸一阵浓郁的松香，勾起满满记忆。

现代文明夺走了太多我们对气味的敏感。原始部落的人依然具有用鼻子闻出天气变化的功能，但鲜有城里人能闻一闻空气，便可预告未来的天气，更别说知道哪些花在开放，哪些动物在靠近。嗅觉的退化，让我们不能全然享受自然。

嗅觉，尽管有时可以品味，但却无影无形。它独树一帜，或许也会沾染点儿其他感觉的色彩，但却绝不会失去自己的个性。这就是为什么气味可以令往事重现，栩栩如生。

在一个风暴中的夜晚，我被迫在拍打着惊涛骇浪的岩石岸边着陆。我将独木舟抛向一片杂草丛，以免它被击碎。就在此时，一股香郁浓厚、永世难忘的甜味扑面而来：熟烂的香杨梅那甘美的味道。那气味是如此浓郁，令人惊喜，尽管我被迫着陆的岸上是暴风骤雨，危机四伏，它依旧是那次经历中最深切的记忆。

或许，在所有的气味中最美妙的当属花香。五月花就是其中之一。这些小花甚至在冰雪融化前就早早开放，相比于仲夏花香的浓厚强烈，这些最早绽放的花朵蕴含着一种完美，如同最早变暖的泥土、融化的积雪和绽开的花蕾。

一天清晨，我在五月花的花坛边醒来，整面山坡上都覆盖着它们那粉红色和白色的花簇。当我扎营时并不知道它们的存在，可是当我从帐篷中爬出来呼吸早上的空气时，却意识到了我的幸运。那天清晨万籁俱寂，篝火的烟直上云霄，知更鸟在欢唱，到处都是白喉带鹀的啼鸣。我没采一朵花，而是在那里待了一小时，欣赏着五月花，张开我的感官，吸入它们的芬芳。

清晨的气味堪称是一种奇遇，如果你能在新一天开始之时，走出户外，吸一吸气，总会令你精神振奋。假若你持之以恒，或许有一天你能够从空气中闻出即将来临的雨水或风暴。但可以肯定的是：无论你是否彻底恢复了原始直觉，都会发现许多新鲜的事物，并且打开一些梦想不到的欢乐通道。

敬　启

　　《谢谢你，让我更爱我自己》由青年文摘图书中心编选，虽经多方努力，截至发稿时尚有部分作者未能取得联系。敬请未联系到的作者见谅并来电来函，我们将尽速奉寄样书和稿酬。

通讯地址：北京市东城区东四十二条 21 号中国青年出版社 305 室

邮编：100708　电话：010-57350371

邮箱：qnwzbc@163.com　联系人：吴老师

（京）新登字 83 号

图书在版编目（CIP）数据

谢谢你，让我更爱我自己 / 李钊平主编；青年文摘图书中心编 .
— 北京：中国青年出版社，2015.9
（青年文摘彩虹书系 . 第 2 辑）
ISBN 978−7−5153−3827−9

Ⅰ . ①谢… Ⅱ . ①李… ②青… Ⅲ . ①散文集 – 中国 – 当代 Ⅳ . ① I267

中国版本图书馆 CIP 数据核字（2015）第 213550 号

谢谢你，让我更爱我自己

青年文摘图书中心 编 李钊平 主编

责任编辑：彭慧芝
助理编辑：刘 莹 廉亚茹 余婷婷
内文摄影：经 洁
装帧设计：后声 HOPESOUND
出版发行：中国青年出版社
社　　址：北京东四十二条 21 号
邮政编码：100708
网　　址：www.cyp.com.cn
编辑中心：010−57350371
营销中心：010−57350370
印　　装：三河市君旺印务有限公司
经　　销：新华书店
规　　格：880×1230mm
印　　张：11
字　　数：250 千
版　　次：2015 年 11 月北京第 1 版
印　　次：2015 年 11 月河北第 1 次印刷
印　　数：1−12000 册
定　　价：28.00 元

如有印装质量问题，请凭购书发票与质检部联系调换 联系电话：010−57350337

青年文摘图书中心精品书目